그레구아르와 책방 할아버지

GRÉGOIRE ET LE VIEUX LIBRAIRE
by Marc Roger

Copyright ⓒ Éditions Albin Michel, 2019
Korean Translation Copyright ⓒ Munhakdongne Publishing Corp., 2020

This Korean edition was published by arrangement with
Éditions Albin Michel through Sibylle Books Literary Agency, Seoul.
All rights reserved.

이 책의 한국어판 저작권은 시빌 에이전시를 통해
프랑스 알뱅 미셸 출판사와 독점 계약한 ㈜문학동네에 있습니다.
저작권법에 의해 한국 내에서 보호를 받는 저작물이므로
무단 전재와 무단 복제를 금합니다.

이 도서의 국립중앙도서관 출판예정도서목록(CIP)은
서지정보유통지원시스템 홈페이지(http://seoji.nl.go.kr)와
국가자료종합목록 구축시스템(http://kolis-net.nl.go.kr)에서 이용하실 수 있습니다.
(CIP제어번호: CIP2020001979)

그레구아르와 책방 할아버지

GRÉGOIRE
ET LE VIEUX LIBRAIRE

마르크 로제
장편소설

윤미연
옮김

문학동네

코린에게

차례

"우리가 책을 만드는 이유는 오로지
무덤 너머의 사람들과 계속 이어져 있기 위해,
생의 가장 무자비한 적인
흐르는 시간과 망각으로부터
우리를 지키기 위해서지."
「서적상 멘델」(1935), 슈테판 츠바이크

"아이들은 교육을 받으면 누구나 다 인재가 될 수 있다."
「감옥을 방문하고 나서 씀」(1881), 빅토르 위고

1

위층으로 올라가기 전에 설명을 충분히 들었다. 지나치게 허물없이 대해서는 안 된다. 반말투여도 안 된다. 깍듯이 존댓말을 써야 하는 건 물론이고 그들을 부를 땐 이름이 아닌 성으로 부르되, 반드시 '부인'이나 '씨'라는 호칭을 붙여야 한다. 그들의 약병에 성, 이름, 방 번호 등이 기입되어 있을 것이다. 그 외에 간호사들을 위한 더 암호화된 정보들도 적혀 있을 테지만, 그건 네가 신경쓸 필요 없다.

한 달 전 이곳 주방에서 일하기 시작한 이후로 거주자를 직접 상대하는 일을 맡게 된 건 이번이 처음이다. 오전 열한시 십칠분. 28호실. 조엘 피키에. 수레국화 요양원. 운하를 따라 죽 늘어서 있는 건물의 삼층. 문이 닫혀 있다. 문 위에는 무슨 글귀가 붙어 있다. 필기체. 이탤릭체로 *Pauca meæ*. 무슨 뜻인지 모르겠다. 나는 배식 카트를 벽에 붙여 세우고 브레이크 두 개를 발로 밟아 딸깍 소리가 나게 고정시킨 뒤, 문을 두드린다. 세 번. 아주 확실하게. 그 즉시, 잔뜩 쉬었지만 깜짝 놀란 듯한, 거의 우렁차게 들리기까지 하는 목소리로 누군가 대답한다.

"아, 벌써? 잠깐만 기다려줘요."

나는 잠시 기다린다. 카트 위에 놓인 식사 쟁반 네 개도 기다린다. 따뜻한 요리들을 각각 덮은 네 개의 투명한 뚜껑 안 위쪽에 작은 물방울들이 맺힌다. 나는 귀를 쫑긋 세우고 안에서 급히 종이들을 정돈하는 소리를 듣는다.

"자! 자! 됐어! 됐어! 그래! 들어와……"

나는 문을 연다. 그는 나를 보자 눈살을 찌푸리며 머뭇거리다가, 내가 평소에 음식을 가져다주던 주방 보조가 아니라는 걸 확인한다.

"아, 새로 온 친구로군! 베아트리스는 어디 아픈가?"

"그건 아니고요. 아마 딸이 조금 아프다고 했던 것 같아요. 그래서 오늘 하루 휴가를 냈고요. 만나뵙게 되어 반갑습니다. 피키에 씨. 저는 그레구아르라고 합니다."

"아, 그건 거기다 봐." 그는 종이와 책이 잔뜩 쌓여 있는 탁자의 한쪽 구석을 가리키며 내게 말한다. "내가 반말을 한다고 언

짧아하진 말게. 나는 이곳 사람들 모두와 말을 놓고 지내니까."

"예, 괜찮습니다."

나는 그렇게 말하면서 쟁반 하나를 두 손으로 받쳐들고 그의 방 안으로 들어간다.

박스. 또다른 박스. 바닥부터 천장까지 책으로 온통 뒤덮인 사방 벽. 8제곱미터의 공간 안에 탁자, 침대, 의자, 소파, 서랍장, 붙박이장과 침대 머리맡 테이블 사이로 삼각대 다리 폭 두 개 정도밖에 안 될 만큼 좁디좁은 유일한 이동 통로. 방안에 들어서자 내 뒤쪽으로, 한쪽 벽에 휠체어가 가지런히 접힌 채 세워져 있다. 그 옆엔 샤워와 세면, 화장실 공간을 구분 짓는 접이식 문. 내가 있는 쪽에서는 읽을 수 없는 포스트잇 메모와 신문에서 오려낸 기사조각들로 반쯤 가려진 창문을 통해, 운하를 따라 이어진 정원의 불빛들이 찔끔찔끔 새어들어오고 있다. 마치 그 공간에 짝 맞춰진 것처럼 내 앞에 서 있는 노인의 관 입구. 흠잡을 데 없이 잘 차려입고 자신의 영지 한가운데 서 있는 영주. 자만하지도 거드름을 피우지도 않고, "그저 스스로에게 위엄을 갖추고 있을 따름"이라고, 그는 놀라는 사람들에게 말한다. 그는 질 좋은 짙은 색 면양말과 검은색 가죽 모카신을 신고 있다. 사실 그는 끈을 매는 신발을 더 좋아한다. 다만 이제 더이상 스스로 끈을 맬 수 없을 뿐이다.

동료들이 미리 귀띔해주긴 했지만 그럼에도 나는 깜짝 놀란다. 놀라서 멍해 있다. 그의 방은 깔끔하고 단정하며 더할 나위 없이 완벽하다. 그런데 나는 숨이 막힌다. 세척제 냄새, 오래된 종이 냄새, 난방기구, 글쎄 무엇 때문인지 잘 모르겠다. 질식할 것 같다. 노인은 그런 내 모습을 즐긴다.

　"놀랐나? 서두를 것 없어, 천천히 해." 그리고 그는 식사 쟁반으로 다가가 보온뚜껑을 들어올리면서 따뜻한 음식에 눈길을 던진다. "그래, 오늘은 '위대한 셰프'께서 무슨 요리를 정성껏 만들어주셨나?" 그는 퓌레로 반쯤 뒤덮인 넓적다리 고기 두 조각을 보면서 빈정거린다.

　접시에서 피어오르는 냄새에, 나는 복도에 남겨진 나머지 세 개의 쟁반들을 떠올린다.

　"맛있게 드십시오, 피키에 씨, 배식을 다 끝내고 다시 오겠습니다."

　"늙은 암탉들을 조심해! 그들은 여우에겐 잔뜩 겁을 먹지만 빨강머리 남자는 좋아 죽거든. 틀림없이 자네의 말간 얼굴을 보면 홀딱 반할 거야."

　나는 건성으로 웃음을 터뜨린다.

　"늙은이의 유머에 자네도 익숙해져야 할 거야!"

　늙은이의 유머, 나는 그것에 익숙해졌다.

공식적인 자리에서는 거주자들을 아무개 씨라고 불러야 하지만, 우리끼리 있을 때는 자연스럽게 농담도 오간다. 그렇게 많은 별명들이 만들어진다. 대부분은 듣기에 썩 기분좋은 것들이 아니다. 하지만 가끔씩 세심하고 정감 가는 별명, 각자의 이런저런 장점이나 결점을 부각하면서 썰렁하지 않은, 시적 감성이 묻어나는 별명도 생겨난다.

피키에 씨, 모두가 그를 '책방 할아버지'라고 부른다. 그 별명이 어디서 시작됐는지 잘 알지 못한 채 왜 그를 그렇게 부를까 의아해하는 사람들은 뜨내기들의 입에서 입으로 전해지는 전설 같은 그 예우의 표현이 이상하게 들릴지도 모른다. 피키에 씨, 책방 할아버지.

칠 년 전, 그는 모든 걸 다 팔아치웠다. '곁가지 문학' 서점은 이제 '퀵버거'라는 햄버거가게가 되었다. 개인적으로 나는 그곳에 관한 기억이 전혀 없다.

2

나는 이제 막 열여덟 살이 되었다. 중학교-고등학교-그리고 곧바로 취업. 떨어져나온 거다. 복잡하게 생각할 것 없이, 수치상으로 지원자 가운데 80퍼센트가 바칼로레아*에 통과한다. 나는 그저 나머지 20퍼센트 쪽으로 스르륵 굴러떨어진 거고. 그 통계에 과연 내가 포함되었는지조차 불확실하다. 학교 선생님들은 전혀 신경쓰지 않았다. 과목을 막론하고, 그레구아르 젤랭? 출석-결석. 출석은 했지만 결석한 거나 마찬가지인 존재! 그야말로 완벽한, 벽으로 드나드는 남자.

중학교 4학년** 때 진로상담을 받으면서부터 나는 정말 당혹

_____

*프랑스 대학 입학 자격시험.

스러웠다. 그 모든 직업들에는 저마다 바칼로레아 그 이상의, 뭐가 뭔지 알 수 없는 필수 과정들이 잔뜩 있었고, 나에게는 그저 끝없이 코앞에서 연속적으로 쾅 하고 닫히는 문들일 뿐이었다. 나는 엄마에게 그 얘기를 했다.

"진로상담 선생님은 내 말은 한 마디도 안 들어! 난 나무를 좋아한다고 말했어. 그랬더니 '산림청' 얘기를 꺼내더라고. 이과형 바칼로레아를 준비하라니. 난 수학엔 완전 젬병인데. 그런 내가 뭘 할 수 있겠어?"

언제나 현실적이고 사리 분별이 빠른 엄마는 말했다.

"내가 네 나이 때 그랬던 것처럼 너도 취직을 해!"

시청에는 일손이 모자랐고, 그래서 용케 녹지과에 일자리를 얻게 되었다. 솔직히 그 일에 만족할 수도 있었을 것이다. 탁 트인 야외 활동, 그건 내가 좋아하는 거니까. 하지만 내가 하는 일은 하루종일 잔디를 깎고 낙엽을 쓸어내는 것이었다. 그 일이 끝나고 나면 삽을 들고 개똥과 씨름을 하고, 운동경기 다음날이면 깨진 유리병 조각들을 주워 담아야 했다. 나는 빛의 속도로 그 일에 넌더리가 났다. 시청 사회복지과 부책임자인 테롱 씨와 안

** 평균 나이는 15세로, 우리나라의 중학교 2학년에 해당한다. 보통 이 무렵 진로 상담을 시작하여 취업이나 진학 등 진로를 결정한다.

면이 있는 엄마는 그의 백을 썼다. '수레국화' 분과. 공식적으로 내 급여 계산표에는 '의료시설 업무 지원인력'이라고 표기되어 있었다. 일주일에 서른다섯 시간 근무. 요양원 원장인 마송 부인이 직접 내 급여액을 결정했다. 내가 초년생이라는 사실을 강조했고, 최저임금보다 약간 더 낮은 액수였다. 어쨌든, 나에게는 선택의 여지가 없었다. 엄마는 내게 이렇게 말했다.

"이제 한시름 놔도 되겠구나!"

그런 급여를 받으면서 나는 이곳에서 '근무'한다. 하지만 그건 순전히 공식적인 표현일 뿐이다. 실무적인 측면에서 본다면, 나는 전문성이 필요 없는 온갖 허드렛일을 맡아 한다. 책방 할아버지는 나를 '잡역꾼'이라고 부른다. 어쨌든 나는 내가 하는 일들이 모두 우습게 느껴진다.

2월 1일, 나는 주방 위생모를 썼다. 마침 주방에 갑자기 구멍이 생겨서, 그 자리를 때우러 간 거였다. 바깥 날씨는 무척 쌀쌀했다. 기껏해야 3~4도 정도밖에 되지 않았다. 하지만 주방 안은 한증막이었다. 27도. 게다가 열두시가 되기 전, 조리장 장미셸이 오늘의 요리에 대미를 장식할 때쯤이면 30도까지 올라간다. 거기서 일한 첫 달부터 나는 주방일이라는 게 이 세상 그 어떤 일보다 빡세다는 걸 뼈저리게 알게 되었다.

점심과 저녁마다 준비해야 하는 60인 분의 식사 세트. 식당 홀에 40인 분, 개인 방으로 각각 날라야 하는 게 20인 분. 마리오딜과 샹탈이라는 여직원 둘이 조리장을 도와 일한다. 나는 땀으로 범벅이 된 채 식자재 창고와 그들의 작업대 사이를 뛰어다니면서 숨이 넘어갈 정도로 죽어라 그들을 보조한다. 이 일이 꽤 마음에 든다. 감자 껍질을 벗기고, 샐러드용 채소를 씻는다. 우리는 놀이공원에서 들리는 음악만큼이나 큰 소리로 라디오를 틀어놓고 일한다. 그리고 시시껄렁한 농담을 주고받는다. 하지만 대체로 여직원들은 불평을 늘어놓는다.

"적어도 넷은 되어야지! 맨날 이렇게 인원을 줄이니까 우리가 늘 녹초가 되는 거 아니냐고."

내가 신입이니까 그들은 당연하다는 듯 나를 증인으로 삼는다. 사실 두 사람, 아니 한 명만 더 있어도 일이 훨씬 덜 힘들 것이다. 특히 식사 시간이 끝난 뒤 식기세척기의 소음과 수증기 속에서 모든 것을 씻고 깔끔하게 정리정돈해야 할 때면 일종의 고난이다. 일을 다 끝내고 나면 온몸은 흠뻑 젖어 있고 몸에서 토할 것 같은 악취가 푹푹 풍긴다.

식당 홀에서 일하는 직원들은 모두 일곱 명이다. 여자 넷, 남자 셋으로, 노인들의 건강 상태에 따라 역할이 나뉘어 있다. 내가 세어본 바로는 작은 숟가락으로 떠먹여야 하는 노인들은 모두 네 명이다. 몇몇 노인들은 혼자 식사하는 게 불편하긴 하지만 어떻게든 스스로 해낸다. 식사가 끝날 때쯤이면, 뭐랄까, 완두콩 요리가 메뉴로 나온 날 학교 구내식당에서 벌어지던 난장판이 떠오른다. 여하튼, 여기서 일을 하려면 머리도 잘 돌아가야 한다. 거주 노인들에게 공감을 느낄 수도 있고 느끼지 못할 수도 있다. 노인이 막무가내로 행동할 때, 음식물을 제대로 입에 넣지 못할 때, 아무것도 아닌 일로 생떼를 쓸 때, 넉살을 부리면서 유들유들하게 온갖 시련에 대처하는 재주가 있다면 모든 게 아주 순조로울 것이다. 하지만 반대로, 참을성 없이 행동하다가 금세 노인의 기분을 상하게 할 수도 있고, 그들의 표현대로 말하자면 학대를 하게 될 수도 있다. 하지만 그건 성질이 못돼서가 아니다. 한 순간도 부드럽고 상냥한 몸짓과 말투를 잃지 않아야 하는 일에 지쳐서 그런 것이다. 최악의 경우, 예기치 않은 상황이 벌어지면 담배를 피우거나 커피를 마시면서 잠시 긴장을 풀고 휴식을 취할 동안 다른 동료를 불러 대신 맡아달라고 한다. 직원들끼리 긴밀하게 결속되어 있지 않으면 언제라도 어딘가에서 덜컥 탈이 날 수 있기 때문이다. 그래서 윗선에서도 우리에게 귀에 못이 박히도록 읊어댄다.

"잊지 마세요, 여러분은 사람들을 위해 봉사하는 위치에 있는 겁니다!"

"잊지 마쇼, 우리도 사람이라는 걸!" 피로에 찌든 몇몇이 되받

20

아친다.

자기 방에서 따로 식사하는 노인들을 담당하는 직원은 모두 다섯 명이다. 한 사람이 네 명씩 맡고 있다. 그건 거의 예수의 수난에 비견할 만한 고역이다. 작은 숟가락 정도가 아니라 깔때기가 필요한 극한의 작업이기 때문이다. 피키에 씨도 자기 방에서 식사를 하는 노인 중 한 명이다. 식당으로 내려가지 못할 정도는 아니지만, 파킨슨병이 악화되어 거동이 불편하다. 하지만 무엇보다 그는 식사를 혼자 하고 싶어한다. 그의 표현을 빌리자면, 시끌벅적한 싸구려 식당은 그를 우울하게 만든다나. 그는 그게 자신에게 속물근성이 있다거나 다른 누군가를 업신여겨서가 아니라, 다만 자기로서도 어쩔 수 없는 정신적인 문제라고 분명하게 밝힌다.

"나처럼 나이들어 몸은 망가졌지만 정신은 멀쩡한 인간이 되면 말이지." 그가 말했다. "그렇게 되면 혼자일 때 고통을 덜 느껴. 다른 노인네들을 보고 있으면 병들고 망가진 자기 모습이 떠오르니까."

팔 년 전, 주치의가 병명을 알려주었을 때, 그는 처음엔 그 사실을 믿으려 하지 않았다. 그렇지만 그후 11개월이 지나며 증상들이 점차 악화되자 그는 결국 의사의 권고를 받아들일 수밖에 없었다. 집, 차, 서점, 그는 자신의 전 재산을 처분하고 이 요양원으로 들어왔다. 그 돈으로 현재 거주중인 이 요양원에 세금 포함 매달 2500유로를 내고 있다. 그러나 그 모든 것 중에서 그를 가장 불행하게 만든 건 수천 권의 책과 작별해야 했던 일이었다. 식사 배달을 모두 마친 후 그의 방으로 되돌아온 나는 마치 최근에 사별한 소중한 누군가에 대해 말하듯 자신이 소장하고 있던 책들에 대해 말하는 그의 이야기를 듣는다. 그는 오른팔을 들어 크게 원을 그리면서 자기 방의 벽들을 가리켜 보인다. 그리고 비탄에 잠긴 쓸쓸한 목소리로 문 위에 적힌 글귀에 대해 설명해준다.

"Pauca meæ, 이건 라틴어야. '내게 남은 건 거의 아무것도 없다'라는 뜻이지. 여기 보이는 건 내가 세상에서 가장 사랑했던 것들 가운데 십분의 일에 지나지 않아. 아, 나머지를 전부 잃고 오로지 이 삼천 권만 선택해야 했을 때 얼마나 가슴이 찢어졌던지! 팔다리가 잘려나가는 것에 비견할 만한 고통이었어. 그 고통이 어떤 건지 알겠나?"

"……"

"환상통증. 그래, 잘려나가고 없는 팔이나 다리가 때때로 근질거리는 거지. 그런데 긁을 수가 없어. 그러면 악몽이 되는 거야. 상상해봐! 더이상 내가 넘겨볼 수 없는 이만 칠천 권의 책을."

내가 어떻게 그걸 상상할 수 있겠는가? 나는 그에게 "우리집엔 책이라고 할 만한 게 한 권도 없어요"라고 말할 수 없다. 나는 얼떨결에 그에게 동정의 말을 건넨다.

"그러니까 그건 당신에게 가족이나 친구와 다름없는 거군요."

"그래, 바로 그거야!"

"피키에 씨, 접시를 가져가도 될까요? 이만 가봐야 해서요. 주방 사람들이 꾸물거리지 말라고 했거든요."

"그래, 그렇게 하렴. 하지만 언제든 오고 싶을 때 다시 와. 난 꿈쩍도 하지 않고 여기 있으니까."

나는 기회가 날 때마다 그의 방에 들른다. 일이 끝나면 녹초가 되지만 자기 방 안에 틀어박힌 책방 할아버지가 자석처럼 나를 끌어당긴다. 정말 이상한 일이다. 하루에 한 번은 그 방에 가야 한다. 내가 살아가는 좁은 반경, '수레국화'와 엄마와 함께 사는 집을 오가며 하는 일, 그것 말고는 내가 아는 게 아무것도 없다는 것을 나 스스로 아주 잘 알고 있다. 그런데 그는 아는 것이 아주 많고, 책으로 둘러싸인 인생을 살아왔으며, 끝도 없이 많은 경험을 한 사람이다. 나는 정확히 무엇을 찾고 있는 것일까? 그 책들 가운데에서 그 노인과 함께 무얼 하고 있는 걸까? 게다가 나는 그 책들을 만지거나 펼쳐보지 않으려고 조심한다. 무엇이 두려워서? 나도 모르겠다. 틀림없이 학교에서 겪은 트라우마 때문일 것이다. 책방 할아버지는 나에게 책 얘기는 입도 뻥긋하지 않는다.

하지만 나도 마냥 바보만은 아니라서 곧 그의 속셈을 알아차린다. 그가 늘어놓은 책표지. 다른 무엇보다 나를 유혹할 만한 책제목. 그건 우리 사이의 게임이다. 나는 그에게 '책 읽기요? 됐거든요' 하는 태도를 보이는 척하고, 그는 털끝만큼도 나를 설득하려는 의도가 없는 척하기. 졸업한 지 이 년이 넘었는데도 '학교' 하면 곧바로 내 머릿속에 책이 떠오른다. 단 한 페이지도 못 넘기고 나를 질리게 만들던 그 책들. 내가 책을 아직도 받아들이지 못하는 것은 아마도 학창시절의 불편했던 기억이 여전히 남아 있기 때문이리라. 그런데 그 책들이 이제 나를 매료시킨다. 피키에 씨는 내심 흡족해하고 있을 것이다. 틀림없다. 하지만 나는 당장 쉽게 무너지지 않는다. 우리의 싸움은 암묵적이다. 우리는 이런 현상을 즐기고, 그래서 앞으로도 몇 주는 이 상태가 더 지속될 것이다. 내가 무뚝뚝하고 시건방진 목소리로 이렇게 말할 때까지.

"피키에 씨, 당신은 책을 읽지 않는 하루는 헛되다는 말씀을 자주 하시는데요, 제가 피키에 씨를 알게 된 이후로 책 읽으시는 모습은 한 번도 본 적이 없는걸요."

"……"

내가 바보 같은 말을 한 게 틀림없다. 그의 침묵이 적어도 삼십 초는 계속된다. 더이상 그를 쳐다볼 엄두가 나지 않는다.

"미안해할 필요 없어, 그다지 상냥하진 않지만 정확한 지적이긴 하니까. 그래, 나는 더이상 책을 읽지 않아, 이제는 책을 읽을 수 없게 되었거든. 내 손을 좀 보렴, 손이 떨리는 걸 봐. 그래, 네가 무슨 생각을 하는지 알아, 독서대 위에 책을 올려놓을 수는 있겠지, 하지만 내 눈이 책 읽는 걸 포기하게 만들어. 녹내장이 왔거든. 아무것도 도움이 안 돼. 안약도, 레이저 수술도, 커다란 글씨로 전자책을 봐도 소용없어. 난 할 만큼 했지. 하지만 독서는 이제 완전히 물건너갔어. 나에게 남은 건 음악뿐이야."

나는 아무런 말도 아무런 행동도 할 수가 없다. 나는 더이상 움직이지 않는다. 최대한 작게 몸을 움츠린다. 피키에 씨는 안락의자 옆에 놓아둔 시디플레이어 쪽으로 오른손을 내밀어 CD 1의 플레이 버튼을 누른 뒤 볼륨을 최대로 높인다. 시디플레이어에 불이 들어온다. 초록색 형광 글씨가 오른쪽에서 왼쪽으로 연이어 지나간다. 말러 〈교향곡 제5번〉 아다지에토. 죽음. 탄식. 내가 왜 이런 소릴 하고 있지? 음악에 대해 쥐뿔도 모르면서. 어쨌든 지루한 음악이다. 고리타분한 음악. 그런데 이상하게도 나는 완전히 무너진다. 가슴이 미어지는 듯하다. 무엇보다 창피하다.

"그레구아르? (피키에 씨는 비탄에 빠진 내 비참한 표정을 분명히 봤다.) 그레구아르, 말해다오, 글을 읽을 줄 아니?"

"……"

"이 얘긴 다음번에 하자꾸나. 지금은 혼자 있고 싶구나."

3

그 장면을 두고두고 되새기면서 내가 너무 처량해 보이지 않
도록 나에게 유리하게 각색해내기까지 꼬박 이틀이 걸렸다. 마
침내 다시 피키에 씨를 만나러 간 나는 평소처럼 문을 두드리고
기다린다. 그의 권유에 나는 방안으로 들어간다. 그는 안락의자
에 앉아 있다. 나는 그에게 다가가 공손하게 손을 내민다.

"피키에 씨, 지난번에 드린 말씀 말인데요, 제가 무례했습니
다, 사과드리고 싶어요."

그는 내 말에 정신이 번쩍 든 게 분명하다. 엷은 눈웃음을 지
으면서 고개를 기울이고, 떨리는 손을 내밀어 내가 한 번도 느껴
본 적 없는 부드러운 손길로 내 손을 잡는다. 그의 살결. 값비싼
향수 상자의 리본 같다. 그가 굽은 어깨를 펴며 아주 천천히 몸

을 일으킨다.

"그레구아르, 네 사과를 받아주마. 지난 이틀 동안 네가 보이지 않으니 얼마나 허전했는지 넌 아마 상상 못할 거다."

이번만큼은 내 입장을 딱 부러지게 밝힌다.

"피키에 씨, 솔직히 책 읽기는 제 적성에 맞지 않아요. 제가 여기서 하는 일은……"

그가 내 말을 잘랐다.

"그건 나도 다 알고 있다."

"그래서……"

"그래서 뭐?"

"원장님이 피키에 씨를 많이 좋아하시나요?"

"그래, 썩 기분좋진 않지만 그런 것 같구나."

"그래서 제 생각인데요, 제가 하루에 한 시간씩 피키에 씨에게 책을 읽어드리는 거예요. 엄청 좋은 생각 아닌가요!? 그러면 피키에 씨에게 도움이 되고, 저는 또 주방에서 한 시간 덜 있게 될 테니 저한테도 좋고요! 딱 한 시간만요! 피키에 씨, 피키에 씨가 한번 원장님에게 말씀드려보시겠어요?"

내 어조는 의혹과 간청 사이에서 흔들린다. 그를 기쁘게 해주고 싶은 마음, 그건 분명하다. 그리고 콜레라를 피하려고 페스트를 택하는 것 같은 느낌. 계속 피하고 달아나려 했던 곳에 제 발로 찾아들어가는 것 같은 느낌. 하지만 노인은 이런 문제들에는 관심이 없다. 그의 얼굴이 환하게 빛난다.

피키에 씨는 서둘러 원장실로 내려갔다. 마송 부인은 깜짝 놀란다. 이건 하나의 사건이다.

"어머나 세상에, 피키에 씨! 웬일이세요?"

지금은 5월이다.

"금방 눈이라도 쏟아지겠네요!"

그녀는 자기 맞은편에 있는 의자 두 개를 밀어낸다. 책방 할아버지는 휠체어를 굴려 다가가 원장과 자신 사이의 책상 위에 팔뚝을 올려놓는다. 그는 교섭을 좋아한다.

"친애하는 카트린, 그레구아르 말인데……"

"아, 그레구아르, 당신의 총아 말이죠! 말씀해보세요."

"당신 운영 계획에 빈틈이 없다는 건 알고 있어, 하지만…… (피키에 씨는 우물쭈물한다.) 만약 그애가 이따금씩 주방에서 빠져나올 수 있다면, 가령 하루에 한 시간 정도……"

그는 또다시 망설인다.

"그러면요?" 그녀가 묻는다.

"그러면 그애가 나한테 책을 읽어줄 텐데 말이!"

"피키에 씨! 그레구아르가요? 농담이시죠! 그 햇병아리 같은 애는 책이 뭔지도 몰라요."

28

"그건 내 문제고, 카트린. 내가 한 번이라도 뭘 부탁한 적이 있나?"

매일 자신의 결정들에 확고한 신념을 갖고 있는, 자신감 넘치는 사십대의 요양원 원장 카트린 마송이 갑자기 골똘히 생각에 잠긴다.

"당신이 부탁하는 사안은 무척 까다로운 문제예요, 피키에 씨. 그건 이중 특혜라고요. 당신만 놓고 보면 흔쾌히 승낙할 수 있는 문제지만, 그 아이는 자칫 골칫거리가 될 소지가 있어요. 내일 당장 주방 사람들이 원장실로 몰려올 겁니다. 장미셸과 여자애들이 떼거지로 몰려와 고함을 지르고 난리를 칠 거예요."

"난리 좀 치게 내버려두지 뭐……"

그들은 고함을 지르고 난리를 쳤다. 마리오딜, 장미셸, 샹탈은 고래고래 고함을 질러대며 길길이 날뛰었다. 원장은 꿋꿋하게 버텼다. 분명히 말하자면, 직원인 나를 위해서라기보다는 고객인 요양원 거주자 피키에 씨를 위해서였다.

"그레구아르, 언제라도 이 특권은, 어쨌거나 이건 분명히 특권이니까, 당신에게 주어진 이 특권은 언제라도 없던 일이 될 수 있다는 걸 명심해요. 실제 직원 수가 너무……"

"마송 부인, 압니다, 알아요."

나는 속으로 쾌재를 부른다. '피키에 씨! 원장님이 오케이했어요!' 나는 노크를 하자마자, 그의 대답을 기다릴 새도 없이 의기 양양하게 그의 방으로 들어간다.

"원장이 오케이했어요, 피키에 씨! 원장은 오케이예요!"

손을 약간 떨고 있는 노인 주위를 한 바퀴 빙 돌며 나는 경쾌하게 승리의 춤을 춘다.

우리는 6월 첫째주 월요일에 첫 낭독회를 열기로 한다. 그때쯤이면 주방 사람들도 이 상황에 적응이 될 테니까. 보름 동안 그들은 잔뜩 못마땅한 기색이다. 내내 짓궂은 행동을 하고 불쾌한 말들을 내뱉는다.

"그래, 결국 붙어먹는군!"

그 비아냥대는 말이 나를 겨냥한 것인지, 나와 마송 부인을 겨냥한 것인지, 아니면 나와 그 노인을 두고 하는 말인지 확실치 않다. 아무래도 상관없다. 나는 속으로 생각한다. '귀를 닫아버려, 그레구아르! 그들이 무슨 말을 하든 한쪽 귀로 흘려버려. 보름 후면 하루에 한 시간씩 주방일에서 해방이니까.'

가장 중요한 문제가 남았다. 그런데 뭘 어떻게 시작해야 할까? 책방 할아버지는 분명히 자기만의 생각이 있을 것이다. 나는 그에게 초조함을 숨기지 않는다. 그는 맨 처음 읽을 책으로 어떤 책을 고를까? 그 자신이 젊은 낭독가였을 때 특별히 감동을 받은, 그리움 가득한 책을 선택할까, 아니면 내가 재미있게 읽을 수 있는 책을 생각하고 있을까? 그 두 가지를 모두 만족시킬 책을 고를 수 있을까? 책방 할아버지는 노련한 사람이니까 분명히 그 두 가지를 다 충족시킬 것이다.

4

6월 첫째 주 월요일. 28호실. 오후 네시 오십분. 피키에 씨는 나를 기다린다. 일층 주방, 채소 보관실 정돈을 끝마치는 일. 장미셸은 나를 놔주지 않는다. 시간, 시간이 다 됐다. 오후 다섯시를 알리는 소리가 들려온다. RTL 방송국의 프로그램 시작을 알리는 시그널. 오후 다섯시. 간추린 뉴스. 장미셸이 마침내 투덜대며 말한다.

"꺼져버려, 이 자식아!"

나는 앞치마와 위생모를 벗어 공처럼 뭉쳐 내 사물함 안에 집어던진다. 주방일을 할 때 신는 메이드 인 차이나 파란색 플라스틱 슬리퍼를 그대로 신은 채로 신이 나서 성큼성큼 뛰어올라간다. 나의 구세주를 만나러 간다. 그의 방 문이 반쯤 열려 있다.

"들어와! 들어와! 기다리고 있었다. 준비는 다 되어 있어."

그는 안락의자에 앉아 있다. 두 팔을 팔걸이에 올려놓은 채 나에게 앉으라고 지시한다. 꼭 스핑크스 같다. 나는 그대로 서 있다. 그는 한마디 말 없이 그저 고갯짓으로 테이블 위에 눈에 잘 띄게 놓아둔 책을 가리킨다. 나는 그 책으로 손을 뻗는다.

"무슨 책이에요?"

"뒷면에 내용 요약이 있다."

나는 마음을 다잡는다. 책을 집어들고, 제목과 저자를 본다. 그리고 책을 뒤집어본다. 책방 할아버지가 앉아 있는 곳에서 몇 발짝 떨어진 테이블 옆에 선 채로 나는 그가 뒤표지라고 부르는 곳에 쓰인 글을 읽는다. 지금까지 살면서 이렇게 집중해본 적은 한 번도 없다. 그가 중간에 말을 자른다.

"제발 큰 소리로 읽어다오! 더이상 책을 읽을 수 없는 노인네에게 책을 읽어주기로 한 거 아니냐. 우리가 계약을 그렇게 한 것 같은데?"

"예, 맞아요. 피키에 씨 말씀이 옳아요."

나는 억지로 웃음을 짓는다. 갑자기 중압감이 밀려든다. 나쁜 기억들이 물밀듯이 밀려들면서 머릿속에서 요란하게 되살아난다. "그다음, 젤랭이 읽어봐!" 중학교 프랑스어 시간에 호명된 아이들이 각자 돌아가며 이삼 분씩 큰 소리로 책을 읽곤 했다.

삼십 분 동안 선생은 아주 악랄하게 예측 불가능한 순서로 학생들 예닐곱 명을 호명했고, 우리는 선생님 입에서 언제 자기 이름이 튀어나올지 몰라 항상 긴장해야 했다. "그다음, 젤랭이 읽어봐!" 그리고 예상은 결코 빗나가는 법이 없었다. 나는 정신을 딴데 팔고 있었다. 읽고 있는 내용과는 동떨어진, 아득히 먼 뭔가에. 한 단어, 또 한 단어. 나는 내 취향에 맞게 이야기를 꾸며댔다. 물론 선생의 취향에는 결코 맞지 않았다. "젤랭!"

"그레구아르, 내 말 듣고 있니?"

책방 할아버지의 온화한 목소리에 나는 머릿속 생각들로부터 빠져나온다.

"죄송해요⋯⋯ 자리에 앉을게요, 그게 더 낫겠어요. 제가 할아버지 가까이로 갈까요, 아님 이대로 괜찮나요?"

"그냥 읽어! 어서! 이대로 완벽하니까⋯⋯"

나는 읽기 시작한다. "최근 새로운 번역으로 재출간된 J. D. 샐린저의 『호밀밭의 파수꾼』. 크리스마스 사흘 전 학교에서 퇴학당한 어린 홀든의 모험들을 발견 또는 재발견할 기회⋯⋯" 전체 247쪽. 나는 침을 삼킨다. 시작부터 만만치 않다.

"다 읽으려면 몇 번이나 와서 읽어야 할까요?"

피키에 씨는 나를 안심시키고 싶어한다.

"열 번은 넘지 않을 게다. 시간은 충분해, 그건 신경쓸 거 없어! 계속 읽어보렴."

그는 눈을 감는다. 그리고 고개를 약간 뒤로 젖힌 채 숨을 길게 들이마신 다음 덧붙인다.

"난 준비됐다."

이제 더는 물러설 수 없다. "제1장. 정말로 내 얘기를 꼭 듣고 싶다면, 당신은 내가 어디서 태어났고 나의 어린 시절이 어땠는지, 분명히 그런 시시껄렁한 것들을 제일 먼저 듣고 싶겠지만……" 내 목소리에는 자신감이 없다. 적어도 그것만큼은 확실하다. 나는 책방 할아버지의 얼굴을 흘깃 쳐다본다. 평온하다. 여전히 두 눈을 감고 있다. 그렇지만 자는 게 아니다. 나는 목청을 가다듬는다. 그의 눈꺼풀이 미세하게 떨린다.

"그레구아르 젤랭, 계속해!" 작은 목소리로 나에게 속삭인다.

낭독을 시작하자마자 고유명사들 때문에 꽤나 버벅거린다. 이야기의 배경이 미국이기 때문이다. 피키에 씨는 프랑스에서 일어난 이야기라고 생각하라고 조언한다. 그러면 잉글리시 고유명사들도 저절로 정확하고 유창하게 발음하게 될 거란다. 그건 정말 마음에 든다. 에스타블리슈망트*에서 쫓겨난 이 소년은 바로 나다. 위대한 고대이집트인들에 관해 바보 같은 논술을 늘어놓은

---

* '교육 기관'을 뜻하는 영어 'establishment'의 프랑스어식 발음.

그의 역사 시험지. 너무 재밌다. 그가 하나같이 거칠고 무례한 친구들에 대해 말하는 부분은 또 어떻고. 예배당에서 기부자가 연설을 하는 동안 큰 소리로 방귀를 뀌는 녀석. 너무 웃긴다. 더 이상 읽을 수가 없다. 피키에 씨는 눈가를 문지른다. 벌써 한 시간이 지났다. 이제 가야 한다. 그러지 않으면 욕을 바가지로 얻어먹을 것이다. 나는 한껏 으스대며 큰 소리로 외친다.

"제3장, 피키에 씨, 꽤 잘했죠, 그렇죠?"

그리고 스스로 해낸 일에 놀라 벙벙해진 나는 조금 전 읽은 스무 페이지를 엄지손가락으로 휘리릭 넘겨본다. 책방 할아버지는 내가 숲속 빈터의 망아지처럼 고개를 흔들며 콧바람을 내뿜는 모습을 바라본다.

타인의 삶을 그렇게 체화해볼 수 있으리라고는 생각해본 적이 없다. 미래에 직면하게 될 때의 그 불안. 홀든의 두려움은 바로 나의 두려움이 된다. 여자애들과 성에 관한 대목에서는 홀든 대신 내 얼굴이 빨개진다. 7월 15일까지는 샐린저가 쓴 소설 속 주인공의 행동과 행위는 모두 나의 것이 된다. 책의 마지막 구절에 나는 감동받는다. 그 공허감에 감동했다. 노인의 방이 갑자기 텅 비어 보인다. 홀든은 사라졌고, 그의 목소리는 들리지 않는다. 그리고 책방 할아버지의 침묵이 나를 짓누른다. 어쩌면 그는 다음에 읽을 책에 대해 생각하고 있는지도 모른다. 그래, 틀림없이 그럴 것이다. 주위에 책이 삼천 권이나 있으니까. 나는 느릿느릿 방의 벽들을 빙 돌아보기 시작한다. 그런데 이상하게 숨이 막힌다. 방이 조여든다. 활짝 열린 팔들, 나를 부르는 이야기들이 보인다. 나는 믿을 수 없는 가능성들로 불빛이 반짝거리는 함정 밑바닥에 떨어졌다. 열기에 취한다. 일어선다.

7월. 태양. 일상으로 돌아온다. 일상의 우연한 일들도. "규칙적으로 물을 마시게 해야 한다는 걸 명심하세요. 그들은 그런 것에 신경쓰지 않습니다. 그걸 신경써야 하는 건 여러분입니다!"

나는 목이 마르지 않다, 아마도 그런 것 같다. 7월의 무더위 속에서 노인의 방에서 그렇게 한 시간 동안 책을 읽었는데도? 피키에 씨가 나를 놀려댄다. 전도할 대상을 찾아 헤매는 광신도 같은 어조로 그는 나에게 높임말까지 써가며 말한다.

"물을 마셔요, 그레구아르, 마셔요, 보건부의 지침을 알잖아요. 당신은 물을 마셔야 해요!"

나는 물을 마신다.

5

사흘 뒤. 7월 18일. 마숑 부인의 사무실. 디지털시계가 아홉시 이십사분을 알리고 있다. 그녀가 나에게 앉으라고 권한다. 운영 계획에 관한 질문 겸 요청. 7월부터 8월 말까지 팔 주간의 휴가 기간. 의사들부터 시작해서 간호사, 물리치료사, 전화 안내원, 거기에 시설관리 직원에 이르기까지 전 직원이 각각 삼 주씩, 전체 인원 중 팔분의 일이 매주 일광욕을 하러 떠난다. 계산을 해본다. 골이 지끈거린다. 지금까지 해오던 일들만으로도 벅찬데. 나는 마숑 부인의 속셈을 안다. 그녀는 재앙을 맞닥뜨린 눈을 하고 이렇게 말한다.

"그레구아르, 난리가 났어! 정말 정말 중대한 부탁을 해야겠어요. 9월까지 주방 대신 지하 세탁장으로 내려가서 일을 해줘야겠어."

"마송 부인, 그럴 순 없어요! 그건 안 돼요! 아시잖아요, 세탁장은 지옥이라고요."

"레베카와 다니엘에게 이미 통보했어요. 지금 당신을 기다리고 있어요. 피키에와의 낭독 시간에는 변동이 없을 거예요."

피키에 씨, 피키에 씨라고 불러야지! 나는 마음속으로 생각한다.

세탁장은 지옥이다. 특히 세탁장 책임자 다니엘은 말이다. 쓰레기 다니. 베리 스몰 사이즈의 하얀 면 러닝셔츠 사이로 드러나는 가냘픈 수레국화 꽃송이들. 보는 사람들을 포복절도하게 만드는 그 멍청한 문신을 새긴 커다란 근육들. 특히 이두근에 힘을 줄 때마다 위아래로 실룩거리는 그 핀업걸 같은 풍만한 가슴. 웃겨서 까무러칠 지경이다. 그것과 조화를 이루는 시詩는 더 말할 것도 없고.

"어이, 먹물 선생! 빨리빨리 좀 움직여. 여긴 그 잘난 책방이 아니야!"

나는 그가 어디서 말하고 있는 건지 가늠할 수가 없다.

"어디 있는 거야?"

"앞으로 계속 직진, 쫄지 말고."

그 꼴통 자식은 내 머리 위쪽, 세탁장 주위를 빙 두른 좁은 통로에 있다. 쇠말뚝과 쇠말뚝 사이에 느슨하게 쳐진 밧줄 덕분에 밑으로 떨어지지 않고 그 위에서 돌아다닐 수 있다. 군데군데 무지갯빛이 도는 수증기로 가득찬 에어포켓 위로 천장등의 유백색 빛이 퍼진다. 벽 중간쯤에, 열린 환기창 너머로 주차장에 서 있는 자동차 바퀴들이 보인다.

"너에게 우리 여객선을 소개하지. 내가 있는 여기가 이층, 이곳에는 건조기가 모두 일곱 대 있다. 그런데 할망구들이 같은 날 한꺼번에 팬티를 갈아입으면 건조기 일곱 대로도 턱없이 부족하다고. 네가 있는 곳은 일층, 세탁기 열두 대, 다림질 기계 두 대와 붙박이장 안에 각종 세제들이 있다. 마송 부인이 너에게 분명히 말했을 거다, 여기서는 작은 빨래들만 한다고. 침대보나 수건, 매트리스 방수시트처럼 큰 빨래들은 세탁 용역업체로 곧바로 보내진다. 운전면허증은 있겠지?"

"아직 없는데."

"이런 젠장! 원장이 날 갖고 노는군. 자전거 타고 다니는 계집애랑 걸음마밖에 못하는 페달*이라니. 너희들 쿵짝이 아주 잘 맞겠다. 그런데 레베카는 도대체 어디 있는 거야?"

---

* 프랑스어 'pedale'에는 자전거 등의 '페달'과 남성 동성애자를 낮잡아 이르는 두 가지 의미가 있다.

"내가 어떻게 알아! 그리고 나한테 시비 걸지 마! 두 번 다시 날 호모 취급하지도 말고. 알겠어? 피키에 씨는 훌륭한 분이야, 난 그분에게 많은 걸 배우고 있다고."

"장미셸이랑 한 얘기가 바로 그거야, 먹물들은 하나같이 얼간이 새끼들이라니까."

"그만해! 내 할일이 뭔지나 말해. 난 내 일을 할 테니까. 그 입은 그만 닥쳐!"

내가 책방 할아버지께 책을 읽어드리기 시작한 지 겨우 한 달이 되었을 뿐인데, 벌써 나를 '먹물'이라고 부르기로 결정이 난 모양이다. 놈들이 질투를 하는지 저마다 꼭 한마디씩 거든다.

"그 영감탱이랑 한 시간 동안 딸딸이라! 나도 그걸로 월급을 받으면 정말 좋겠다!"

그들은 그런 식으로 분풀이를 하는 것이다. 세탁장과 쓰레기 다니에게 쌓인 분을. 세탁장의 인간쓰레기 다니, 그들은 그 자식이 어떤 놈인지 잘 안다. 일할 때는 나무랄 데 없지만, 기계를 다룰 때 외에는 짝 잃은 양말 한 짝보다 더 쓸모없는 놈. 어떤 종류의 옷감도, 아주 섬세한 레이스 제품도 실오라기 하나 망가뜨리지 않게 프로그램을 조절해 척척 빨아내는 기계의 달인. 하지만 기계가 아닌 인간에 관해서는, 그 달인 선생은 그딴 건 발가락의 때만큼도 관심이 없다. 그는 사람을 돌게 만드는 재주꾼이다. 나는 그에게 '먹물'은 얼간이가 아니라는 걸 증명하려고 온갖 노력을 다 한다. 발버둥을 친다. 하지만 헛수고다.

레베카, 아아, 얼마나 불쌍한지! 맨발에 꼴사나운 고무 슬리퍼를 신고, 축 늘어진 위생모를 푹 뒤집어쓰고, 언제나 땀에 흠뻑 절은 채 잔뜩 겁을 집어먹은 모습. 희생양. 나는 다니엘이 그저 불쌍하고 한심한 녀석에 지나지 않는다는 걸 그녀에게 보여주려 애쓴다. 하지만 소용없다. 그녀는 녀석에게 철저하게 당하기만 한다. 작업복 밑으로, 작업복을 헤치고 더듬대는 손, 깨끗하게 세탁된 빨래더미 속으로 거꾸러뜨리기. 나의 침묵이 구조 의무를 모른 체하는 방관죄에 해당하는 게 아닌지 얼마나 자문했던가? 하지만 절대로 나서지 않았다. 음, 솔직히 나도 겁이 난다.

매일 아침 나는 레베카를 따라 복도를 걸어간다. 우리는 거주자들과 부딪칠 일이 없다. 청소 보조들이 미리 모아둔 자루들을 수거해 올 뿐이다. 똥냄새가 난다. 피. 토사물. 몸에서 흘러나온 온갖 배설물. 카트에 실린, 번호가 매겨진 마대 자루들. 용역업체에 전달하기 위해 내용물을 기록한 메모. 마치 군대에서처럼 이름표가 붙어 있는 개개인의 옷가지. 내가 이 일을 하면서 느끼는 유일한 즐거움은 왔던 방향을 되돌아가면서 거주자 각자에게 잘 다려서 고이 접은, 세제 향기가 폴폴 나는 깨끗한 옷가지들을 돌려주는 것이다. 블라우스, 손뜨개질을 하거나 기계로 짠 카디

건, 아크릴 섬유로 된 네글리제, 특이한 속옷, 스카프, 파자마, 언더셔츠, 바지, 원피스, 치마, 손수건, 스타킹. 피키에 씨는 이걸 "속옷들의 팡파레"라고 부른다. 나는 시원한 바람과 산 소리를 연상케 하는 작은 종을 흔든다. 배급 과정의 세세한 부분들에 별로 신경을 쓰지 않는 할아버지들은 점잖게 멀찌감치 물러서 있다. 그리고 생기에 등급을 매기자면 거의 제로 수준인 알츠하이머 환자들은 내가 흔드는 작은 종 소리든 나의 인사든, 어떤 것에도 아무런 반응이 없는데, 이 경우 모든 걸 내가 다 알아서 해야 한다. 서랍에 세탁물을 정돈해 넣고, 원피스와 바지를 옷걸이에 걸고. 기력이 없어서 침대 위에 눕거나 안락의자에 앉은 채로 반수상태에 빠져 있는 이들, 나는 그 잠든 행성의 침묵을 지켜보면서 최악의 방식으로 끝을 향해 가는 그들의 생을 바라본다. 크리스마스 때나 겨우 만날 수 있는 손자를 맞이하듯 나를 맞아주는 건 아직 기력이 있는 할머니들뿐이다. 할머니들은 더이상 향할 곳 없는 그 다정한 자애심으로 숨이 막히도록 나를 껴안는다. "아! 내 사랑스러운…… 그레구아르, 우리 귀염둥이…… 그 서랍장 위에다 올려둬, 내가 좀 이따 정리할 테니까." 나는 이런 대접을 받을 만하다.

나는 해로운 것들을 조금이라도 덜 들이마시기 위해 마스크를 요구하는 실수를 저질렀다. 냄새, 수증기 또는 섬유 먼지, 그런 것들로부터 나 자신을 지키는 건 당연하다고 생각한다. 게다가 거기서 내가 뭘 요청해본 적은 여태껏 한 번도 없지 않은가!

쓰레기 다니는 자기가 하는 일이 얼마나 고되고 어려운 일인지 떠들어대며 으스대고, 그의 노리개인 레베카와 호모새끼인 나를 위해 일을 훨씬 더 힘들고 고약하게 만들어놓으며 가학적 기쁨에 차서 한껏 득의양양하다. 내가 아무리 반항해봤자, 결정권은 언제나 그의 주먹에 있다. 나는 가혹행위들과 부당행위들에 굴복하고 만다. 엉덩이 때리기. 불알 움켜잡기. 손가락으로 귀 튕기기. 나는 뭐든 당해야 한다. 나는 머릿속으로 그를 건조기 안으로 밀어넣는 상상을 한다. 그리고 문을 닫는다. 온도를 뜨겁게 맞춘다. 아주 뜨겁게. 면직물용 강력 코스.

아, 생업의 세계여, 얼마나 행복한지! 이 문제를 누구에게 하소연할 수 있을까? 엄마? 그럴 순 없다. 피키에 씨? 이런 일로 그를 귀찮게 하고 싶지 않다. 책 읽기는 신성한 것이다. 나는 이를 악물고 꾹 참는다. 그러면 매번 효과를 보는데, 소리 내어 책을 읽는 동안 나를 옭아매고 있던 모든 매듭들이 조금씩 조금씩 풀린다. 한 장 한 장, 책장을 넘길 때마다 그 폭군이 나에게 가하는 그 모든 모욕들이 하나하나 지워진다. 낭독이 끝날 때쯤이면 마음이 차분하게 가라앉고 화가 모두 사라진다. '수레국화'와 나와 다니 사이에 얽힌 문제들로부터 아주 멀리 떨어져 있다. 몰입하면서 나는 모든 걸 잊는다. 낭독을 마치는 순간, 나는 망각으로부터 현실로 돌아온다. 씻기고 정화된 채로 행복한 현실로. 나는 피키에 씨와 얼싸안을 것이다. 지금은 서로 악수를 나눈다. 우리는 친구가 되었다. 은밀하게 통하는 공모자들이다.

6

어느 날, 책방 할아버지의 이웃들, 중학교 음악교사였던 모렐 부인과 평생을 농부로 살아온 지루 부인이 팔짱을 끼고 나란히 복도를 거닐다가 나에게 은밀한 제안을 한다.

"그레구아르, 소문에 듣자하니, 피키에 씨한테 책을 읽어준다면서요? 우리도 좀 들을 수 없을까? 지루 부인과 나도 말예요. 그러면 우리도 기분전환이 되고 좋을 텐데."

모렐 부인과 지루 부인은 팔꿈치로 서로를 쿡쿡 찌른다. 나는 이 할머니들이 책방 할아버지의 방에 가보고 싶어 안달하는 게 아닌가 하는 의심이 든다. 그의 방에 대한 소문이 정말로 사실인지 아닌지 눈으로 직접 확인하기 위해서 말이다.

"생각해봐요! 그 영감은 책을 쉰 권가량 더 들여놓으려고 텔레비전도 치워버렸다잖아요. 아마 그 방에 들어서자마자 숨이 턱 막힐 거야. 난 말이지, 자질구레한 장식품 두서너 개 정도면 그만인데. 난 공기가 필요해. 우리들 방은 안 그래도 이렇게 콧구멍만한걸."

피키에 씨는 즉시 '좋다'는 대답을 해주지 않는다. 그는 점잖게 그녀들을 기다리게 한다. 쉽게 남의 청을 들어주지 않는 타입이다. 그 일을 추진하는 건 내 몫이다.

"피키에 씨, 여기다 의자 하나를 더 놓고 저기다 또하나를 놓아요. 음, 그러면 너무 비좁으려나…… 하지만 뭐, 나름 괜찮지 않을까요?"

"나에게 생각할 시간을 좀 줘."

그의 머릿속에서는 이미 찬성이다. 하지만 그는 최선의 선택을 하고 싶어한다. 사흘 뒤, 낭독이 끝났을 때 그가 말한다.

"그레구아르, 그분들에게 모파상을 읽어드려야겠다."

"누구요?"

"기 드 모파상, 19세기의 뛰어난 작가야. 삼백 편이 넘는 단편소설과 여섯 편의 장편소설을 썼지. M 칸을 찾아보렴. 전부 알파벳순으로 분류되어 있으니까."

나는 찾아본다. 말라파르테. 마리보. 모파상. 전집.

7

9월 1일. 악몽이 끝난다. 마침내 나는 주방으로 되돌아온다. 8월 하순, 레베카가 휴가를 간 터라 다니가 갖고 놀 사람은 나밖에 없었다. 세탁물 수거, 분류, 세탁, 건조, 다림질, 원주인에게 배달. 이 모든 걸 나 혼자서 다 했다. 달인 선생은 안락의자에 몸을 파묻은 채 스마트폰으로 카드점을 치면서 작업을 감독했다. 냄새, 숨막히는 공기, 화구의 열기 같은, 육 주 전만 해도 견딜 수 없었던 주방의 그 온갖 것들이 지금은 거의 콧노래라도 흥얼거리고 싶게 만든다. 피키에 씨에게도 나의 즐거운 기분이 전해진다.

"사랑에라도 빠진 게냐?"

"그럴 리가요! 쓰레기 같은 것에서 해방되었거든요. 얼마나 후련한지 아마 모르실 거예요."

나는 단숨에 피키에 씨에게 모든 걸 털어놓는다. 레베카가 당했던 괴롭힘. 내가 당했던 일들. 동료들의 침묵. 원장의 보호하에 있어서 그 누구도 건드릴 수 없는 다니. 깜짝 놀란 피키에 씨는 마피아의 '침묵의 계율' 같은 그 묵인 행위를 참지 않는다. 그는 원장실로 마송 부인을 만나러 간다. 몇 주 만에 벌써 두번째다. 면담은 짧게 끝날 것이다. 마송 부인은 늘 그렇듯 호락호락하지 않다.

"피키에 씨, 정말 자상도 하셔라. 하지만 그 사람만큼 그 일을 잘해낼 사람을 나한테 데려와보세요. 그런 다음 다시 상의하기로 하죠. 내가 보기에는 아무 문제가 없어요. 나는 아무것도 바꾸지 않을 겁니다."

그녀는 단칼에 그의 기대를 저버린다. 화가 났지만 절대로 그냥 물러설 사람이 아닌 책방 할아버지는 눈을 반짝반짝 빛내면서 나에게 속삭인다.

"걱정할 필요 없다, 그레구아르. 방법을 찾을 수 있을 게다. 날 믿어."

그리고 피키에 씨는 자신의 표현대로 갑작스러운 화제 전환이나 고리타분한 사고방식 같은 것으로 나를 지겹게 하지도 혼란스럽게 하지도 않는다고 확신하며 갑자기 내가 최근에 겪은 재난 쪽으로 방향을 틀더니, 자기 얘기를 꺼내기 시작한다.

"그 옛날의 신념은 말이다, 그레구아르…… 신념…… 신념…… 스무 살 무렵에는 말이야, 강렬한 문장들을 좋아하지. '부당함은 오직 그것을 인정하는 자들의 몫일 뿐이다!' 그건 학창시절 내 좌우명 가운데 하나였어. 하지만 그건 하나마나한 말이라고 넌 생각하겠지. 우린 살아가는 내내 투쟁해야 한다. 나는 노동운동가였어, 그래, 그레구아르, 난 혁명을 믿었지. 놀랐니? 아! 아! 그래, 난 새날을, 더 나은 날들이 오리라 믿었단다. 나는 적색분자였어, 거의 검정에 가까운 짙은 적색이었지. 시간이 우릴 따라잡으며 빠르게 지나간다고 불안해할 필요 없어. 난 검붉은 빨강에서 평범한 빨강이 되었고 마침내는 붉은 기운만 남았지. 그런데 네 덕분에 난 색깔을 회복하고 있어. 그래, 물론 빛은 많이 바랬지만, 그래도 어쨌든 그건 말이다."

나는 그가 불타오를 때가 정말 좋다. 그럴 때 그의 모든 것이 젊음을 되찾는다.

"서점을 운영하기 전까지 난 식자공으로 일했단다. 신문사에서 말이야. 현장에서 배웠지. 대학을 졸업하고 얻은 유일한 일자리였다. 신문사 사람들은 미치광이들처럼 열심히 일했어. 모두 이백 명이 넘었지. 얼마 지나지 않아 나는 노동조합에 가입했어, 누구보다 가열차게 투쟁했지. 쥐꼬리만한 임금에 비해 부당한

처우를 받아들일 수 없었어. 나는 십 년을 싸웠다. 하지만 서른 다섯 살이 되었을 때 선택을 해야 했지. 별것 아닌 걸 위해 아드 비탐 에테르남* 투쟁할 것이냐, 아니면 한 발 뒤로 물러나 퇴직 때까지 순응할 것이냐. 자기혐오에 빠질 것이냐. 나는 변화와 모험을 선택했어. 내 사업을 시작해보기로 한 거지. 서점을 운영하는 건 내 오랜 꿈이었어. 책을 통해 최후의 투쟁에 대한 내 생각을 널리 퍼뜨리고 싶었지. 다 지나고 나서 보면 선명하게 보이지만, 걷고 있는 당시에는 무엇이 올바른 길인지 잘 보이지 않아. 그저 본능이나 직관에 따라 걸어갈 뿐. 하지만 부르디외, 바르트, 푸코, 프로이트, 마르크스 같은 많은 저자들의 책을 읽음으로써 나는 그들에게서 빛을 얻었고, 그것을 다른 이들에게 전하고 싶은 마음이 생겼어."

피키에 씨는 더이상 전과 같은 사람이 아니다. 파킨슨병도 지금은 그를 괴롭히지 않는다. 그의 신체 어느 부분도 떨리지 않는다. 순수한 열정으로 떨리는 목소리를 제외하고는. 그리고 그것이 이번에는 나를 좀전의 그레구아르와 다른 나로 만든다. 몇 주동안 아무 이유 없이 괴롭힘을 당한 뒤에, 내 능력으로는 감당하기 어려운 단어들로 나를 현기증나게 만드는 노인의 말을 듣고

---

* ad vitam aeternam. '영원히'라는 뜻의 라틴어.

있자니, 뭔가 새로 태어나는 것 같은 느낌, 가슴께가 기분좋게 화끈거리는 느낌이 든다. 정말이다, 나는 전과 다른 방식으로 숨을 쉰다.

"네가 옳다고 믿고, 확신에 가득찬 무언가를 위해 행동에 나설 때 말이다. 타인에게는 물어보지도 않고 그를 행복하게 만들어주겠다는 야심을 품는 건 문제가 있어, 근본적인 문제가. 손을 놓는 순간, 바로 그 한계가 분명하게 드러나게 되지. 예를 들어 네가 서점을 운영한다고 치자. 너는 다른 누구보다 먼저 신간을 읽지. 그런데 남들보다 먼저 읽고 무엇이 중요하고 무엇이 중요하지 않은지 결정하는 건 시건방진 짓이야. 무슨 자격으로 그걸 결정해? 무슨 권리로 이 책보다 저 책이 좋다고 추천하는 건데? 그런 행위의 정당성은 어디서 온 거지? 문제는, 자신의 취향이나 열정, 자기가 심취해 있는 것들을 타인에게 권하고 널리 퍼뜨릴 자격이 있다고 착각하며 스스로 그 권한을 부여하는 거야. '이 책을 읽어 보세요'라거나 '그건 읽지 마세요'라거나! 서점을 찾는 손님들과 그럭저럭 안면이 생기면서 너는 기회가 생길 때마다 그런 짓을 하는 거지. 서점에는 언제나 엄청난 독서가들과 이따금씩 책을 읽는 사람들, 어른들, 아이들, 남자들, 여자들, 호기심 많은 사람들, 바쁜 사람들, 한가한 사람들, 그리고 서점과 담을 쌓고 살아가는 많은 사람들, 서점을 찾아올 용기가 없거나 아니면 그냥 몰라서 찾아오지 않는 사람들도 있어."

앞으로도 두 시간은 족히 계속될 것이다. 그의 말을 자르는 건 불가능하다.

"지적 모험을 넘어, 서점 주인이 날마다 접하는 건 바로 인간 존재들이 이루어낸 응축물들이야. 그런 응축물들을 접할수록 독단에서 멀어지게 되지. 계산대 너머에 처음엔 체 게바라 포스터를 붙여놓지만 결국에는 자신이 개인적으로 좋아하는 저자들의 피오피 사진들을 붙여놓게 되지. 입장이 완전히 뒤바뀌는 거야."

"피오피가 뭔데요?"

"아, 미안. 모든 직업에는 업계 용어들이 있어. 피오피란, 판매 장소에 게시되는 광고물을 말해. 어쨌든, 바로 그 단계에 다다르면 비로소 전문적인 서적상이 되었다고 할 수 있지. 그전에는 그저 풋내기 서적상일 뿐이야. 책은 우리를 타자에게로 인도하는 길이란다. 그리고 나 자신보다 더 나와 가까운 타자는 없기 때문에, 나 자신과 만나기 위해 책을 읽는 거야. 그러니까 책을 읽는다는 건 하나의 타자인 자기 자신을 향해 가는 행위와도 같은 거지. 설령 그저 심심해서, 시간을 때우기 위해 책을 읽는다 해도 마찬가지야."

그의 말을 제대로 이해한 것인지 알 수 없어서 이렇게 질문을 던져본다.

"그러니까『호밀밭의 파수꾼』을 읽을 때 제가 느꼈던 그런 걸 말씀하시는 거예요?"

"바로 그거야! 내가 이웃의 두 부인들을 초대하는 데 시간을 쏟는 건 바로 그런 이유에서야. 지금 이렇게 너하고 시간을 보내는 것도 같은 이유이고. 어쨌거나 잘못된 만남을 피하기 위해서는 듣는 귀의 수준과 책의 수준을 제대로 맞춰야 해. 낭독회가 모두에게 유익한 것이 되었으면 좋겠어. 이런 말을 하면 매정하게 들릴 수도 있겠지만, 우린 아무하고나 아무 책이나 읽지 않을 거다. 다음번 낭독회에서 읽을 책은 기 드 모파상이다!"

8

목표는 가젤 두 마리를 유혹하는 것. 모파상 전집의 목차에서 피키에 씨는 나에게 단편소설 스물세 편을 골라준다. 그 두 부인들이 다시 참석하고 싶게 만들 짧고 재미있고 경쾌한 소설들. 책방 할아버지는 이번엔 내가 스스로 준비하기를 바란다. 즉흥적인 낭독은 끝났다. 이제 수준을 한 단계 더 높인다.

"집으로 책을 가져가서 연습하도록 해. 그리고 시간이 얼마나 걸리는지 대충 재보고, 낭독회를 한 번 하는 동안 단편소설을 몇 편이나 읽을 수 있는지 계산해봐."

피키에 씨는 모파상 말고도 내가 읽고 싶어하는 책들을 전부 빌려준다. 내 방은 차츰 책으로 가득찬다. 왜 지금까지 우리집에는 책이 한 권도 없었던 걸까? 무슨 이유 때문에? 엄마는 동의하지 않을지 모르지만, 나는 이 물음에 이렇게 대답하고 싶다. 엄마는 집에서 일하는 재봉사다. 그래서 우리집은 여자들과 천조 각들의 세상이다. 월말 결산을 할 때마다 한 번도 돈에 여유가 있었던 적이 없다. 아버지는 돌아가셨다. 엄마 말로는 목에 고름이 차는 심한 염증 때문이라고 했다. 그게 아버지의 마지막이다. 나는 아버지에 대한 기억이 없다. 그때 나는 한 살이었다. 그래서 별로 슬프지 않다.

엄마에게 책 읽기란, 내가 이해해보려고 애쓰는 게 바로 그건데, 일종의 호사이자 사치이고 시간 낭비다. 엄마는 눈을 혹사시키면서 저녁까지 일한다. 엄마의 고객은 대부분 친구들이나 지인들이지만, 엄마의 솜씨가 뛰어나다는 소문이 약혼식, 결혼식, 세례식, 첫영성체식 같은 때에 입에서 입으로 전해지면서 이따금씩 아주 먼 곳에 사는 낯선 여자들이 우리집을 찾아오기도 한다. 엄마는 쉴새없이 일한다. 딱히 아주 가난하다고는 할 수 없지만 언제나 돈이 궁하다. 책은 비싸기 때문에 아예 거들떠보지도 않는 게 낫다.

그 사실을 알게 된 책방 할아버지는 노발대발한다.

"네 어머닌 왜 도서관에 회원으로 등록하지 않은 거냐?"

소도시이긴 하지만 우리 시의 시립 도서관만 해도 디지털 자료실과 분관을 운영하고 있고, 삼만 명의 시민들을 위한 십만 권의 장서가 비치되어 있다. 게다가 전부 무료다.

"서적 관련 종사자들, 도서관, 중학교, 고등학교, 초등학교 내의 도서실, 서점, 그 모두가 이런 말이나 들으려고 해마다 손에 손을 잡고 열심히 일했구나. 기가 막힌다. 우리가 어떤 구호를 외치며 어떤 활동을 해왔는데! 누구든 어디에서나 손쉽게 접할 수 있는 책. 반드시 그렇게 되리라 믿었는데. 그런데 이게 뭐냐!"

"화내지 마세요. 피키에 씨, 계속 그러시면 이제 아무 얘기도 안 할래요. 피키에 씨. 누구나 다 할아버지처럼 책에 빠져들진 않아요. 그런데 보세요, 저는 이렇게 책을 좋아하게 되었잖아요. 정말 굉장하지 않아요? 피키에 씨 덕분에 책을 읽게 됐다고요!"

"그래, 네 말이 맞다! 네가 옳아!"

9

매일 오후 네시 삼십분, 시간이 정해졌다. 마들렌 지루와 셀레스틴 모렐도 우리와 같이한다. 나는 삼십 분씩 낭독을 했다. 때마다 책방 할아버지의 조언들을 그대로 따른다. 컴퓨터가 없기 때문에, 각각의 단편을 낭독하는 데 걸리는 시간을 수첩에다 기록한다.

「목걸이」 - 이십 분.

「투안 영감」 - 이십오 분.

「미남 선생의 벌레」 - 이십 분.

「매매」 - 이십 분.

각각에 관해서도 몇 마디 기입한다. 텍스트가 아니라 낭독을 듣는 세 사람의 건강 상태에 대해서 말이다. 건강 상태가 그들이 낭독을 잘 들을 수 있는지에 영향을 미치고, 때로는 건강 때문에 참석을 못할 수도 있기 때문이다. 물리치료실에 치료를 받으러 갈 때도 있다. 엑스레이를 찍으러 가거나 채혈을 하러 가야 할 때도 있다. 그리고 이건 장편소설의 분량과 거의 맞먹는 단편들이다.

「텔리에 저택」 — 한 시간씩 총 2회.

「비곗덩어리」 — 1회에 완료.

"그레구아르, 이건 내 말이 아니라 언어학자들이 한 말인데, 네가 낭독하는 시간 동안 너에게 귀기울이는 청중도 그만큼의 시간을 쓰고 있는 거야. 낭독 시간이 너무 길지 않도록 조심해야 해. 이제는 더이상 우리 둘만 있는 게 아니다. 네 앞에 세 사람이 있어. 이제 우린 그룹이야. 그룹은 움직이고, 호흡하고, 토론을 하지. 첫째, 네가 텍스트를 먼저 보고, 둘째, 그걸 소리 내어 읽어. 셋째, 그룹이 이해하는 거야. 이 모든 것은 거의 동시에 일어나. 너는 이 과정을 이해해야 해! 이것을 피드백이라고 부른단다."

나는 나의 새로운 청중들인 마들렌, 셀레스틴과 함께 즐겁게 낭독회를 해나가고 있으니 반대 의견을 내기가 어렵다. 기 드 모파상이 영감을 받아쓴 것들은 유산, 불륜, 치정에 얽힌 범죄, 숨어 살던 아이들 등 신문 사회면에 실린 기사에서 소재를 가져온 소설들로, 낭독회를 하는 동안 귀족, 공장 노동자, 농부 들의 삶이 뒤죽박죽 펼쳐진다. 인간존재가 겪을 수 있는 그 모든 무시무시한 사건들에 두 부인은 한껏 달아올라 이런저런 해설을 하거나 토론을 벌이느라 낭독회 시간의 삼분의 일을 잡아먹을 때가 빈번하다. 내가 단편소설 한 편을 다 읽고 나면 지루 부인은 "최고다, 최고야!"라고 킥킥거리며 반응을 보이고, 피키에 씨는 나에게 은밀한 눈짓을 보낸다. 그리고 부인들이 떠나자마자 나에게 확신을 주듯 이렇게 말한다.

"그레구아르, 네가 해냈다!"

낭독회가 거듭되면서 나는 진짜 낭독자가 되어간다. 그 한정된 공간 안에서 내용을 생생하게 전달하려면 어조를 어떤 식으로 바꾸어야 하고 대화 부분을 어떻게 생생하게 처리해야 하는지 피키에 씨가 말해주지 않아도, 나는 스스로 알아서 귀족이 되었다가 늙은 시골 여자가 되었다가 한다. 오로지 가늘고 굵은 목소리의 변화를 통해 이 인물에서 저 인물로 마음대로 넘나들 수 있다는 게 점점 더 좋아진다. 마들렌과 셀레스틴은 정의가 승리할 때 박수를 치고, 한 남자의 폭력적인 태도에 화를 내고, 목격자 역할을 자처하면서 책방 할아버지의 의견을 묻는다.

"어쨌거나 이 남자가 옳다는 말은 하지 마세요, 피키에 씨! 모파상이 지나쳤죠, 안 그래요?"

부인들은 다양한 비극들에 깊이 공감하고, 그중에 비극적 사랑 이야기를 특히 좋아한다. 매번 낭독회가 끝나면 우리, 그러니까 그녀들뿐만 아니라 나 역시 이야기에서 전해지는 감동을, 어둠 속에 혼자라는 생각에 겁먹은 아이, 우리들 안에 있는 그 아이를 위로해줄 아주 작은 그 빛을, 되도록 빨리 함께 나누고 싶은 마음뿐이다.

10

책방 할아버지는 나를 교육시키고, 책 읽는 법을 제대로 가르쳐주기로 마음먹었다.

"보렴, 여기 이건 그냥 마침표가 아니야. 여기서는 긴장감이 느껴지게 읽어야 해. 숨을 한껏 들이마셔. 호흡을 좀 주라고. 대단히 중요한 거야. 너에게도 마찬가지지만 특히 텍스트를 위해서 말야. 이 세상에 그 어떤 책도 단숨에 써내려진 건 없어. 글쓰기는 수정에 수정을 거듭하는 작업일 뿐이지. 새 양초가 완전히 타들어갈 때까지 말이야. 전달되는 시간은 불꽃에 맡겨두고."

"직접 글도 쓰시나요?"

"끝까지 들어봐. 사람들 앞에서 책을 읽는 기술은 문장들이 그 자리에 갑자기 처음 나타난 것처럼 들리게 하는 데 있단다. 물론 네가 책을 들고 있으니 문장들은 이미 네 눈앞에 있겠지만, 그렇게 하려고 노력해. 마치 작가가 새하얀 백지 위에 첫 문장을 쓰는 것처럼 말이야. 마치 처음인 것처럼."

"그럼 제가 사람들을 속여넘겨야 한다는 건가요? 제가 그 문장들을 처음 보는 척하면서 완벽하고 훌륭하게 읽어야 하는 거예요?"

"그런 셈이지."

나는 배운다. 그리고 내 방식으로 표현한다. 학교에 다닐 때 나의 받아쓰기 성적은 정말 형편없었다. 철자와 문법 빵점. 동사 변화 빵점. 시 낭독 빵점. 그런데 지금 여기서 나는 빛나고 있다. 듣는 이들의 마음을 녹이려면 어떤 식으로 문장을 읽어내려가야 하는지 나는 본능적으로 안다. 더 절제된 구절들에서 목소리를 누그러뜨릴 줄 안다. 피키에 씨는 독서의 단계에 대해 나에게 설명한다.

"텍스트들 가운데에는 내가 '꼭대기'라고 부르는 것들이 있단다. 언어의 위대한 모험들이 담긴, 멀리서 여명을 발견하게 되리라는 것을 짐작할 수 있는 텍스트들이지. 그 모든 매혹적인 빛들, 붙잡을 수 없는 찰나의 일출이나 일몰의 녹색 광선, 더운 기류 속에서 매 순간 폭발하는 구름, 선회하는 독수리들의 날갯짓 속에서 증폭되는 꿈. 고독. 고도. 그 아래에서 네가 찾으려 한다면 그 은밀한 '골짜기'들을 찾아낼 수 있을 거야. 눈이 얼어붙은 아주 작은 산꼭대기에서 녹아내린 첫 물방울이 골짜기 밑바닥까지, 평야의 끝자락, 미지의 먼 바다까지 소리 없이 나아가는 것 말이다. 그리고 인간들이 있는 지점은 대체로 바로 그런 곳들이야. 적어도 거의 대부분이 그런 곳들에 있어. 나중에 골짜기와 꼭대기 사이로 길을 개척하느냐 마느냐는 너한테 달려 있어. 그 사잇길엔 마음을 사로잡는 눈부신 혼혈의 책들이 있지."

11

피키에 씨는 게이다. 그건 누구나 알고 있는 사실이다. 공공
연한 비밀. 할아버지는 그걸 교묘하게 가지고 논다. 그가 그럴
수 있는 건 연륜 덕분이다. 비웃음과 조롱, 추잡한 농담과 야유,
이미 그의 부모를 비롯해서 많은 사람들로부터 그 모든 것을 겪
었다.

그가 동성애자라는 사실을 알게 된 그의 아버지는 엄청난 분
노를 터뜨리면서 그를 때렸다. 당시의 젊은 조엘 피키에는 눈물
을 흘리지도, 변명하거나 반항하지도 않고, 최대한 등을 구부리
고 몸을 웅크렸다. 그는 부모 집에 있던 얼마 되지 않는 자신의
물건들을 챙겨, 문과대학에 들어가기 위해 고향집을 떠나 대도
시로 향했다. 부모에게 작별인사조차 하지 않고. 뼛속 깊숙이 상

처를 입은 채.

그 이후로 그는 부모를 두 번 다시 만나지 않았다. 그의 부모
역시 그가 어떻게 사는지 알아보지 않았다. 그가 사랑했던 그의
어머니조차도. 그의 어머니는 아버지의 폭력을 모성애로 감싸주
지 않고 외면해버렸고, 그는 그런 어머니를 평생 원망하게 될 터
였다. 그가 생각하기에 그러한 침묵은 배신이자 공모와 다름없
는 것이었다. 그의 아버지가 그를 두들겨팰 때, 그녀는 아무런
말도, 그를 보호하기 위한 단 한 마디 말도 하지 않았고, 매질을
막기 위한 그 어떤 행동도 하지 않았다. 매질이 가해질수록 그
방관적인 태도는 그를 고아로 만들었다.

그처럼 치유할 수 없는 상처에 관해 토로할 때면 피키에 씨는
몰래 눈물을 흘린다. 오른손을 눈썹 위로 가져가 눈을 가리면서
최대한 눈물을 숨긴다. 가볍게 떨리기 시작하는 자신의 두 무릎
쪽으로 고개를 숙인 채. 그가 속내를 털어놓는다는 건 그가 나를
아주 많이 신뢰하고 있다는 뜻이다. 그렇지만 그런 이야기를 들
을 때면 거북해진다. 무슨 말을 해야 할지 알 수가 없다.

"피키에 씨, 지난 일이잖아요, 잊어야 해요!"

"나도 정말 그러고 싶단다. 하지만 목숨이 붙어 있는 한은 조
금도 잊히지 않을 것 같아."

그것과는 정반대로, 그는 수레국화 직원들을 즐겁게 해주기

위해 대학생 시절 저지른 분별없는 짓거리들에 대해 이야기해주기도 한다. 에이즈가 모든 걸 파국으로 내몰기 전, 그의 아름다운 사랑이 꽃피던 시절의 이야기들. 어떤 이들은 빈정댄다. 편견 가득한 시선으로 바라본다. 또 어떤 이들은 그의 이야기에 다정하게 귀를 기울이면서, 그의 기이한 행동들을 그러려니 받아들인다. 그들 눈에 피키에 씨는 파킨슨병 치료로 인해 무성의 존재가 된 노인에 불과한 만큼 더더욱.

그의 몸은 망가졌지만, 그의 표현대로 이제 더이상 "우리에게 자랑할 심지와 씨알"은 없지만, 젊은 시절 그가 아주 잘생겼으리라는 걸 어렵지 않게 짐작해볼 수 있다. 그의 이웃들인 마들렌과 셀레스틴만 보아도 그가 남자를 더 좋아한다는 사실에 대해 여자들이 얼마나 그를 야속해하는지 쉽게 상상할 수 있다. 때로 나머지 모든 것이 배제되고 오직 한 가지 세부에만 초점이 맞춰지듯, 사람을 끌어당기는 그의 대단한 매력은 자신의 스무 살 시절에 대해 아무것도 누설하지 않는 그 푸른 눈빛 속에 파묻혀버렸다. 피키에 씨는 매력적인 사람이고, 그래서 그에게 매혹되지 않는 사람은 거의 없다.

개인적으로 나를 감동시키는 것은, 그가 자신의 뜨거웠던 옛 사랑을 떠올리면서 말을 꺼낼 때 울려나오는 그 부드러운 목소리다. 그의 목소리는 감미로운 애무 같은 느낌이 든다. "바로 그날, 내 친구와 함께⋯⋯" 그럴 때면 다정한 말들의 한없는 물결이 펼쳐진다. 내가 보기에, 그는 살아오는 동안 지상에서 가장 아름다운 사랑을 했노라고 자랑할 만하다. 오랜 세월이 흐른 지금까지도 그가 그 남자에게 품고 있는 사랑은 다른 모든 이들을 들러리로 만들어버린다.

차츰 '그의 친구'는 나의 친구가 되어간다. 그러나 나는 그의 이름은 알지 못한다. 피키에 씨는 그처럼 내밀한 부분을 훼손시키고 싶어하지 않는다. 그래서 그 친구는 항상 '내 친구'다. 자갈 해변을 배경으로 찍은, 서로에게 매혹된 두 사람의 사진이 침대 머리맡 탁자 위에 놓여 있다. 내가 아는 건 단지 그 친구가 포르투갈계 화가였다는 것뿐이다. 사실 나는 불쑥불쑥 모습을 드러내는 그 사랑에 마음이 산란하다. 질투일까? 그럴지도 모르지. 나는 무엇을 기대하거나 바라는 걸까? 이 노인의 현재에서 각별한 위치를 차지하는 것? 그의 남자친구? 제자? 친한 친구 또는 깊은 속내 이야기를 나누는 사람? 직장동료들은 나를 '먹물'이라고 부른다. 또 어떤 이들은 마송 부인의 표현을 그대로 따라 '피키에 씨의 총아'라고 부른다. 마지막으로, 가장 멍청한 돌대가리들이 즐겨 부르는 별명이 대미를 장식한다. 물론 그 돌대가리들은 남자들을 의미한다. 진짜 남자다운 남자들, 거친 녀석들, 언제 어디서건 사내 냄새를 풍기는 자식들 말이다. 교태 섞인 여자 목소리를 흉내내며 복도에서 내게 집적대는 건 결코 여자들이 아니라 언제나 바로 그런 녀석들이다. '그래, 그이는 잘 지내니, 귀염둥이야?' 책방 할아버지처럼 나이든 남자의 '귀염둥이'라는 건 그저 덜 떨어진 놈, 어딘가 좀 모자라는 놈이라는 뜻으로 들린다. 그런 말들은 모욕감 때문이라기보다 날이 갈수록 점점 더 견고해지는 우리 관계의 순수성을 침해한다는 점에서 나를 더 화나게 한다. 나는 어느 누구의 귀염둥이도 아니고, 피키에 씨 또한 몇몇 사람들이 나와 결부시켜 생각하는 그런 아버지나 할아버지가 결코 아닐 것이다. 피키에 씨는 나에게 기회를 주는 사람이다. 그분 덕분에 나는 낭독가가 되었다.

12

그에게 싫다고 말할 수도 있었을 것이다. 그런데 하겠다고 말했다. 머저리들에게 도전이라도 하듯이. 우리 업계 은어로 말하자면, 몇주 전부터 피키에 씨는 떨어지고 있다. 이건 거주자의 건강 상태가 급격히 악화되고 있다는 걸 의미하는, 직원들끼리 사용하는 완곡어법이다. 그의 심장은 고통에 시달리고 있다. 그는 숨을 헐떡거린다. 걸을 때는 물론이고 소파에 있다가 화장실에 갈 때조차 사방 벽을 가득 채운 책꽂이에 의지해 겨우겨우 이동한다. 그는 발을 뗄 때마다 사라져버리는 것 같은 무게중심을 찾으려 애쓰며 등을 잔뜩 구부리고 몸을 앞쪽으로 기울인다. 그럴 때면 그는 완전히 무너져내릴 정도로 녹초가 될 뿐만 아니라 정신적으로도 몹시 괴로워한다. 그런데 신기하게도, 그는 대부분의 노인들과는 다르게 계속 몸단장에 신경을 쓴다. 항상 깔끔하고 단정할 것. 이곳은 더이상 사회적 속박이 없는 장소이지만, 그럼에도 불구하고 자신의 사회적 이미지를 가능한 한 유지할 것. 매일 샤워하는 건 그가 고집하는 최소한의 행위이다. 수레국화 건물 내의 각 방에 딸린 샤워실이 모두 그렇듯 그의 샤워실에도 미끄럼 방지 타일과 플라스틱 의자와 삼면 벽에 안전 손잡이가 갖추어져 있다. 그럼에도 그는 이제 혼자서 샤워를 할 수 없다. 살짝이라도 넘어졌다가는 그걸로 끝장이다. 골절. 꼼짝달싹 못하는 상태. 욕창. 악순환. 제삼자의 도움이 꼭 필요한 처지가 되었지만 그는 정말 피치 못할 경우에만 도움을 요청한다.

"그레구아르." 그는 자기가 바라는 바를 말할까 말까 주저하다가 마침내 내게 털어놓는다. "목욕 말이다, 네가 좀 맡아다오. 가능하다면 오늘부터 네가 해줬으면 싶구나. 여자 보조들은 친절하긴 하지만, 시선이 부담스러워. 그걸 견디는 건 정말 고역이야."

그는 내 눈에서 놀라는 표정을 읽은 게 틀림없다.

"여직원들에게 그 얘기를 했더니 웃더구나. 이렇다 저렇다 말도 없이. 그래, 그 소문들에 대해선 나도 안다. 내버려둬. 멍청한 것들, 살다보면 언제나 그런 것들을 만나게 되지!"

나는 아무 말도 하지 않는다. 내 머릿속에는 이미 안전하게 샤워를 시키기 위한 기술적인 동작들이 떠오른다. 이 문제에 관해 여자 동료들은 호의적이다. 그들은 나에게 세세한 비결을 전수해준다. 나는 장미셸에 대해서도 쓰레기 다니에 대해서도 말하지 않는다. 그들의 야유를 무시한다. 내 머릿속은 스스럼없이 그를 목욕시키기 위한 내밀한 동작들로 가득차 있다. 어떻게 해야 하나? 낭독회를 하면 지금까지 우리는 서로 마주보고 앉았고, 몇 번은 나란히 앉기도 했다. 하지만 우리 교류의 근간인 언어, 책을 통한 접촉 이외에 실제적인 접촉은 전혀 없었다. 그런데 이제 우리는 서로 신체 접촉을 할 것이다. 아니 더 정확하게는, 나는 옷을 입은 채로 샤워기 아래 벌거벗은 피키에 씨를 만질 것이다. 어쩌다가 이렇게 되었을까?

피키에 씨는 애써 말을 돌려서 하지 않는다.

"너에게 날 주물럭거려달라는 게 아니야. 나도 아직은 내 불알에 직접 비누칠을 할 수 있어. 네가 해줄 건, 내가 서 있는 동안 넘어지지 않게, 자빠져서 머리가 깨지지 않고는 더이상 손이 닿지 않는 곳을 씻을 수 있게 도와주는 거야. 가령, 등이나 다리 같은 곳 말이다. 이젠 몸을 굽힐 수가 없게 되었어."

적어도 이건 분명하다. 우리는 둘 다 장갑을 낀다. 다른 규칙들을 정하는 건 쓸데없다. 나머지는 모두 묵시적인 약속이다. 나는 이제 자기 뜻대로 움직일 수 없다고 고백하는 노인의 그 몸에 비누칠을 하고 물로 씻어낸다.

"우리는 결국 자기 자신에 대해 하나의 이상적인 이미지만을 간직하지. 그리고 사진이 바로 거기에 딱 들어맞아. 사람들은 현상된 사진 속의 예전 자기 모습을 보면서 자신이 아름답다고 생각하거든. 복잡하게 생각할 것 없어. 우리의 육체는 망가져가지만 생각은 계속 그 이미지에 고정되어 있기 때문이야. 그래서 나를 바라보는 거울 속의 그 낯선 이와 마주하는 걸 더이상 견딜 수 없게 돼. 어떤 사람들은 그걸 보고 싶어하지 않지. 때때로 그 대상이 가족일 때도 있어. 나는 가족을 절대로 만나고 싶지 않아. 그런데 솔직히 말하자면, 나는 내가 거의 모르는 그 존재와 이야기를 나누는 게 정말 좋아. 나는 그에게 소리 내어 말을 해. 그리고 그를 비웃어. 우리 사이에 애정 같은 건 없어. 새로운 동행이지. 그러면 내가 의기소침해 있을 때 자극이 돼. 타인들 앞에서 환상을 유지하는 건 어렵지 않아. 옷으로 가리면 되니까. 그리고 여자들은 헤어스타일로 꾸미면 그럭저럭 괜찮아 보이지. 우리 남자들은 대체로 머리숱이 별로 남아 있지 않아서 여자들만큼 꾸미긴 어렵지만, 얼굴과 손은 어떻게든 꾸며서 속일 수 있거든. 나는 말이야, 나는 끝까지 이 게임을 포기하지 않을 거야. '그래, 내 외모에 점수를 매긴다면 몇 점을 주겠소?' 당신들 마음대로 점수를 매기라고. 난 속사정을 잘 알고 있어, 내 셔츠 안은 끔찍하지."

나는 확인한다, 그의 셔츠 안은 끔찍하다. 나는 거품이 잔뜩 묻은 장갑을 낀 손으로 작은 동그라미들을 그리며 그의 팔과 등을 따라가다가 이윽고 그의 겨드랑이를 지나 가슴을 문지른다. 그리고 배꼽과 등허리에서 멈춘다. 나는 몸을 숙여 허벅지에서부터 발끝까지 내려간다. 그가 발가락을 꼼지락거린다. 여기저기 살이 늘어져 있다. 목 밑도. 가슴 아래도. 팔뚝도. 피키에 씨는 눈을 감는다. 그는 콧노래를 흥얼거린다. 나는 가능한 한 아주 부드럽게, 또 눈에 뭐가 보이든 아무 생각도 하지 않고 묵묵히 온갖 궂은일을 척척 해내는 잡역꾼처럼 담담하고 노련하게 하려고 애쓴다. 나는 물과 땀에 흠뻑 젖은 얼굴로 스스로 해낸 일에 뿌듯해하면서 허리를 펴고 일어선다. 비누거품으로 뒤덮인 피키에 씨는 오랜 미소로 나에게 고마움을 표한다. 이제 나는 샤워기를 틀어놓은 채로, 물줄기가 그의 몸을 부드럽게 어루만지는 동안 오래오래 비누거품을 씻어낸다. 물줄기가 멈춘다. 이제 내 앞에는 두 손으로 안전 손잡이를 움켜잡고 있는 노인이 있다.

"고맙다, 그레구아르. 우린 한 팀이야."

나는 수건으로 그를 찬찬히 닦아준다. 마치 코치가 전도유망한 운동선수에게 하는 것처럼. 그리고 십 분 동안 한 마디도 하지 않다가 마침내 입을 연다.

"신기해요, 할아버지 두피는 정말 정말 부드럽네요, 아주, 아주, 보들보들해요."

그가 웃는다. 내 말이 왜 우스운지 알 수 없다. 그가 이유를 설
명한다. 그 말을 들으니 빨간 모자 소녀 이야기가 생각난단다.

"그건 말이다, 너를 더 잘 꾀기 위해서지!"

다니와 장미셸은 우리 등뒤에서 입에 담지 못할 험담을 한다.
그들은 고삐 풀린 망아지들처럼 날뛴다. 그들의 말로는, 피키에
씨가 나를 돈을 주고 사고 원장은 커미션을 떼어간단다. 마송 부
인이 이 일을 깔끔하게 수습한다.

"여러분! 수레국화를 러브호텔쯤으로 생각하지 마세요. 그건
심각한 오산입니다. 그레구아르는 자기 할일을 하는 거예요. 게
다가 그는 자기 일을 아주 잘하고 있어요."

하지만 내 급료는 오르지 않는다.

13

만성절에 우리는 현재 상황을 검토한다. 피키에 씨는 망설이지 않는다.

"그레구아르, 크리스마스가 다가오고 있다. 결정적인 한 방을 날릴 좋은 기회야. 우리끼리 하는 낭독회는 아주 순조롭게 굴러가고 있어. 하지만 난 우리 모임을 어떻게든 더 크게 키우고 싶다."

"……"

"요양원에서는 크리스마스 때마다 홀에서 작은 파티를 연단다. 크리스마스트리, 갈란드 장식을 해놓고 말야. 그리고 그때가되면, 거주자들의 손자들과 증손들까지 가족들이 전부 모이지. 곧 알게 되겠지만, 우스꽝스러운 인형극이나 다름없어. 모두가 티노 로시*의 노래를 불러야 한다고 생각하거든. 누구 할 것 없이 서로 껴안고 볼인사를 나누지. 눈물이 날 지경이라고. 그리고 물론, 산타클로스와 사진도 찍어. 산타클로스 앞에서, 옆에서, 무릎 위에 앉아서. 선물들에 반짝이는 장식들. 아주 완벽하지. 그런데 거기서 제일은 뭘까? 그레구아르, 넌 짐작도 못할 거야. 수염을 달고 산타 옷을 입은 사람이 과연 누굴까? 응? 맞혀봐!"

"에이…… 설마요!"

"쓰레기 다니!"

"말도 안 돼!"

"아니 맞아, 그레구아르, 너의 원수. 그 호랑말코 같은 자식. 정말이지, 본때를 보여줘야 해! 나는 그 녀석에게 복수할 작정이다, 피키에의 이름을 걸고 반드시 녀석에게 쓴맛을 보여주겠어!"

모든 건 책방 할아버지가 결정한다. 나는 지시에 따른다. 나는 아이들과 어른들에게 책을 읽어줄 것이다. 그리고 그의 조언대로, 사람들을 지루하게 만들지 않기 위해 그림책을 읽을 것이다. 더도 말고 딱 두세 권 정도. 꼬맹이들은 선물 받기를 애타게 기

---

* 프랑스 가수이자 배우. 1946년 발표된 노래 〈작은 산타할아버지〉는 프랑스 역사상 최고의 히트곡으로 알려졌다.

다리니까. 피키에 씨는 몇 해 동안 수요일마다 그의 서점에 와주었던 어떤 여배우가 아이들에게 어떤 식으로 책을 읽어주었는지 설명해준다. 아이들이 그림을 보면서 이야기를 들을 수 있도록, 미리 옮겨 적은 내용을 그림책 뒷면에 어떻게 숨겨놓고 낭독했는지. 그 정도는 아주 쉽다. 하지만 이야기에 맞춰 제때제때 자연스럽게 책장을 넘기려면 특별한 요령이 필요하다. 피키에 씨는 자신의 떨리는 손으로 내가 두 손을 어디에 어떻게 위치시켜야 하는지 직접 보여준다. 나는 이야기의 리듬을 유지하면서 책장을 넘기는 비결을 아주 빠르게 익힌다.

수레국화 노인요양원. 오후 네시 삼십분. 크리스마스 사흘 전 토요일 오후. 거동이 불편한 거주자들을 제외하고 예정대로 모두가 일층 홀에 모였다. 커다란 크리스마스트리가 천장까지 닿는다. 나무에서 기분좋은 송진냄새가 난다. 갈란드 장식들이 반짝인다. 구유 장식도 보관용 상자에서 꺼내놓았다. 아이들이 그들을 잡으려는 어른들의 손을 요리조리 피하면서 곳곳에서 뛰어다닌다. 어른들은 허공에서 헛손질을 한다.

"귀엽기도 하지!"

부모들은 뿌듯해한다. 아이들이나 배우자를 데려온 직원들은 이것저것 자질구레한 것들에 대해, 사소한 취향에 대해 이야기를 나눈다. 마송 부인이 입을 연다.

"오늘 크리스마스를 축하하기 위해 이 자리에 함께해주신 모든 분들께 감사드립니다. 여러분이 이렇게 참석해주셔서 저희는 참으로 기쁩니다. 어르신들도 무척 기뻐하고 계십니다. 예년과 마찬가지로, 산타할아버지가 곧 도착할 예정입니다. 아이들이 환호성을 지른다. 모두가 선물을 받을 때, 여러분께 장미셸, 마리오딜, 샹탈이 직접 구운 뷔슈드노엘*을 나눠드릴 거예요. 그리고 아이들에게는 주스를, 어른들에게는 샴페인을 함께 제공합니다. 맛있게 드세요. 박수갈채. 하지만 그전에, 여러분 가운데 몇몇 분은 아마도 알고 계시리라 생각되는데, 삼십오 년 동안 서점 '곁가지 문학'을 운영하신 피키에 씨와, 몇 달 전부터 그분께 책을 읽어주고 있는 그레구아르가 여러분에게 조그만 깜짝 선물을 준비했습니다." 박수갈채. 몇몇 사람들이 낮은 목소리로 소곤거린다.

"그레구아르, 그 재봉사 아들 젤랭 말이야?"

피키에 씨는 휠체어에 앉은 채 크리스마스트리 옆에 숨어 있다. 나는 임무에 돌입한다. 책방 할아버지는 나에게 수없이 이 말을 되풀이했다.

"절대로 사람들이 자리를 잡기 전에는 시작하지 말거라." 어린아이들은 바닥에 앉아 있다. 청소년들은 여기저기 자기가 원

---

* 크리스마스에 먹는 통나무 모양 케이크.

하는 곳에 있다. 할아버지 할머니들은 의자나 휠체어에 앉아 있다. 아이들의 부모들과 직원들은 뒤쪽에 서 있다. 모두가 자리를 잡기까지 시간이 좀 걸린다. 하지만 기다릴 만한 가치가 있다. 그동안 사람들은 귀기울여 낭독을 들을 자세를 갖춘다.

『푸른 개』* 낭독 시작. 두 면에 걸친 그림. 무릎에 인형을 올려 놓은 한 여자아이가 어느 집 문턱에 앉아. 그 아이에게서 두 발짝 정도 떨어진 곳에서 귀와 눈에 슬픔을 가득 담고 고개를 옆으로 기울이고 있는 푸른 개에게 빵 조각을 내밀고 있다. "불쌍한 파란 개야, 아이는 개를 쓰다듬으며 말합니다. 너는 버려진 모양이구나. 아이는 초콜릿 빵을 개에게 나눠줍니다." 홀 안에 침묵이 흐른다. 쉬이잇! 하는 소리들이 침묵을 거들었다. 입들이 벌어져 있다. 해피엔딩으로 끝난 이야기에 열광적인 박수와 환호성이 터져나온다. 나는 땀으로 흠뻑 젖었고, 놀라움과 은밀한 만족이 뒤섞인 감정으로 얼굴이 붉게 달아올랐다. '내가 해냈어!'

나는 피키에 씨가 가르쳐준 대로 청중에게 고마움을 표한다. 그러고 나서 그림책을 또 한 편 읽는다. 『똥자루』** 역시 대성공을 거둔다. 사방에서 앙코르를 외치고 휘파람을 불어댄다. "하나

---

* 나지아가 지은 『푸른 개』. (원주)
** 스테파니 블레이크가 지은 『똥자루』. (원주) 우리나라에는 『까까똥꼬』라는 제목으로 소개되었다.

더! 하나 더!" 산타할아버지가 기다리고 있다. 나는 응접실과 홀 사이의 우묵한 곳에 숨어 있는 그를 본 것 같다. 피키에 씨가 입을 연다.

"산타클로스가 이곳으로 오시기 전에—아이들의 함성—그레구아르가 이야기를 한 편 더 읽어드리겠습니다. 제가 우리 요양원의 세탁 담당 직원에게 개인적으로 헌정하고 싶은 이야기입니다."

동료 직원들 쪽에서 웅성거리는 소리가 들려온다. 마송 부인이 입술에 엷은 미소를 띤 채 눈살을 찌푸린다. 피키에 씨가 어떤 사람인지 잘 아는 마송 부인은 소동이 일어나지나 않을까 불안해한다. 초대된 가족들은 불만의 기색을 보이지 않는다. 산타클로스 다니는 자신과 관계된 그 예고에 놀라 고개를 들고 귀를 쫑긋 세운다.

"다니는 몸이 아파서 이 자리에 참석할 수 없었습니다. 그의 유머 감각으로 미루어 보아, 이 이야기를 아주 좋아했을 텐데, 정말 유감이군요. 그가 어서 회복하기를 기원합니다."

동료 직원들 쪽에서 들려오는 억지 웃음소리. 레베카가 몹시 불안해하는 얼굴로 나를 바라본다. 나는 나도 시키는 대로 하고 있을 뿐이라는 뜻으로 그녀에게 어깨를 으쓱하면서 입을 살짝 삐쭉해 보인다.

"산타할아버지가 오시면 이 책을 다니에게 전해달라고 부탁하겠습니다. 그레구아르, 자, 시작하지!"

나는 제목을 알린다. 『괴물의 입속에』*. 동료 직원들의 웃음이 터져나온다. 마치 아주 오랫동안 잠겨 있던 밸브를 여는 순간 갑자기 수증기가 뿜어져나오는 것처럼. 쓰레기 다니, 여자들은 그를 몹시 싫어하고, 남자들은 그저 침묵한다. 마송 부인은 오직 한 가지 생각뿐이다. 자신의 계획대로 일이 차질 없이 진행되는 것. 어른들, 아이들, 미심쩍어하는 사람들이 보는 앞에서 수레국화 요양원의 희비극이 펼쳐진다. 책 뒤에 가려진 나는 아무것도 보이지 않고, 당사자의 반응에 신경쓰지 않는다. 여차하면 다니는 입 주변에 달린 하얀 솜으로 만든 수염을 뜯어버리고 우리 모두에게 염병할 개자식들이라고 욕설을 퍼부으며 뛰쳐나올 태세다. 마송 부인은 조심스럽게 그에게 다가가 아무렇지도 않게 슬그머니 얘기한다.

"다니엘, 산타할아버지 역할을 끝까지 잘해주세요!"

그러는 동안 괴물 이야기, 아주 작은 입을 가진 괴물이 수술을 받고 입은 아주 커졌지만 똥꼬는 여전히 아주 아주 아주 작은 그

---

* 콜레트 바르베와 장뤽 베나제가 지은 『괴물의 입속에』. (원주) 우리나라에는 『내 입을 이만큼 크게 만들어주세요』라는 제목으로 소개되었다.

대로 있다는 이야기는 끝나가고 있다. 모두의 즐거움을 위한 이야기, 하지만 특히 내 동료들은 저마다 그게 다니에 관한 이야기라는 걸 눈치채는, 다니 녀석을 교묘하게 조롱하기 위한 이야기. "괴물의 죽음을 지켜보던 숲속의 동물들이 노래하기 시작했습니다. 에이! 나쁜 놈, 저놈은 너무 많이 먹었어! 입으로 들어갔지만 밑으로 빠져나오질 못해. 고것 참 쌤통이다……" 의도적으로 잠시 침묵. 그러고 나서 나는 어른들, 아이들, 할아버지들, 할머니들에게 끝부분을 나와 함께 읽자고 손짓한다. "고것 참 쌤통이다……" 레베카, 동료들, 모두가 즐거움으로 가득찬 목소리로 합창한다. "쌤통이다!"

행복감이 채 사그라들기 전에, 책방 할아버지는 물러나 있던 곳에서 홀 전체에 다 들릴 수 있을 만큼 큰 목소리로 또박또박 소리치기 시작한다.

"산타할아버지! 산타할아버지!"

한껏 달아오른 꼬마들이 즉시 뒤따라 외치자, 산타할아버지 다니가 현관 로비의 우묵한 곳에서 나타나 홀 안으로 모습을 드러낸다. 선물이 가득 든 보따리의 무게 때문에 등이 휜 쓰레기 다니는 산타할아버지의 걸음걸이를 흉내내며 느릿느릿 걸어오는 동안 대담하게 그에게 다가가는 꼬맹이들의 머리를 쓰다듬어준다. 어떤 아이들은 아빠나 엄마의 다리에 매달린 채, 멀찌감치 떨어져 그를 지켜보는 편을 택한다. 화가 치밀 대로 치민 그와 시선을 마주치지 않을까, 나중에 보복할 생각으로 불끈 움켜쥔 그의 주먹을 보게 되지나 않을까 두려워서 내가 그러는 것처럼.

"크리스마스 이야기들은 항상 해피엔딩으로 끝나기 마련이야." 피키에 씨는 나에게 단언한다.

그건 사실인 듯하다. 레베카는 세탁장이 아닌 다른 곳으로 가게 되었다. 그리고 쓰레기 다니도 이제는 더이상 나를 괴롭히지 않는다. 어쨌든 이 첫 성공에 우쭐해진 나는 집에서나 집안사람들이 모인 자리에서 누가 내 일이 뭐냐고 물으면 이제 쭈뼛거리지 않고 '책 읽어주는 사람'이라고 대답한다. 엄마는 어깨를 으쓱하고 마치 이렇게 말하는 것처럼 눈을 치켜뜬다. '말도 안 되는 소리!'

사업수완이 좋은 마송 부인은 운영 방향을 바꾼다. 크리스마스 낭독회는 큰 호응을 불러일으켰다. 가족들도 긍정적인 반응을 보였고 직원들의 분위기도 다시 좋아진데다, '빨강머리 소년'에 대해서도 호평 일색이었다. 결정되었다. 1월부터는 반반씩이다. 오전에는 주방일. 오후에는 홀에 모인 사람들에게 책 읽어주기.

엄마는 자신의 고객들 가운데 두 사람에게서 이 모든 것을 전해듣는다.

"젤랭 부인, 아드님은 말 그대로 우리를 들었다 놨다 해요!"

엄마는 재봉틀에서 고개도 들지 않고, 좀더 자세히 알고 싶어 뭘 물어보거나 하지도, 나에게 익숙하지 않은 칭찬으로 가득찬 그 소문들에 놀라지도 않는다.

"주방에서 일하는 줄 알았는데, 그 책 읽어준다는 얘긴 대체 뭐니?"

몇 주 동안 꼼꼼하게 준비하느라고 내 방이 점점 책들로 혼잡한데도, 엄마는 아무것도 보지 못한다. 나는 혼자서 해나간다. 엄마에게 이런저런 설명을 할 필요가 없다고 생각한다.

14

 피키에 씨는 최근에 어떤 엉뚱한 생각을 떠올렸다. 새해 전야를 함께 보내면 어떻겠냐는 거다. 그건 뭐, 문제가 되지 않을 것이다, 어차피 그때 나도 별로 할일이 없을 테니까. 만약 내가 제안을 거절하면 그가 어떻게 시간을 보낼지 나는 너무 잘 안다. 오후 여섯시에 역겨운 스파클링 와인 한 잔과 푸아그라 한 조각. 식사는 그렇게 뚝딱 해치운다. 소등 시간. 불빛이 모두 꺼진다. 말을 듣지 않는 사람들이 켜놓은 텔레비전 불빛. 미셸 드뤼케나 파트리크 세바스티앙*이 그들의 특기인 떠들썩한 방송을 미리 녹화해두지 않은 한, 연말연시면 어김없이 무한 재방영되는 〈황

---

 * 각각 프랑스 텔레비전 프로그램 진행자와 국민 가수.

후 시시〉*. 바로 그날 저녁 행복감에 취한 도시의 희미해진 메아리들을 한밤 내내 그리고 이튿날 이른 새벽까지 듣고 있을 게 분명한 우울한 피키에 씨 같은 남자를 위한 방송들. 휴게실에서 소심하게 색종이 꽃가루를 던지며 최대한 마음을 달래보는 일층 직원들의 조촐한 파티. '라디오 노스탈지'**에서 흘러나오는 뭔지 모를 프로그램. 그리고 무엇보다, 복도에 나가지 말 것. 벽에 설치된 어슴푸레한 간접조명들. 빛을 발하는 밝고 선명한 초록색 비상구 표시등. 벽에 걸린 후진 그림들. 바다와 라벤더 들판. 벽 표면의 지저분한 딱지들.

내 형편도 별로 나을 게 없다. 나는 엄마와 단둘이서 새해 전야를 보내고 싶지 않다. 여자친구들, 남자친구들, 그딴 건 다 부질없다. 유행에 민감했던 적이 한 번도 없다. 음악. 옷. 술. 소란. 역 주변의 클럽에서 죽치기. 운하 제방에서 스쿠터를 타고 맥주 마시기. 비상시를 위한 피임도구. 아니, 난 사양한다. 나는 혼자 있는 게 더 좋다. 열여덟 살 나이에 그건 충격적인데? 젊은 친구, 정상이 아니군. 나는 그의 제안을 받아들였다.

"피키에 씨, 함께 새해 전야를 보내요! 제가 샴페인을 사 올게

---

* 오스트리아 황제 프란츠 요제프 1세의 황후 엘리자베트 '시시'의 러브스토리를 그린 영화.

** 프랑스 라디오채널.

요! 난생처음 크리스마스 보너스를 받았거든요!"

밤 열시, 직원 근무 교대 시간. 가장 운 좋은 이들이 사라진다. 그들은 재빨리 작업복과 고무 슬리퍼를 벗어던지고, 집으로 돌아가 가장 좋은 옷을 입고 한껏 멋을 낸 뒤 파티에 조금이라도 늦지 않으려고 서둘러 친구들을 만나러 간다. 그리고 밤 열시, 28호실에서도 그들만의 파티가 시작된다. 책방 할아버지와 그의 귀염둥이 낭독가가 벌이는 파티 중의 파티.

"그레구아르, 샴페인을 터뜨려, 빨리 안하면 널 덮쳐버릴 거야!"

나는 수레국화 요양원이 깊은 잠에 빠져 있는 걸 확인하기 위해 복도를 힐끗 내다본다. 완벽한 평화. 영원한 평화의 서곡. 살아 있는 시체들이 잠들어 있다.

나는 첫 술병의 마개를 딴다.

"잔을 이리 주세요, 피키에 씨. 우리 건배해요. 할아버지의 방랑벽을 위해."

피키에 씨는 나에게 자기 잔을 넘겨준다. 나는 잔에 샴페인을 한가득 따른다. 그러고 나서 내 잔도 채운다. 우리는 건배한다.

"나의 방랑벽을 위하여!" 그가 큰 소리로 외친다.

그가 샴페인을 삼분의 일가량 엎지른다. 우리는 깔깔 웃는다. 우리의 계약은 대박이 났다. 둘이서 떠들썩하게 축하 파티를 벌인다.

"음악을 틀어. 춤을 추자."

"클래식으로요?"

"그걸 말이라고 하는 거냐, 이 멍청아. 좀 뒤져봐. 록음악도 있고, 팝도 있어. 포크음악도 있고."

믿을 수가 없다. 그가 벌써 잔뜩 취했나보다! 나는 좀 뒤적거려본다. 록음악이 보인다. 팝도 있다. 헤비메탈도 있다. 트러스트라니. 자, 시작합니다, 할아버지! 〈안티소셜〉*을 틀고 볼륨을 최대로 높인다. '너는 네 묘비값을 벌기 위해 평생을 죽어라 일하지 / 너는 신문을 읽으면서 얼굴을 가리지.' 빈 술잔을 든 채 안락의자에 앉은 피키에 씨가 리듬에 맞춰 가볍게 몸을 흔든다. 나는 침대 끝에서 엉덩이를 씰룩거린다. 꼭 누텔라를 과잉 섭취한 펑크족 같다. 나는 마지막 부분에서 목이 터져라 노래를 따라 부른다. '잃어버린 시간은 만회할 수 없어 / 안티소셜, 안티소셜, 안티소셜, 안티소셜.' 내 파란색 작업복. 내 고무 슬리퍼. '젠장! 젠장! 젠장!'

"한 병 더 따!"

나는 비틀거리며 테이블 쪽으로 간다.

---

* 프랑스 록그룹 '트러스트'가 1980년에 발표한 노래.

"제가 샴페인을 따는 동안 시를 읊어주세요."

피키에 씨가 나를 흘끔 쳐다본다. 내 말이 진담인지 아닌지 확인해보는 거다.

"시를 많이 외우고 계시잖아요!"

그가 몸을 일으킨다. 아니, 그런 동작을 취한다고 해도 진짜로 일어서지는 못할 것이다. 만일 그가 앞으로 꼬꾸라진다면 나는 그를 부둥켜안고 같이 넘어질 것이다. 하지만 그의 모습에 나는 깜짝 놀란다. 트위드 재킷을 입고 어느 때보다 기품이 넘치는 그는 마치 그리스비극을 연기하는 배우처럼 한쪽 팔을 벌린다. 술병이 쉽게 따지지 않는다. 운동신경이 둔해져서 마개를 감싼 철사를 시계 반대방향으로 돌려야 풀린다는 걸 알아차리지 못했기 때문일 것이다. 자정 십오 분 전. 수레국화 노인요양원. 28호실. 지금 이곳은 고대 원형극장이다. 피키에 씨가 낭송을 시작한다.

"모두에게 즐거운 송구영신이 되기를! 해가 뜨나 비가 오나 혹은 그 둘 모두일 때도! 훼손되지 않은 아름다움을 지닌 수사본들에 그대의 문이 활짝 열려 있기를!"

무슨 소린지 도통 모르겠다. 그런데 이내 샴페인 마개가 펑 하고 튀어오른다.

"은하계 차원에서 말하건대, 검은색 잠옷에 그려진, 호수에 떠 있는 것처럼 보이는 성채와 산타클로스와 그의 암순록은 찬란하게 빛을 발하는 정신착란 같은 것일지니……"

원. 투. 샴페인! 샴페인 병에서 뿜어져나온 거품이 시트 위로 마구 쏟아져내린다. 그는 전혀 동요하지 않고 혀가 잔뜩 꼬인 채 차분하게 이어간다.

"생각해보시라, 새해 첫날 꽃가루 모임에서 그들이 초록깍지 강낭콩 같은 마음씨를 지닌 아주 착한 소년을 산수로 진절머리 나게 하는 것을 나는 보았나니……"

그는 내 가슴께로 잔을 들어올리고 마치 선술집의 난폭한 군인처럼 노래를 부른다.

"장밋빛 면도 거품으로 뒤덮인 대가리들……"

나의 머리가 어디로 곤두박질치고 있는지, 샴페인 속인지, 꿈속인지, 아니면 어떤 시공간의 틈새인지 모르는 채 나는 그 공연을 관람한다. 책방 할아버지가 목이 터져라 큰 소리로 외친다.

"그리하여 아, 그 힘! 우주적이고 희극적인 그 희뿌연 튄 자국들에 그의 얼굴은 젖가슴을 마주했노라, 그리고 오르가슴우탕* 의 왕복운동 속에서 바다가 바람을 쓸어갈 때 낙원에서 달변이라는 선물이 바람에 실려왔으나, 그는 그것으로 말의 꼬리도 머리도 만들지 못해 홧김에 울부짖으며 되는대로 그것의 허리를

---

* 오르가슴과 오랑우탄을 합성한 말장난.

두 팔로 얼싸안았노라……"

그가 멈춘다. 나는 최악의 사태가 될까 두렵다. 심장마비 또는 내가 알지 못하는 어떤 것. 그런데 전혀 그런 게 아니다. 그는 공기를 한 모금 들이마시기 위해 잠시 멈췄다가 다시 더 큰 소리로 이어간다.

"승강기는 고장났다! 팡파르는 백혈병에 걸렸다! 그리고 슈크림은……"

스무 가지쯤 되는 놀라는 표정이 내 얼굴을 스친다. 마침내 나는 키득키득 웃는다. 긴장했던 마음을 푼다. 그 무엇도 그를 멈출 수 없다.

"요컨대, 새에 관한 선전이 그보다 더 잘할 수는 없었으리라. 파촐리의 떨림으로 인해 내 살갗에 꽃이 피어났을 정도이니, 진실로 그대에게 말하노라……"

거기서 갑자기, 그는 목소리의 높낮이를 바꾼다. 그의 목소리와 그의 몸에 마음대로 떼었다 붙였다 할 수 있는 벨크로테이프가 있는 것 같다. 벨크로 크루너*. 그가 내 목덜미를 잡는다. 그리고 자신의 이마를 내 이마에 갖다댄다. 내 머리를 마치 마이크처

---

* 중얼거리듯 낮은 목소리로 감미롭게 노래하는 크룬 창법으로 노래하는 가수를 일컫는 말.

럼 사용한다.

"이후로 이따금씩, 몇몇 비행길들 위로, 말이 물어뜯어놓은 것 같은 모양의 비행운들이 오랜 시간이 흐른 뒤에도 그 소년을 다시 부르네. 소년은 한밤이 때맞춰 나타나는 별들을 열둘까지 셀 수 있는 최적의 시간이라 믿으며 아름답고 쓰라린 금빛과 달빛 그물 속에서 행복에 빠져드나니. 모두에게 즐거운 송구영신이 되기를! 해가 뜨나 비가 오나, 혹은 그 둘 모두일 때도! 훼손되지 않은 아름다움을 지닌 수사본들에 그대의 문이 활짝 열려 있기를!"

모든 것이 멈춘다. 그가 털썩 주저앉는다. 나는 요란하게 박수를 친다.

"누구 시예요?"

나는 그에게 술잔을 내민다.

"나만 아는 비밀이지. 내가 썼으니까, 아마 네 나이만했을 때였을 거다. 음악을 다시 틀어봐, 세계대전에 대한 기억들을 날려버리게. 난 그게 정말 싫어."

하와이안셔츠, 물 빠진 청바지. DJ 그레구아르, 얼근히 취했지만 위엄을 갖추고 나는 다시 전축 쪽으로 다가간다. '에브리 브레스 유 테이크(당신의 모든 숨결)' 첫 소절, 스팅의 낮은 목소리, 도입부 가사 '에브리 무브 유 메이크(당신의 모든 움직임) / 에브리

본드 유 브레이크(당신이 어기는 모든 약속) / 에브리 스텝 유 테이크(당신이 내딛는 모든 발걸음을) / 아이 윌 비 워칭 유(나는 바라볼 거예요)' 아, 이런, 그가 운다! 울지 마세요, 피키에, 지금 우린 파티중이란 말이에요! 울지 마세요, 내가 록음악을 틀게요! 플레이리스트에 〈메시지 인 어 바틀〉을 추가한다. '아이 윌 센드 언 에스오에스 투 더 월드(세상에 구조 요청을 보낼 거야)' 샴페인이 흘러내린다. 자정까지는 겨우 몇 초밖에 남지 않았다.

"우리 셀카 찍어요. 피키에 씨. 후대를 위해."

"셀 뭐?"

"둘이 같이 사진 찍자고요."

"……"

"같이요, 영정 사진이 아니라고요. 밀레지이이짐!*"

"밀레지이이짐!"

찰칵. 결과물은 흉측하다. 짓뭉개진 두꺼비들 같은 몰골이다. 나는 한쪽 팔을 뻗어 휴대전화를 든 채로 피키에 씨의 안락의자 팔걸이에 걸터앉아 균형을 잡고 있다. 피키에 씨는 행여 내가 술기운에 쓰러지기라도 하면 자기 몸 위로 무너져내릴 것 같아 몸

---

* 우표나 동전 등의 발행연도, 자동차나 와인의 생산 연도를 표시하는 숫자. 그레구아르는 '치즈'나 '김치'처럼 사진을 찍을 때 웃는 표정을 짓기 위해 이 단어를 발음한다.

을 잔뜩 웅크린 채 불안하게 앉아 있다.

"한 장 더요, 피키에 씨."

나의 카운트다운이 시작된다. 오-사-삼-이-일, 제로-제로-제로-제로! 나는 그의 머리에 입을 맞춘다.

"새해 복 많이 받으세요, 피키에 씨! 건강하게 오래오래 사시고요!"

요양원에서 절대로 해서는 안 되는 말. 하지만 나는 자제력을 잃어버렸다. 피키에 씨는 나에게 고맙다고 한다.

"얘야, 인생이 네 앞에 펼쳐져 있다. 좋은 기회를 놓치지 마라."

슬픈 미소와 망설이는 듯한 표정 사이에서 입술을 움찔거리는 그를 보면서 반쯤 혼수상태에 빠진 나는 그가 뭔지 모를 말을 덧붙이고 싶어한다는 걸 알아차린다. 새해가 시작된다. 시간은 충분하다. 나는 기다린다. 내 직감이 맞았다. 그는 겨우 알아들을 수 있을 만큼 웅얼거리는 목소리로 말을 잇는다.

"있지, 난 책을 읽으며 평생을 보냈어. 그리고 내 생각에 나는…… (그는 한순간 머뭇거린다……) 나는 그걸…… (그가 다시 말을 멈춘다……) 그 인생la vie이란 걸 살지 못한 것 같아, 그 진짜 인생 말이다."

아직은 정신이 조금은 온전히 붙어 있는 터에 나는 놀란다. 그

그레구아르와 책방 할아버지 95

는 왜 '내 인생'이라고 말하지 않는 걸까? 아마도 그는 라la……
그 음정을, 그 인생, 그 진짜 인생이라는 말을 더 좋아하는 것 같
다.* 내 머리. 내 발. 몸 곳곳에 샴페인 기운이 퍼져 있다. 머릿속
에 갑자기 어떤 생각이 떠오른다. 이건 의심의 여지가 없다는 생
각이 드는데, 내가 보기엔, 인생에서 빠져나가는 건 인생 속으로
들어가려 하는 것 못지않게 힘든 것 같다. 지금까지는 피키에 씨
에게 이런 얘기를 할 기회가 전혀 없었다. 지금이 기회다.

"피키에 씨, 그 진짜 인생이란 게 어떤 거죠? 전, 저는 인생이
두려워요. 제 나이 때 할아버지도 그랬나요?"

활기찼던 분위기가 순식간에 가라앉는다. 수직으로 곤두박질
치듯.

"물론이지! 내가 뭘 할 수 있을지 전혀 모르는 채 내 앞에 그
모든 시간이 펼쳐져 있다는 생각에 얼어붙어 있었지. 시간은 내
앞에 있었어. 끝이 보이지 않았지. 공허의 냄새가 났어. 아니, 더
고약하게도 권태의 냄새를 풍겼지. 그리고 그런 내 생각은 틀리
지 않았단다. 나는 지긋지긋해하며 인생의 사분의 삼을 살았으
니까. 책을 사랑한다, 그래 좋아, 겉으로 보기에 멋진 일이지, 매
력적이야. 하지만 책을 팔면서 평생을 살아간다, 그건 그 사랑을

---

* 프랑스어 여성형 정관사 'la'와 계이름 '라'는 발음과 철자가 같다.

죽이는 거야! 매출을 늘린다! 수익을 낸다! 주문, 배달, 진열, 손익계산."

어이쿠! 책방 할아버지는 지금 무슨 말을 하시려는 걸까?

'피키에 씨, 오늘은 새해 첫날이잖아요, 할아버지에게 연말 회계결산을 하시라는 게 아니라고요.'

내 머릿속에 떠오른 말은 바로 그거였다. 하지만 샴페인 때문에 가로막힌다. 더이상 발음할 힘도 없어 그냥 될 대로 내버려둔다.

"출간 시즌.* 그때마다 느껴야 하는 중압감. 신간들을 다 읽은 척하기. 첫줄조차 읽지 않은 책들을 추천하기. 다행히 나는 손님들에게 책을 권하는 일을 아주 좋아했어. 심지어 난 그 방면에 타고난 재주가 있는 것 같았지. 어떤 여자 손님은 감탄을 금할 수 없다는 듯이 내 말에 귀를 쫑긋해. '당신 서점에 오면 마음이 참 편안해요, 당신은 나의 미학자예요.' 이만하면 썩 괜찮았지? 어쨌든 나는 정말이지 그 염병할 책들을 사랑하니까. 책은 우리의 초상을 어느 정도 수정해주지. 방금 찍은 우리 낯짝을 봤지? 그러니 내가 사람들, 진짜 사람들보다 책을 더 좋아한다고 말하

---

* 랑트레 리테레르(Rentrée littéraire). 프랑스 출판시장에서 매년 8월 말부터 11월 초까지 다수의 신간들이 일제히 출간되는 시즌을 일컫는다. 이 시즌에만 650여 종의 문학작품이 출간된다.

게 할 생각은 하지 마. 절대로. 알아들었지!? 책과 사람. 그 둘은 나란히 가는 거니까. 진짜와 가짜, 둘의 조화. 인생."

대사를 잊어버린 무대 위의 비극배우처럼, 말문이 막혀버린 그가 집게손가락으로 위협하면서 나를 바라본다. 그는 마치 혼자서 달과 싸우고 있는 술주정뱅이 같다. 나는 웃음을 터뜨린다. 그러다가 그의 안락의자 팔걸이 위에서 뒤로 나둥그러지는 바람에 머리를 찧으며 바닥에 쓰러진다. 갑자기 눈앞이 캄캄하다. 그가 부드러우면서도 화가 난 몸짓으로 내 머리칼을 쓰다듬는다.

"인생. 가치 있는 유일한 인생. 그건 서점 주인의 인생 같은 게 아니야. 그래, 그건 하찮은 일일 뿐이지. 나에게 의미 있는 유일한 진짜 인생은 여행이고 길이야. '곁가지 문학'은 권태와 공허를 달랠 수 있는 유일한 아드레날린이지. 두 다리로 걸어서, 자동차로, 기차로, 뭐든 자기 좋을 대로, 앞으로 나아가기. 그런데 어느새 그 쥐구멍에 갇혀버린 나를 보고 나는 깜짝 놀랐지. 난 정말 바보 멍청이야. 나는 서점 주인의 삶에 얽매였어. 될 대로 되라고 살아가면 어느 날 철컹, 28호실의 문이 모든 환상들 위로 닫혀버리는 거야. 아직 죽지는 않았지만 사는 것도 아닌 게 돼. 엉덩이뼈도 썩어가지. 아! 과거에도, 그리고 앞으로도 죽을 때까지, 끝까지 버리지 못할, 몸을 움직여 앞으로 나아가는 삶을 향한 사랑이여. 제기랄. 와병 환자. 간단히 말해 그런 거지. 한 곳에 주저앉아 못박힌 채 살다가 병석에 드러누워 생을 끝내다니. 아, 이 무슨 기구한 팔자냐는 말이야! 그레구아르, 좋은 기회를 놓치지 마라! 휘트먼, 잭 케루악, 잭 런던의 책을, 니콜라 부비에의 『세상의 용도』를 읽어. 제발 그렇게 해다오."

내 머릿속은 거품이 부글거리는 해초 같다. 그의 분노는 나의 신경들에 충격을 주지 못하고, 오히려 나를 흔들어 달랜다. 전부 다 털어놔버려요. 피키에, 듣는 사람은 아무도 없어요.

"솔직히 말해서, 나는 정말 죽고 싶어. 빠르면 빠를수록 좋겠어. 시시껄렁한 삶은 이만하면 충분해. 하지만 나 역시 다른 사람들과 별반 다를 게 없는 것 같아. 그래, 나는 죽음이 두려워. 그 두려움은 지극히 당연한 거지. 저 너머에서 우릴 기다리고 있는 것이 뭔지 모르는 채 이 상태에서 저 상태로 넘어간다는 것. 어떤 대상을 믿고 죽은 후에 지옥과 연옥과 천국 중에서 선택할 수 있다고 생각하는 게 훨씬 더 마음이 편하겠지. 젊은 시절 나를 취하게 했던 그 모든 어리석은 짓들. 불행하게도 나는 아무것도 믿지 않아. 그 어떤 것도, 그 어떤 사람도, 어떤 초월적인 힘, 절대적인 힘, 그걸 뭐라고 부르든 간에, 우리의 영혼을 지배하는 여하한 신성이 존재한다고 나를 설득하지 못했어. 난 영혼을 믿으니까. 하지만 그게 다 무슨 소용이냐? 아니, 이 문제에서 나를 가장 화나게 하는 건 이제 내가 결코 이룰 수 없을 욕망들, 계획들을 남겨놓고 떠나는 것, 그리고 내가 끝끝내 해결하지 못했고 내 입안에 씁쓸한 뒷맛을 남기는 수십 가지의 갈등들을 내 뒤에 남겨놓고 떠난다는 사실이야. 내가 요절내고 싶어했던, 살아오면서 마주친 그 모든 멍청이들, 그리고 돌이켜 생각할 때 필름을 다시 되돌리지 않는 게 더 나은 그런 수많은 회한의 순간들, 그런 것들은 부질없이 나를 괴롭히겠지. 사랑에 관해서, 사업에 관해서, 또 삶의 즐거움을 위해 알아야 할 모든 것을 알고자 했던 욕망에서 비롯된 회한들 말이야. 내가 놓쳐버린 기회들을 말하려는 게 아니야. 하지만 성공적인 인생을 산다는 것, 그건 정확히 어떤 걸까? 이제 인생에 첫발을 내딛는 너는 말해줄 수 있겠니?"

"……"

내가 그의 무릎 위로 머리를 떨군 게 분명하다. 잘 모르겠다. 아마 나는 졸고 있었던 것 같다.

"그 모든 이유 때문에, 이제 나에게 남아 있는 시간이 얼마 없긴 하지만, 그럼에도 나는 여전히 앞을 바라본단다. 날 위로해줄 네가 여기 있고, 너는 앞으로 나아가고 있지. 나에겐 자식이 없어. 너무 응석받이만 아니라면, 아이들은 우리가 떠나는 순간 위안이 되어준단다. 우리는 우리의 불알 물이 그걸 확실하게 보장해준다고 생각하지. 그래, 그들의 자식들 수준을 보면 호모라는 게 아주 잘된 일이었다는 생각이 들어. 그 모든 분노를 간직한 채 어떻게 평화롭게 눈을 감을 수 있을까? 약육강식의 먹이사슬에서 불가피한 하나의 표지로 스스로를 평가하는 우리의 그 자만심. 눈앞의 시시껄렁한 삶. 그리고 그후에는? 미래가 없어. 물론 미래가 있긴 하지. 그럴듯한 농담 같은 미래가."

그의 말은 계속된다. 비슷한 이야기들이 이어진다. 얼마나? 피키에 씨. 책방 할아버지와 코를 골고 있는 그의 귀염둥이. 내 머리칼 사이로 노신사의 손가락들. 술에 거나하게 취해 아주 행복한 사람의 잠. 잠에서 깨어난 나는 그곳이 어딘지 알아차리지 못한다. 검은 피부의 공주가 차가운 물주머니를 내 머리에 얹는다. 그녀가 내 이마를 가볍게 두드린다.

"새해를 아주 요란하게 시작하시는군!"

알아들을 수 없는 웅얼거리는 소리, 해석하자면 다음과 같다.

"내가 대체 여기서 뭘 하고 있는 거지? 내가 어떻게 여기 온 거야? 당신은 누구야?"

나는 기억을 되살려보려고 머리칼을 마구 비벼댄다. 헛수고다. 디알리카, 그게 그녀의 이름이다. 디알리카가 나에게 상황을 설명해준다.

"네가 그 노인을 완전히 보내버렸어. 걱정하지 마, 지금은 잠들었으니까."

나는 상체를 일으켜 앉는다. 그리고 잠시 동안 몹시 어리둥절해하다가, 술이 깬다.

　"마송이 알게 해선 안 돼. 지금 쫓겨나고 싶진 않거든."

　"알겠어." 그녀가 속삭인다. "난 방금 막 왔어. 어서 작업복으로 갈아입어. 자, 슬리퍼도 챙기고."

　믿을 수가 없다! 내가 팔순이 넘은 남자와 혀가 꼬부라지게 술을 마시고, 새해 축하 인사로 내 입술에 입을 맞춰주는 검은 피부의 공주의 품속에서 깨어나다니. 문득 이런 시구절이 떠오른다. '모두에게 즐거운 송구영신이 되기를! 해가 뜨나 비가 오나 혹은 그 둘 모두일 때도!……' 왜 이런 문장이 떠오르는 거지? 어디선가 들은 게 틀림없다. 어딘지는 모르겠지만.

15

디알리카는 12월 1일부터 이곳에서 일하고 있다. 그동안 그녀와 한두 번 마주쳤을 수도 있지만, 그동안 크리스마스 소동에 정신이 홀려 있었고 또 뭔가에 열중하고 있어서 주의하지 않고 그냥 지나쳤을 것이다. 그런 바보짓을 하다니, 분명히 디알리카 옆에서 책을 읽어놓고도……

휴게실에서 나는 그녀에게 머리를 풀어보라고 말한다. 그녀가 머리를 풀기 위해 두 팔을 들어올린다. 하얀 블라우스 아래 그녀의 가슴이 위로 솟구치고, 면직 옷감이 바짝 당겨지면서 그녀의 유두가 드러난다.

"뭘 보는 거야?"

"네 머리칼, 간호사 동지. 브래지어를 안 했군, 아주 큰 대가를 치를 수도 있어."

"예를 들어?"

"내가 문자메시지로 청구서를 보낼게. 안녕. 피키에 씨 건강 상태가 좋지 않아, 지금은 그를 혼자 두면 안 돼."

문자메시지와 책 읽기. 디알리카와 잭 런던. 내 오른쪽에는 『마틴 에덴』. 분량이 상당한 소설이긴 하지만, 이건 사실 미리 짜고 하는 게임이나 다름없다. 왼쪽에는 디알리카. 이건 완전 킹왕짱이다. 나는 휴대전화에 문자를 쓰면서 동시에 낭독 연습을 한다. 그러려면 시야를 자유자재로 조절하는 고도의 기술과 두뇌 활동을 완전히 둘로 분리하는 능력이 필요하다. 크게 소리 내어 책을 읽고자 하는 사람에게 필수적인 자질들이다. 이런 능력들만 갖추고 있으면 게임은 끝난 거나 마찬가지다. 책방 할아버지는 나에게 경의를 표한다. 때때로 그는 짜증을 내기도 한다. 그리고 대체로 그는 내게 뭔가 급한 용무가 있다는 것을 알아차린다.

"사층에 빈방. 31호. 나한테 열쇠 있음, 디아."

"예스! 31호, 여섯시. 그레그."

오후 여섯시. 규칙 넘버 원. 조심하고 또 조심할 것, 들키는 날엔 그 즉시 해고. 우리는 극도로 조심한다. 규칙 넘버 투. 그 방에서 디알리카가 나에게 청신호를 보낸다. 피키에 씨가 미소를 짓는다.

"오늘은 그만 하자꾸나. 잭 런던도 기다려줄 게다. 하지만 내일은 좀더 집중하도록 해."

"예스! 예스! 미스터 피키에! 씨 유……"

복도에서, 계단에서, 나는 애써 태연한 척하며 미친듯이 달린다. 여섯시 31호. 여섯시 31호. 나는 31호실의 문을 연다. 여섯시. 그녀가 거기 있다. 미소를 지으면서. 삭막한 배경 속에 펼쳐진 모래사장. 이 방은 다음 희생자를 기다리고 있다. 여기서는 그 누구도 산 채로 나가지 못한다. 원래 그렇다. 하지만 우리에게 이 방은 정반대다. 31호실, 이곳은 우리의 보금자리다. 우리의 은밀한 은신처. 우리는 여기서 단 십오 분 만에 끝낸다. 그보다 시간이 덜 걸릴 때도 많다. 규칙 넘버 쓰리, 무슨 일이 있어도 꼭 지켜야 할 사항으로, 호출기를 절대로 몸에서 떼놓지 말 것. 항상 시선이 닿는 곳에, 소리를 들을 수 있는 곳에 둘 것. 비디오게임만큼이나 사람을 긴장하게 만드는 규칙이다. 요양원 직원수칙, 그건 호출을 받는 즉시 응답하는 것이다. 육십 초에서 단일 초라도 넘기면 그땐 죽음이다. 굉장하다. 절대로 옷을 벗지 않는다. 후크를 열고 되도록 단추도 많이 풀지 않고 옷을 헤쳐 최대한 접촉한다. 간혹, 막 시작하려 하거나 끝나자마자 곧바로 삐삐삐삐, 빨간 불이 깜박일 때가 있다. 우리는 숨을 헐떡인다. 그리고 웃음을 터뜨린다. 절대로 퍼레이드중인 개똥벌레보다 더 큰 소리를 내지 않고 은밀하게 애무하기. 그녀는 나를 만진다. 우리는 서로를 만진다. 그녀가 팬티를 다시 꿰어입는다. 블라우스의 단추들을 채운다. 육십 하고도 일 초. 우아하고 헌신적인 간호사의 위대한 신화에 부합하는 그녀가 된다.

"예, 원장님, 찾으셨어요? 무슨 일이세요? 사랑을 느끼냐고요? 그건 당연하다고 생각해요, 그레구아르가 방금 전에 책을 읽어줬거든요. 저는 너무너무 좋았어요."

사랑. 사랑하고 싶은 욕망. 사랑받고 싶은 욕망. 그런 건 어떻게 시작해야 하는 거죠, 피키에 씨? 책이 우리에게 뭘 말해주나요? 책은 아무것도 말해주지 않는다! 아무것도! 복도에서 디알리카를 마주칠 때마다 네 청바지 안에서만큼 무언가 네 가슴속에서도 꿈틀거리는 이유를 책이 가르쳐줄 거라고 기대하지 마라. 그리고 그녀가 알고 있다는 걸 내가 안다는 것 역시 그녀가 알 거라고도. 모든 건 우리 눈 속에서 일어난다. 우리는 콜라병을 서로에게 건네면서 간접적으로 접촉한다.

"무슨 음악 듣고 있어?"

디알리카가 이어폰을 내민다. 나는 이어폰 줄을 끌어당긴다. 20센티미터. 내 짧은 빨간 머리칼이 그녀의 풍성하고 곱슬곱슬한 긴 머리칼 아주 가까이에 있다. 그녀는 가장 좋아하는 음악을 듣고 있다. 티켄 자 파콜리.* 그 음악에 대해 말할 틈조차 없다. 우리의 입이 서로 부딪친다. 더이상 서로를 놔주지 않는다. 열흘 전까지 나는 숫총각이었고, 날마다 몽정을 했다. 그런데 수레국화에서 일한 지 일 년이 채 안 되어서, 나는 나보다 열 살 많은 여인의 왕자님이자 연인이 되었다. 나는 비너스 여신과 그녀의 절정의 순간들을 발견한다. 크고 아름다운 엉덩이를 간직한 영토. 나는 눈이 닳도록 바라본다. 손이 닳도록 어루만진다. 피키에 씨는 나에게 책 읽는 법을 가르쳐준다. 디알리카는 육체의 지정학을 가르쳐준다.

디알리카는 정식 간호사다. 그런데도 마송 부인은 그녀에게 간호조무사 임금을 지불한다. 두 사람은 그 부분에 서로 동의했다. 그건 수레국화에도 좋고 디알리카에게도 나쁘지 않다. 다른 직원들보다 삼분의 일가량 임금을 적게 받는 셈이지만, 다카르에서 같은 직종의 종사자가 받는 임금에 비한다면 열 배나 더 많다. 그녀는 자기 봉급의 일부를 늙은 어머니에게 보낸다고 했다. 나는 여기 수레국화에서 늙어가는 게 나은지 아니면 세네갈의 강가에서 늙어가는 게 더 나은지 궁금해진다. 내 물음에 디알리카는 소위 선진화된 이 사회에서 아무 짝에도 쓸모없는 존재가

---

* 코트디부아르 출신의 레게 뮤지션.

되었을 때 우리에게 예약된 운명에 충격을 받았다고 털어놓는다. 나이든 사람들을 물질적이고 인간적인 연계가 있는 마을이나 지역의 삶과 동떨어진 곳으로 데려다가, 우리가 지금 하고 있는 것처럼 울타리를 치고 그 안에 몰아넣는 이 방식, 그리고 무엇보다도 마치 상품을 관리하듯 말년의 삶을 관리하는 전담반을 만들어 사업적으로 운영하는 우리의 방식. 그녀는 프랑스에서 늙어가는 자신의 모습을 단 한 순간도 상상한 적 없다.

그녀는 세네갈에서 취득한 자격증을 이곳에서도 인정받기 위해 노력중이지만 진척이 없다. 다카르 출신인 그녀는 그곳에서 다니던 학교와 마르세유에 있는 동일한 학업과정의 학교 간의 교류 시스템을 이용했다. 자매결연을 한 그 두 도시는 일 년에 한 번씩 교환학생들을 보냈고, 교환학생들에게는 체류 비용이 지원되었다. 삼 주의 체류가 끝난 뒤, 디알리카는 프랑스에 불법으로 눌러앉아 노동허가증과 체류증을 취득하고, 프랑스 혈통의 남자 또는 입양되어 프랑스에서 성장한 프랑스 국적의 남자와 위장결혼을 해 불법이민자들의 성배인 '프랑스 공화국' 검인이 찍힌 신분증을 어떻게든 손에 넣으리라 다짐했다고 한다. 그녀는 기나긴 오 년 동안 자신이 겪은 매정한 거절들과 비참한 현실에 대해서는 절대로 말하지 않는다. "난 앞만 바라보고 살아!" 그녀는 말한다.

16

책방 할아버지가 해주는 말들은 미래의 계승자에게 건네는 전문가의 조언이다. 자신이 지도하는 운동선수가 더 높은 수준에 도달하기를 바라는 코치의 조언들.

"장담하건대, 넌 머지않아 식은 죽 먹듯이 열두 시간을 쉬지 않고 책을 읽을 수 있게 될 거다!"

원장이 일컫는 '나의 홀 낭독회'에는 청중이 대체로 스무 명 정도 모인다. 그리고 청중들은 대부분 여자들이다. 남자들은 다음과 같은 두 가지 이유 때문에 얼마 되지 않는다. 첫째, 그들은 이 '여자들을 위한 이야기들'에 별로 흥미를 느끼지 못한다. 그리고 둘째, 남자들이 여자들보다 수명이 짧기 때문이다. 이 두번째 이유가 첫번째 이유에서 기인한다는 주장은 논외로 하고, 피키에 씨는 툭하면 크리스티앙 보뱅*의 말을 들먹인다. "우리에게 말을 걸어주는 이가 있는 한, 죽는 것은 불가능하다."

면회 온 가족들까지 합하면, 청중이 때로는 스물다섯 명까지 늘어나기도 한다. 나는 홀에서 미리 텔레비전을 꺼놓고 그 앞에 자리를 잡는다. 이제 어쩔 수 없이 아래층으로 내려올 수밖에 없게 된 지루 부인과 그녀의 친구 모렐 부인은 책방 할아버지의 방에서의 우리의 소규모 낭독회를 아쉬워한다. 그 친밀한 모임의 특혜를 원장은 탐탁지 않아 했다. 그런 특혜는 누구에게나 똑같이 주어지거나 아무도 누리지 않아야 한다고 생각하는 것이리라. 그 절충안은 아주 간단하다. 하루에 한 번, 홀에서 모두를 위한 낭독회를 여는 것. 그리고 나에게 시간이 남으면, 방안에서 꼼짝 못하는 사람들을 위해 이 방 저 방 찾아다니며 일대일로 책을 읽어주기. 어떻게 보면 나는 내 성공으로 인한 최대의 피해자다. 나는 쉬지 않고, 쉬지 않고 책을 읽는다. 게다가 수레국화의 주치의 제레미는 그런 나의 사정 같은 건 아랑곳하지 않는다. 마송 부인의 동의하에 그는 강장제를 처방하듯 나의 낭독회를 처방한다.

"아, 네." 그는 신경쇠약증을 앓고 있는 사람들에게 말한다.

---

* 프랑스의 시인이자 수필가.

"지금 당신에게 필요한 게 뭔지 알겠어요! 당신에게 그레구아르를 처방해야겠군요! 그레구아르를 만나보세요."

나는 책들을 팔에 끼고 나를 필요로 하는 곳들을 찾아가 이것저것 따지지 않고 온갖 것을 읽는다. 신문, 일기예보, 오늘의 인물, 부고란, 출생란, 샤를 드골 회고록, 그리고 그들이 서랍에서 꺼내어 건네주는 연애편지들, 한번은 이별 통고 편지까지. 내게 부탁하는 것은 뭐든 다 읽는다. 그리고 물론, 나의 레퍼토리는 그만큼 다양해진다. 뭐, 아직은 빈약하기 짝이 없지만, 그래도 내용이 점점 충실해지고 있다. 그리고 그 점에 관한 한 책방 할아버지의 생각은 확고하다.

"레퍼토리 하나 없이 목소리만 좋은 것, 그건 아무 짝에도 쓸모없는 거야. 레퍼토리가 낭독자를 만드는 거다. 천천히 여유를 가지고 해. 초조해하지 말고. 소설 한 권 한 권, 단편집 한 권 한 권, 그러면 너는 바로 널 감동시키는 진주와도 같은 주제들을 발견하게 될 게다. 너 자신의 취향을 알아가는 일부터 시작해. 자기가 좋아하는 것이어야만 잘 읽을 수 있으니까. 네가 남들과 공유하고 싶은 재미있거나 진지한 텍스트들을 선택하렴. 그리고 차츰차츰 중심축을 만들어 네가 원하는 방향으로 나아갈 수 있도록 해. 그렇게 해서 장르나 주제, 세상의 이런저런 지역이나 저자 이름으로 프로그램들을 만들어. 요소들을 어떻게 배합시키느냐에 따라 온갖 조합이 가능해지지. 너는 금세 푹 빠져들게 될 거다. 텍스트들이 서로 어떻게 연결되는지 보는 건 정말 짜릿하고 감동적이니까. 어떤 한 단어 때문에 이전에 읽은 어떤 책의 어떤 단락을 떠올리게 되는 것처럼 말이다. 문학을, 밀려갔다 싶어도 매번 새롭게 태어나면서 끊임없이 되밀려오는 집단창작물이라고 생각하렴. 만약 요행히 그게 인생과 직결된다면, 거기서 너는 걸작을 만나게 되는 거야."

요즘 책방 할아버지를 검진하러 오는 의사는 평소처럼 혈압을 재고 "식사는 잘 하세요? 잠은 푹 주무시고요? 화장실은 잘 가세요?" 같은 똑같은 질문들을 던지고는 꼭 이렇게 덧붙인다.

"아주 멋진 일이에요, 피키에 씨, 젊은 제자와 함께하는 작업 말이에요. 육 개월만 더 계속한다면 약국이 싹 사라질 거예요."

"걱정하지 마시게, 대신 책방이 생길 테니까."

홀에서 나는 사십오 분 동안 책을 낭독한다. 대부분은 잘 듣지 못한다. 그래서 나는 낭독을 그만둔다. 목이 다 쉬었다. 현재 진행하고 있는 프로그램은 파뇰.*

1부 - 아버지의 영광

---

* 마르셀 파뇰. 프랑스 소설가이자 영화감독. 4부작 자전적 성장소설을 썼고, 그 중 1부와 2부는 영화화되어 큰 성공을 거두었다.

2부 – 어머니의 성

3부 – 비밀의 시간

4부 – 사랑의 시간

할리우드 영화와 견주기는 어렵다. 낭독회를 열 때마다 청중들은 앞서 낭독했던 내용을 까맣게 잊어버린다. 그럴 때마다 나는 그 내용들을 상기시킨다. 어린 마르셀의 가족 중 누가 누구인지를. 그런 식으로 내 역할은 나도 모르는 사이에 낭독가에서 이야기꾼으로 넘어간다. 대체로 마르셀의 아버지나 어머니, 또는 할아버지나 할머니를 연기하면서 배우가 될 때가 많다.

수레국화의 홀에서 거주자들과 면회 온 가족들, 동료 직원들이 갑자기 폭소를 터뜨리고, 이러니저러니 촌평을 하고, 홀이 떠나갈 듯 웃어댄다.

피키에 씨는 낭독회에 참석하지 않는다.

"너무 피곤해!" 그는 나에게 말한다.

하지만 그는 내가 얼마나 발전했는지 확인하기 위해 조사를 한다. 호락호락하지 않은 그는 내 동료들에게 꼬치꼬치 물어본다. 겨우 일 초밖에 참석하지 않았다 해도 피키에 씨는 그들을 그냥 놔주지 않는다. 내 목소리가 잘 들렸는가? 홀 뒤쪽까지 잘 전달됐는가? 내가 그때그때 상황에 맞는 어조로 읽었는가? 등장인물들이 눈앞에 보이는 것처럼 생생했는가? 배경은? 장면들은? 가족들이 즐겁게 감상했는가? 내가 박수를 받았는가? 낭독회가 너무 길진 않았나? 낭독 시간을 줄이는 게 더 나았을까? 사람들이 어떤 이야기들을 더 좋아하던가? 내가 지나치게 흥분하며 읽지는 않았는가? 사람들이 이야기 내용에 빠져들지 못하게 대충 읽고 넘어가지는 않았는가? 자기가 맡은 역할을 위해 박진감 넘치는 연기를 해야 하는 이야기꾼이나 배우와는 달리, 낭독자는 자기가 읽는 문장에 몸과 마음을 다 바쳐 오직 투명하게 존재해야 한다고 그는 절대적으로 믿는다. 오로지 책의 내용만이 밝게 빛나야 한다.

가장 멋진 칭찬은? 그런 칭찬을 해주는 건 바로 나의 주방 동료 샹탈이다. 그녀는 근무가 끝나고 짬이 나면 낭독회에 참석한다. 하지만 집에서 아이들이 기다리고 있어서 오래 듣지는 못한다.

"마치 눈앞에 보이는 것 같았어, 그레구아르, 그래, 장면들이 생생하게 눈에 보이더라. 할머니, 할아버지, 파리 여행. 완전히 최면에 걸린 것처럼 푹 빠져서 네 낭독을 듣고 있었거든. 그래서 마침내 정신을 차렸을 땐, 네가 우리를 네 마음대로 쥐락펴락했다는 걸 깨달았지, 넌 정말 재능을 타고난 것 같아! 하마터면 집에서 기다리는 우리 애들도 까먹을 뻔했지 뭐야!"

오늘 저녁 식사 시간에 레노 부인이 오랜 침묵을 깨고 입을 열었다. 그녀는 몇 주 전부터 완전히 실어증에 빠져 있었다. 홀에서 열린 나의 낭독회로 인해 그동안 닫혀 있던 작은 문 하나가 다시 열리고, 그 문으로 한마디, 단 한 마디 말이 들려온 것 같았다.

그녀는 수레국화 요양원의 정원이 내다보이는 전면 유리창 옆, 그녀가 평소에 늘 앉던 식탁에 앉아 있었다. 접시 양옆으로 손을 올려놓은 그녀는 포크 끝에 눈길을 붙박은 채 음식이 나오기를 기다린다. 그러다가 갑자기 거의 들리지 않는 목소리로, 그저 고개를 끊임없이 끄덕이며 되풀이해 말한다. "재단하는 사람, 재단하는 사람, 재단하는 사람." 그게 뭘 의미하는 건지 우리가 알든 모르든 간에. 파뇰의 텍스트에 나오듯 돌을 재단하는 사람, 그러니까 석공을 뜻하는 걸까? 그게 아니면 기성복 재단사나 맞춤 양복 재단사? 그것도 아니면 『용감한 꼬마 재단사』*에 나오는 그 재단사인가? 피키에 씨는 의기양양해서 말한다.

"이보시게 제레미, 책이 우리의 가장 깊숙한 내면에 말을 건넨다고 말하는 건(그는 의사를 조롱하듯 말한다) 자네를 화나게 하거나 그 누구도 불쾌하게 하려는 의도에서 하는 말이 아니야. 보건부의 정책을 뒤엎으려는 생각은 더더욱 아니고 말이야. 하지만 그레구아르와 나는 사회보장제도가 채워주지 못하는 걸 대신 해내고 있어. 똥덩어리 같은 것들! 낭독회 만세! 그레구아르, 우

* 그림형제의 동화.

린 아무것도 바꾸지 않을 거다! 명심해라. 감정이입, 청중과의 공감을! 낭독하는 데 걸리는 시간을 계속 기록하고 있겠지?"

내 수첩, 고등학교 시절이 다시 떠오른다. 하지만 그 악몽은 이제 내게서 멀어진 것 같다. 내 수첩은 나의 항해일지다. 책방 할아버지의 충고대로, 나는 항상 전문성을 견지하며 시작한다. 거의 전보문처럼 간결하게 적는다. 날짜. 시간과 장소. 홀. 방 번호. 아무개 부인. 아무개 씨. 그런 다음, 흔히 날씨에 관한 말로 소설을 시작하는 기 드 모파상처럼 날씨에 관해 몇 마디 쓴다. 그것은 하늘빛에 민감한 사람들에게 기억의 지표가 된다. "기억하세요? 제가 자크 프레베르의 시를 읽어드렸을 때 날씨가 아주 화창했잖아요!"라거나, "폭풍우가 몰아치던 그날 저녁이었잖아요, 그때 갑자기 날이 어두워졌었죠." 하는 식으로. 사실 그건 나에게도 상당히 유용하다. 그게 없으면 모든 게 뒤죽박죽 헛갈린다. 날짜, 참석자들, 낭독한 책.

텍스트들마다 나는 제목, 작가 이름, 번역가 이름을 기록한다. 책방 할아버지는 나에게 항상 번역가 이름을 언급하라고 가르쳤다. 그들이 기여한 몫에 대해 정당한 존경을 표하기 위해서다. 번역자들이 없다면, 한 언어를 다른 언어로 옮기는 그 작업이 없었다면, 그 작품들은 우리에게 영원히 낯선 것으로 남아 있을 것이다. 나는 그의 조언들을 내 식대로 적어둔다.

"너한테 이미 말했지만, 다시 한번 강조하는데, 사람들을 절대로 너무 오래 붙들어두어선 안 된다. 그러면 계속 집중해서 듣기가 힘들어진다는 걸 명심해. 특히 여기서는 말이다. 모두가 늙고 병들어 있으니까. 그리고 만일 그들이 듣다가 잠이 들면 그냥 자게 내버려둬. 네 목소리가 열에 한 사람에게만이라도 전해진다면, 그걸로 이미 성공한 거야. 자신감을 갖고 당당해져! 너는 이제 더이상 내 방에서 낭독하는 게 아니야. 너는 영화를 만들어내야 해. 네가 책을 읽을 때 눈앞에 보이는 것처럼 장면들을 떠올리듯이, 그들 역시 귀로 듣는 장면들을 눈으로 보게 만들어야 한다는 말이다. 낭독이 끝날 때면 눈이 뻐근해야 한다. 입을 크게 벌리고 또록또록하게 발음해! 양볼을 움직이고! 입술을 내밀어! 넌 근육이 부족해! 운동선수처럼 근육을 키워야 한다!"

그는 아주 엄격하다. 하지만 그건 나에 대한 무한한 애정에서 비롯된 것이다. 그 덕분에 나는 발전한다. 지금까지 내가 낭독한 책들은 전부 그가 고른 것이다. 사람들이 '팔 근육'을 키우듯 나는 '성대 근육'을 키운다. 겨울이 끝나갈 무렵, 나의 성대는 내 허벅지 근육보다 더 단단해진다. 하지만 가장 중요한 것이 아직 부족하다. 책을 오랜 시간 계속 읽어나갈 때면 호흡이 딸린다.

"호흡을 해, 그레구아르! 숨을 들이마셔! 배에 힘을 주고!"

"그게 무슨 상관이 있어요?"

"바로 여기서 출발해야 하는 거야." 그는 집게손가락으로 나의 횡격막을 가리키면서 설명을 한다. "프네우마.* 공기. 공기의 흐름. 숨을 쉴 때 양파나 술 냄새가 나는 사람이 있듯이 너의 숨결에서는 문장의 구문구성 냄새가 풍겨나와야 해. 너 자신, 너의 **호흡,** 너의 프네우마는 언어 도구들의 매개물이야. 모음과 자음. 모음들은 노래야. 자음들은 의미이고. 기본적인 표현 방법이지. 너는 그 모든 것을 전달하지. 하지만 그건 단지 겉으로 드러난 현상들에 지나지 않아. 동기는 깊이 파묻혀 있어. 그걸 드러나게 하기 위해서는, 그 동기가 멀리 퍼져나가 공유되기 위해서는, 호흡이 필요해. 여기, 복부의 힘으로, 별빛 한 점 미치지 않는 땅끝에 서서 칠흑 같은 어둠을 향해 '거기 누구 없어요?' 하고 외칠 때처럼."

"피키에 씨, 좀더 분명하게 말씀해주세요. 제 호흡이 딸린다는 건 저도 알고 있어요. 할아버지 방 안에서, 할아버지 가까이에 앉아 낭독할 땐 별 문제가 없어요. 그런데 홀에서는 마이크가 없으면 금방 지쳐버려요."

"너, 수영 좋아하니?"

---

* Pneuma. 생명의 원리로서의 공기, 호흡, 정령 따위를 이르는 말. 스스로 생명과 이성을 갖추고 자기 운동을 하는 물질.

"네, 좋아하고말고요! 운하 옆에서 자랐는걸요, 아시잖아요."

"호흡을 늘리는 덴 수영만큼 좋은 게 없어."

"겨울엔 수영할 데가 없어요. 수영장은 문을 닫았고요."

"운하에서 하면 되지!"

"미쳤어요?"

"수경이랑 잠수복을 새로 사거라. 너만 괜찮다면 돈은 내가 줄 테니까."

그는 미쳤다.

17

2월 24일 일요일 아침 열시. 바깥 기온 영상 5도. 수레국화에서 일한 지 일 년 하고도 삼 주. 오늘은 내가 쉬는 날이다. 그럼에도 불구하고, 요양원 홀에서 약속이 있다. 벗어진 머리에 회백색 펠트 모자를 쓰고 털로 안을 댄 외투 깃을 귀까지 치켜세운 피키에 씨가 휠체어에 앉아 나를 기다리고 있다. 간단한 인사. 그는 긴장하고 있다. 나, 나의 신경은 온통 한곳에 쏠려 있다.

운하 방향. 정원 끝 쪽의 건물 뒤편은 운하 둔치 길로 통한다. 디알리카가 대기하고 있다. 그에게 옷을 입힌 건 바로 그녀다.

"피키에 씨가 모자를 안 쓰겠다고 하셨어. 모자를 쓴 게 훨씬 더 근사해 보인다고 말 좀 해드려!"

시무룩한 기분 탓에 나는 그 말에 대꾸하지 않고, 앞으로 벌어질 일에 대해 생각한다. 하지만 그의 열의는 그 무엇에도 식지 않는다.

"널 훈련시키려는 피키에 씨의 열정은 정말 못 말려. 피키에 씨는 그 어떤 독설도 두렵지 않으신가봐."

우리의 얼굴이 계속 굳어 있는 것을 본 디알리카는 애교 섞인 어조로 툴툴거린다.

"이봐요, 아재들, 그렇게 계속 뿌루퉁해 있을 거예요?"

나의 부드러운 언덕, 나의 달콤한 골짜기, 나의 널따란 숲속 빈터인 디알리카, 내 입가 양쪽에 움푹 패는 작은 보조개와 함께 더없이 멋진 미소를 너에게 보낸다. 자, 받아, 나의 매력적인 여인아.

"물론 아니지, 우린 지금 집중하고 있는 거야. 그뿐이라고!"

"그래, 알겠어!"

정문을 넘어가려는 순간, 나는 그녀에게 말한다.

"감기 조심하고, 정오쯤 돌아올게. 괜찮겠지?"

공모의 의미를 담아 내 가슴께에 주먹으로 쿵쿵 두 번.

"괜찮을 거야!"

삼십 초간의 침묵. 그녀의 눈에 비친 내 눈동자. 책방 할아버지가 말한다.

"자, 그레구아르, 가볼까?"

"예, 예, 가요……"

운하는 안개에 휩싸여 있다. 가을 낙엽들이 휠체어 바퀴에 들러붙는다. 길 군데군데 진창이 생겨 있다. 나는 힘겹게 피키에 씨의 휠체어를 민다. 책방 할아버지는 말이 없다. 그는 귀를 기울이고 있다. 바퀴 아래 부딪히는 조약돌 소리. 우리 뒤로 열리고 닫히는 정적. 나뭇가지에서 한두 방울씩 떨어지는 물방울 소리. 생각에 잠긴 그의 색색거리는 숨소리. 우리는 훈련을 위해 내가 미리 점찍어둔 장소로 다가간다. 집에서 나오는 길에 나는 낚시꾼들이 즐겨 찾는 수문에 내 장비를 미리 갖다놓았다. 오늘, 그곳에는 우리 둘밖에 없을 것이다.

나는 짐짓 명랑한 척 불쑥 이렇게 말한다.

"와, 이거 참, 날씨가 따뜻하지는 않네요!"

책방 할아버지는 내 말은 들은 척도 않고 딴소리를 한다.

"오늘 연습할 텍스트가 뭔지는 알고 있겠지?"

빅토르 위고의 46행 알렉상드랭*「감옥을 방문하고 나서 씀」으로, 내가 이 주 전부터 죽어라 외우고 있는 텍스트다. 아무 생각 안 해도 입에서 술술 나와야 한다. 그는 믿는다, 이제 곧 그렇게 될 거라고. 나도 믿는다.

---

* 프랑스 시의 대표적인 운율 형식, 혹은 이 형식으로 쓰인 시.

여하튼 목적지에 도착한 뒤 나는 새로 산 잠수복을 꿰어입기 위해 미치광이처럼 몸을 마구 뒤틀고 비비 꼰다. 온몸이 와들와들 떨린다. 내가 준비를 마치자, 책방 할아버지는 전투복을 갖춰 입은 내 모습을 보기 위해 뒤로 물러난다. 나는 그에게 미소를 지어 보인다. 그가 윙크를 한다. 나는 그의 휠체어 브레이크가 제대로 걸려 있는지 확인한다. 그가 운하에서 생을 마감한다면 그건 너무 어처구니없는 일일 테니까. 그가 볼멘소리를 한다.

"이런 것에 신경쓰지 마! 이런 건 내가 알아서 할 일이니까."

그렇다면, 나는 운하로 향한다. 갈대들을 헤치고 조금씩, 조금씩, 밑으로 내려간다. 경사면이 울퉁불퉁하다. 온통 개흙이다. 무릎까지 빠진다. 엉덩이까지 빠져든 지점에 이르러 나는 노인을 바라본다.

"이런, 젠장, 물이 너무 차가워요!"

그러면서 스스로 용기를 불어넣기 위해 웃는다.

"급할 것 없어, 천천히 가!" 책방 할아버지가 소리친다.

그가 한순간 움찔하는 게 느껴진다. 이제야 불현듯 우리가 하려는 일이 미친 짓이라는 생각이 든 모양이다. 하지만 내가 계속 밀고나가려는 의지를 보이자 그는 안심한다. 이제 물이 내 허리까지 찬다. 내 어깨까지 물이 올라온다. 몸을 조여오던 물의 차가움이 조금씩 약해진다. 나의 체온으로 덥혀진 미지근한 물이 나를 감싼다. 고마운 합성고무. 내가 훈련 장소로 점찍어둔 두 수문 사이는 간격이 300미터 정도 된다.

"피키에 씨, 몸이 약간 따뜻해졌어요!"

"오케이! 오케이! (그가 고개를 끄덕인다.) 나도 그래!" 그는 양 무릎과 두 팔, 상반신과 어깨를 격렬하게 문지르면서 나에게 소리친다.

그에게 아무런 탈도 일어나지 않기를.

책방 할아버지가 시킨 대로 나는 착실하게 천천히 앞으로 나아가, 운하 한가운데에서 그 부동의 거울 같은 수면을 깨뜨리고 엎드려 몸을 쭉 편다. 개구리헤엄. 부지런히. 침묵 속에서. 내 두 손이 잔물결을 밀어내면 물은 저기 자욱한 안개에 휩싸인, 진흙탕 물이 흐르는 운하 기슭까지 삼각형을 그리며 밀려난다. 한순간 떼밀려간 화산가스 같은 안개가 내 뒤에 다시 몰려든다. 나는 배경 속으로 사라지는 듯한 느낌이다. 현존하면서 부재하는 느낌. 피키에 씨는 쫓아올 수 없어 나를 기다린다. 유턴. 나는 물이 줄줄 흐르는 수경 너머로 다시 한번 그를 확인한다. 물이 탁하다. 날씨가 흐리다. 상관없다. 물과 안개 속으로 한 번씩 들어갔다 나왔다 하면서 그에게 신호를 보낸다. 오케이다. 치켜든 엄지. 훈련이 시작된다.

훈련 방법은 간단하다. 개구리헤엄 자세. 물 밖으로 고개를 내밀고—숨을 들이마신다. 물속에 머리를 넣고—잠수하면서 알렉상드랭 1행의 12음절을 연이어 낭송한다. 남은 숨을 내쉰다. 물 밖으로 고개를 내밀고—숨을 들이마신다. 머리를 물속에 넣고—알렉상드랭 2행의 12음절을 낭송한다…… 나머지 모든 행들을 똑같은 방식으로 되풀이한다. 피키에 씨는 내가 힘차게 호흡한다면 그가 있는 둑까지도 내 목소리가 들릴 거라고 장담한다. 그 말을 믿기가 어렵지만, 그럼에도 불구하고 아이 엠 레디 앤드 고. 물속에 머리를 넣고—"아이들은 교육을 받으면……"—뽀글 뽀글 뽀글—"……누구나 다 인재가 될 수 있다……"—뽀글 뽀글 뽀글, 숨 한 번 들이마시고, 머리를 물속으로—"……감옥에 수감된 도둑들 백 명 중 아흔 명은……"—뽀글 뽀글 뽀글, 숨 한 번 들이마시고, 머리를 물속으로—"……학교 근처에 얼씬한 적도 없으며……"—다시 뽀글 뽀글 뽀글, 숨 한 번, 머리를 물속으로—"그래서 읽을 줄도 모르고 서명 대신 십자 표시를 한다……"—숨 한 번…… 물 한 모금. 이 일요일 아침 내가 일으키는 요란뻑적지근한 소란에 깜짝 놀란 쇠물닭이 내 코 밑에서 부리를 불쑥 디밀고 다리는 물속에 그대로 둔 채 성을 내며 날뛴다. 이렇게 무섭기는 난생처음이다. 나는 즉시 몸을 일으켜 허우적거리면서 겁에 질린 강아지처럼 낑낑거린다. 책방 할아버지가 있는 곳에서는 이런 상황이 보이지 않는다. 그는 불안해한다.

"잘되어가니?"

"쇠물닭이요!"

"그건 빅토르 위고의 작품이라고 닭한테 말해줘."

"죄송하지만 피키에 씨, 이 닭은…… 그…… 그……만큼도 관심이 없는 것 같아요……"

"편하게 해, 그레구아르. 나한테는 쥐뿔이라고 말해도 돼!"

짜증이 난 나는 악을 쓰기 시작한다.

"피키에 씨, 쇠물닭은 빅토르 위고 시에 쥐이뿌우울만큼도 관심이 없는 것 같다고요!"

"아주 좋아! 훌륭해! 항상 우리 입맛에 맞는 청중만 있는 건 아니니까. 계속해!"

한기가 다시 찾아든다. 나는 이를 악문다. 물속에 서서, 앞으로 나아가지 않고, 두번째 절을 읊는다. "우리가 쓴 모든 것의 최초의 선구자인 신은 / 사람들이 취해 있는 이 땅 위에서 / 정신의 날개를 이 책 속에 넣어놓았다. / 책을 펼치는 사람은 누구나 거기서 날개를 찾아, / 영혼이 자유롭게 움직이는 저 높은 곳을 날 수 있다. / 학교는 예배당과 같은 성소이다. / 아이가 알파벳을 손가락으로 짚어가며 하나씩 따라 읽을 때 / 문자 하나하나마다 미덕이 들어 있으니. / 그 심장은 이 겸허한 미광 속에서 은은히 빛난다. / 그러므로 아이에게 책을 주어라. / 손에 램프를 들고 걸어라, 그 아이가 그대를 따라올 수 있도록."

좋다. 나는 계속 나아간다. 추진. 나는 오르락내리락한다. 두 팔을 쭉 뻗고, 두 다리도 쭉 펴고. 머리는 물속에. 평영 자세를 취한다. 평영 동작 한 번, 평영 동작 두 번. 책방 할아버지는 저 뒤쪽 안개 속에 있겠거니 생각하면서 물 밖을 한번 살피고 할아버지가 아무 탈 없이 잘 있는지 확인한다. 그런데 도대체 저건 무슨 광경이지? 둔치 길에 있는 나의 피키에, 고개를 숙인 채 양손으로 바퀴를 움켜쥐고는, 내 위치에 맞추어 바퀴를 돌리고 또 돌리면서 마치 갤리선 노잡이 대장 같은 목소리로 나에게 고래고래 고함을 지른다.

"물 밖으로! 물속으로! 물 밖! 물속! 계속해! 빅토르가 네 낭송을 듣고 있다!"

나는 큰 소리로 시를 읊고 헤엄친다. 산소를 들이마신다. 시를 내뱉는다. 기체의 교환. 그리고 산소를 과다하게 흡입한 영향으로 머리가 빙빙 돌기 시작한다. 온몸이 돌덩어리처럼 뻣뻣해진다. 한순간. 나는 온몸의 신경세포들을 흔들어 깨운다. 그리고 정상적으로 숨을 쉰다. 다시 한번 몸을 추스른다. 마침내 기슭에 다다른다. 몸이 꽁꽁 얼어붙은 채, 네 발로 기어, 숨을 헐떡이면서 물에서 나온다. 있는 힘을 다해 둑 위로 기어오른다. 힘겹게 잠수복을 벗는다. 피키에 씨가 휠체어 바퀴를 굴리며 다가온다.

"자, 수건 여기 있다! 네가 감기에라도 걸리면 사람들이 날 쥐

잡듯 할 거다."

　나는 몸의 물기를 닦는다. 온몸이 떨린다. 이도 덜덜 떨린다. 나는 간신히 발음한다.

　"걱정 마세요, 피키에 씨! 제가 좋아서 하는 거니까요!"

　그는 무릎 위에 올려놓은 가방에서 디알리카가 준비해준 보온병을 꺼낸다. 따뜻하고 달콤한 차다! 나는 최대한 빨리 옷을 입는다. 피키에 씨는 보온병 뚜껑을 열려고 애쓴다. 떨리는 손 때문에 신경질이 난 그는 포기한다.

　"네가 알아서 따라 마시거라! 이젠 이것조차 안 되는구나."

　그 사실에 그는 화가 난다. 나는 바닥에 스포츠가방을 깔고 앉아 신발끈을 묶는다. 그러고 나서 따뜻한 차가 담긴 보온병 뚜껑을 손에 든 채로, 피가 뛰는 소리를 듣는다. 머리칼에서부터 발끝까지 살아 있다는 아주 강렬한 느낌. 열한시 삼십분. 뭐든 간에 표현하기에는 아직도 정신이 너무 없다. 분명히 책방 할아버지는 뭔가를 말하고 싶은 듯하지만, 그 말이 밖으로 나오질 않는다. 그의 입술이 달싹거린다. 그는 기억을 더듬는다. 빙고, 그의 입에서 말이 새어나온다.

　"'……물의 목소리는 은유와 거리가 멀다. 물의 언어는 직접적인 시적 현실이고, 시냇물과 강물은 적막한 풍경들에 기묘할 정도로 충실하게 음향을 불어넣는다, 그리고 소리를 내며 흐르는 물은 새와 인간에게 노래하고 말하고 되풀이해 말하는 법을 가르쳐준다. 요컨대 물의 언어와 인간의 언어 사이에는 연속성이 있다⋯⋯' 납작한 돌을 하나 주워 내게 가져 오렴." 그가 느닷없이 말한다.

나는 주위를 둘러본다. 청석돌 조각 하나.

"여기요!"

무릎 위에 올려놓은 그의 두 손에는 책이 한 권 들려 있다. 나는 그에게 돌을 내민다. 그는 그 돌을 받아들고는 잠시 살펴본다. 공기놀이를 하는 사람처럼 작은 동작으로 가볍게 두세 번 그 돌의 무게를 가늠해본다. 그가 원하던 적당한 돌인 것 같다. 나는 궁금증이 잔뜩 일어 그를 바라본다. 그는 책갈피를 끼워넣듯 조금 전 펼쳐놓은 책장 사이에 돌을 슬그머니 끼워넣는다. 그러고 나서. 돌이 빠져나가지 않을 거라고 확신한 그는 여전히 묵묵히, 한마디 말도 하지 않고 책을 다시 덮는다. 나는 그가 그 책을 물속에 던지는 모습을 입을 헤벌린 채 쳐다본다. 노인은 팔 힘이 아주 약해 책은 멀리 날아가지 못하고 가까스로 물위에 떨어진다. 책은 즉시 가라앉지 않고 수면 위에 잠시 떠 있다. 그사이 책 제목을 읽는다. 그리고 저자 이름. 『물과 꿈』. 가스통 바슐라르. 납작한 돌을 실은 그 책은 이윽고 아주 빠르게 수직으로 가라앉는다.

"나중에 저걸 읽거라. 자, 이제 돌아가자, 디알리카가 우릴 기다린다."

18

셀레스틴 모렐은 살날이 얼마 남지 않았다. 유행성독감이 어김없이 수레국화에도 찾아왔다. 피키에 씨는, 감히 말하자면 그를 유령으로 만들 수도 있었을 기관지염에 걸렸지만 별것 아닌 듯 툭툭 털고 일어났다. 모렐 부인은 그런 운이 없다.

가을에 실시하는 독감 예방접종 캠페인은 우리에게 죄책감을 퍼뜨린다. "각자 알아서들 하시라, 하지만 예방접종을 하지 않으면 큰 위험을 떠안아야 할 것이다!" 캠페인 문구들은 그렇게 말하는 것처럼 보인다. 거주 노인 가운데 백이면 백, 수레국화 직원 백이면 백, 모두가 그 캠페인에 동참한다. 프랑스 보건행정 만만세! 2월 초에 일곱 명 사망. 대형 신약 연구소들의 이익을 위한 집단적 파멸.

"어쩌면 그건," 피키에 씨는 자문한다. "진정한 실체를 숨기는 안락사 캠페인인지도 몰라. 노인요양원은 어린이집만큼이나 턱없이 부족하다. 시설을 늘리자. 공평하게 배분하자. 아기도 노인도 다 함께 싸우자! 힘을 합쳐 다 함께 노력하자. 이것을 '세대 간 화합'이라고 부르지. 봐라, 그들은 어린이집이 딸린 노인요양원을 점점 더 늘려가고 있어. 그 덕분에 너는 어린아이들이나 나이 많은 노인들을 위한 시설에서 일자리를 얻을 수 있지. 너는 건물을 옮겨다니지 않고 양쪽을 오가며 평생 일할 수 있어."

느닷없이 그는 아주 짧은 한순간 침묵에 잠긴다.

"내가 지껄이는 허접한 말들은 귀담아듣지 마."

노기를 띠고 말을 하면서 그는 자신의 슬픔을 애써 숨기려 하지만 소용없다. 노인요양원에서 이웃은 대단히 중요한 존재다. 이웃들은 서로 유대를 맺는다. 서로 공감한다. 자잘한 도움을 주고받는다. 예의에 벗어나지 않는 선에서 시시콜콜한 것들에 대해 수다를 떤다. 우리가 책방 할아버지의 방에서 책 읽기를 시작한 이후로, 책방 할아버지와 그의 옆방 할머니 사이에 진지한 우정이 맺어졌다. 책 읽기는 마음을 따뜻하게 해준다.

수레국화에는 오늘내일하는 사람들에게 필요한 의료장비가 갖추어져 있지 않다. 모렐 부인이 혼수상태에 빠지자, 전문 의료시설로 그녀를 이송하는 것이 불가피해진다. 로비 앞에 뒷문을

열어놓은 채 주차되어 있는 구급차는 언제나 작은 파문을 일으
킨다.

"이번에는 누구 차례지!?"

몇몇 사람들이 야윈 목을 길게 빼든다. 그러다 힘이 빠진다.
체념한 듯 고개를 끄덕인다. 구급차 운전기사가 뒷문을 닫는다.
사이렌도 울리지 않고, 회전경광등도 켜지 않은 채 시동을 건다.
더이상 어쩔 도리가 없다는 것, 그래서 긴급할 게 없으니 사이렌
이니 회전경광등이니 하는 것들이 쓸데없다는 것을 드러내면서.
피키에 씨는 분명하게 밝힌다.

"모렐 부인에겐 가족이 없어, 친척도 전혀 없고. 그녀가 나에
게 이 글을 받아 적어달라고 했어. 그녀의 마지막 부탁이야. 난
모호한 구석이 없도록 신경을 쓰고 여기다 자필서명을 받아뒀
다. 네가 너의 친애하는 원장님과 의논해서 잘 처리하도록 해.
모렐 부인은 정말로 이대로 해주길 바라고 있어, 이 부탁이 거절
당한다면 정말 유감일 거다."

피키에 씨는 나에게 하얀 봉투를 내민다. 봉투 안에는 반으로
두 번 접은 노트 낱장이 한 장 들어 있다. 나는 그 종이를 펼친다.
책방 할아버지의 글씨를 알아본다. 아래쪽에는, 떨리는 필체지
만 완벽하게 알아볼 수 있는 셀레스틴 모렐의 서명이 있다. "친
애하는 마송 부인, 내가 이 세상을 떠날 때 그레구아르가 마지막

까지 내 곁에서 책을 읽어줬으면 합니다. 고마워요. 셀레스틴 모렐."

"그레구아르!" 콜록거리는 기침 때문에 책방 할아버지의 목소리가 갈라진다. "지금은 울 때가 아니야!"

나는 억지로 눈물을 삼킨다. 소중한 사람의 죽음을 직접 맞닥뜨리는 건 이번이 처음이다. 책 읽기를 통한 우리의 만남은, 틀린 표현인지도 모르지만, 우리를 마치 손자와 할머니처럼 암묵적인 결탁을 맺은 공모자들로 만들어주었다. 함께하는 순간마다 받는 것만큼 주고 싶은 마음이 일 때, 서로 거리를 어느 정도 유지해야 적당한지 판단하기란 쉽지 않다.

"모렐 부인은," 책방 할아버지가 말을 잇는다. "이제 몇 시간밖에 남지 않았다. 제레미에게 그걸 써달라고 부탁했어. '처방전'이라고 말할 뻔도 했는데, 흰소리는 집어치우고, '위임장'을 써달라고 말이다. 그러니 병원에선 널 귀찮게 하지 않을 거다."

무슨 말인지 잘 알아들었다. 나는 우물쭈물 망설이지 않는다.

"모렐 부인에게 어떤 걸 읽어드려야 할지 모르겠는데요!?"

"네가 읽어준 것들 중에서 네 생각에 그녀가 가장 좋아했던 책. 너 역시 그녀에게 기쁜 마음으로 읽어줄 수 있는 그런 책."

"……"

나는 즉시 대답하지 않는다. 나는 나의 수첩을 신뢰한다. 말없이 기록들에 빠져들어 제목, 저자, 주제 들을 꼼꼼히 살펴본다.

"알레산드로 바리코의 『피아니스트 노베첸토』! 확실히 기억나요. 모렐 부인이 정말 좋아하셨어요."

"아주 훌륭한 선택이야! 더 찾아볼 것도 없어. 시간은 얼마나 걸렸니?"

나는 내 수첩을 들여다본다.

"한 시간 삼십오 분요."

"완벽해!"

모렐 부인은 중학교 음악교사였다. 음악에 대한 자신의 열렬한 사랑을 전하는 데 평생을 바쳤다. 음악들을 향한 사랑. 그녀는 모든 장르의 음악에 관심을 가지려 노력했다. 비록 어떤 음악들은 약간 시큰둥한, 회의적인 표정을 짓게 만들기도 했지만. 마치 이렇게 말하는 듯한 표정.

'모든 걸 다 좋아할 수는 없어. 그 음악을 다시는 틀지 않겠다고 약속해줘.' 그녀는 젊은 시절 유행했던 음악이나 가요를 싫어한다고 고백하면서 나한테 이런 걸 시킨 적이 있었다. "그런데 그레구아르, 〈우울한 자바〉*와 〈생장의 연인〉**에는 노래 말고 다

---

* 1930년대 프랑스 상송가수 프렐이 발표한 노래.
** 1942년 프랑스 상송가수 뤼시엔 드릴이 발표한 노래.

른 뭔가가 있어. 자, 거실을 지나가면서 이렇게 아무 생각 없이 그 노래들의 첫 소절을 즐기듯이 흥얼거려보렴. 그럼 너도 금방 알게 될 거야. 노래가 시작되고, 콧노래를 흥얼거리다가 그리운 옛 시절이 떠올라 눈물이 글썽해지면서 기분이 울적해지지. 늙은 여자들의 그 분위기 있잖아."

한번은 그녀에게 직접 작곡한 음악이 있는지, 다른 사람들의 곡을 연주해본 적이 있는지, 그리고 만일 그렇다면 어떤 악기를 연주할 줄 아는지 물어보았다. 그녀는 우수에 젖은 목소리로, 수레국화에 들어오면서 헤어진 가정용 피아노가 그녀의 유일한 악기이자 대수롭지 않은 연주 경력의 전부였다고 나에게 털어놓았다. 조금이라도 음악과 연관이 있는 이야기, 음악과 관련이 있는 단편들이나 장편소설들은 다른 어떤 주제보다 더 그녀를 매료시켰다. 그중에 재즈가 최고였다. 그녀는 "1918년 대서양을 건너온 소위 퇴폐적인 그 음악"에 대해 열정적으로, 그리고 자신이 사십 년이나 종사한 일에서 벗어나지 못한 채 여전히 학생을 가르치는 선생의 말투로 또박또박 이야기를 들려주었다. "미국인들이 유럽으로 건너와 수렁에 빠져 있던 유럽인들을 건져준 셈이지. 그 시절에 유럽은 아직 가톨릭의 영향력 아래 있었어. 너는 상상도 할 수 없는 편협한 교리가 지배하고 있었지. 이십 년 후인 1938년에 나치는 재즈를 흑인음악, 악마의 음악으로 간주

했어." 모렐 부인의 이야기는 끝없이 이어졌다. 내가 첫 소절을 어떻게 시작하는지도 몰랐던 그 음악에 대해 그녀가 가르쳐준 그 모든 내용들도 놀라웠지만, 그것보다는 거기, 오그라든 몸으로 안락의자에 웅크리고 앉아 지금까지와는 다르게 아주 밝은 목소리로 말하는 그녀의 모습이 훨씬 더 놀라웠다. 구석으로 밀려난 노인에게 더없이 잘 어울리는 옷차림을 하고서. 검은색이었는지 회색이었는지 기억조차 희미한 타이트스커트, 종아리가 반쯤 보이게 접어올려 꿰맨 치맛단, 무릎까지 올라오는 압박스타킹, 할머니들이 즐겨 입을 법한 연보라색 블라우스, 그 위 어깨에 두른 베이지색 만티야*. 토요일 저녁과 일요일이면 스윙 리듬을 통해 최신 유행의 광란, 스무 살 시절 광기를 발산할 수 있는 클럽에 갈 때 입던, 허리는 아주 꽉 조이고 허리부터 무릎까지 아래로 갈수록 풍성해지는 흰색 물방울무늬 원피스 아래서 달아나버린 젊음. 단둘이 마주앉아 책을 낭독해주던 시간에만 생기를 되찾던 그 침몰을, 나는 이해할 수 없었다. 그녀는 홀에서 열리는 낭독회를 좋아하지 않았다. "네가 나만을 위해 책을 읽어줬으면 좋겠어!"

---

* 스페인에서 여자들이 머리와 어깨를 덮는 스카프 모양의 천.

19

이튿날, 앙브루아즈파레 병원. 오후 세시 이십오분. 모렐 부인
은 혼자다. 같은 순간, 그레구아르 젤랭. 몸과 마음 모두 출석-
출석. 더 지독한 혼자. 그래도 조금만 더 가면 그녀의 병실에 다
다를 것 같다. 마송 부인과 제레미 박사는 그녀의 마지막 뜻을
받아들이기로 했다. 병원의 접수대 직원, 간호사들, 노인병학 전
문의 두 명은 이미 기별을 받았다. 내가 안내데스크에 도착해 온
통 새하얀 그 병실까지 가는 동안, 그 길은 마치 내가 발을 내디
딜 때마다 펼쳐지는 기다란 카펫 같다. 나는 셀레스틴 모렐에게
책을 읽어주러 온 수레국화 요양원의 젊은 낭독가다. 각자 자기
방식대로 묵인의 표시를 나에게 보낸다. 어떤 이들은 나를 조심
스럽게 바라보면서, 비장한 표정의 나에게 그들이 보기에 그렇

게까지 심각할 필요는 없다고 말해주는 듯하다. '있잖아요, 별문제 없어요. 모르핀이 효과가 있어요. 그녀는 고통을 느끼지 않아요. 하지만 심전도 그래프로 비추어 볼 때, 그 가여운 부인은 아무래도 시간이 별로 남지 않은 것 같으니까 빨리 서두르는 게 좋겠어요.' 그렇게 말하는 건 좀 야박해 보이지만, 나는 그게 결코 틀린 말이 아니라고 생각한다. 모렐 부인은 자기가 들것에 실려 응급실 복도에서 이리저리 끌려다니다 죽지 않는 것만으로도 천만다행이라고 생각할지도 모른다.

나를 따라온 간호사가 의료기기들에 이상이 없는지 하나하나 확인한다.

"도움이 필요하면, 여기 이걸 눌러 저를 부르세요."

그녀는 침대 머리맡에 달려 있는 배 모양 벨을 나에게 가리키고 나서, 알쏭달쏭한 미소를 지어 보인다.

"그럼 전 이만."

그녀는 자리를 뜬다. 그녀가 나가면서 병실 문을 닫는다. 그동안 모렐 부인은 꿈쩍도 하지 않았다. 나는 멍청이처럼 그녀의 침대 발치와 문 사이에 그대로 우뚝 서 있다. 백만 년 동안 한 마디 말도 없이. 피키에 씨는 자연스럽게 하라고 내게 조언했었다. 물론이다. 그것만큼 쉬운 것도 없다.

"잘 지내셨어요, 모렐 부인?"

"……"

목소리가 가식적이다. 이건 아니다. 시작부터 엉망진창이다. 당연히 누군가와 직접 통화할 거라 생각하고 전화를 걸었는데 뜻밖에도 자동응답기에 메시지를 남겨야 하는 그런 난처한 상황에 처한 꼴이다. "제가 부인을 편안하게 해줄 수 있으면 좋겠어요, 셀레스틴, 저예요, 그레구아르예요!"와 같은 식 말고, 아니, 정말로 진지하게, 회복 불가능한 혼수상태에 빠져 있는 사람에게 말을 건넬 때는 어떤 어조로 말해야 하는 걸까?

침대 바로 옆에, 그녀의 왼팔 움푹한 곳에 꽂힌 주삿바늘과 연결된 링거 두 개가 번갈아 꾸르륵꾸르륵 소리를 내며 흐르고, 심전도 모니터의 띠띠띠 하는 소리에 따라 끊어진 곡선들이 모양을 바꾸며 화면 왼쪽에서 오른쪽으로 이동하고 있다. 나는 천으로 만든 크로스백을 멘 채 우두커니 서 있다. 셀레스틴의 실루엣이 그대로 드러나는 담요와 그 담요를 절반쯤 덮고 있는 시트 위움직이지 않는 그녀의 오른손으로부터 불과 몇 센티미터밖에 떨어지지 않은 지점에서, 그 진짜 같지 않은 것 옆에서, 나는 내가 진짜로 있어야 할 곳에 와 있는 것인지 의아스럽다. 그리고 무엇보다, 어디서부터 어떤 식으로 낭독을 시작해야 할지 모르겠다. 나의 마비 상태는 그렇게 지속된다. 정말 모르겠다.

다행히, 반항심과 분노가 불쑥 치민다. 죽음 앞에서 두려움을 느낄 때처럼 우리가 정말 두려울 때 손을 맞잡을 수도 없다면, 이 사회는, 이 모든 전문적인 의료기술들은 도대체 왜 존재한단 말인가? 이건 학위나 자격증에 관한 문제가 아니다. 아무것도 이해하지 못하는 작자들. 모렐 부인은 재즈를 좋아했다. 그리 어려운 일도 아니다. 마침내 목소리가 제대로 나온다.

"모렐 부인, 제가 유튜브에서 찾았어요. 당신을 위해 젤리 롤 모턴*이 연주한 오래된 피아노 연주곡을 몇 개 찾아 왔는데요, 기억하시죠. 바리코가 이 피아니스트에게 감명받아 소설 속 그 유명한 피아노 대결 장면에 이 피아니스트를 등장시켰잖아요?"

나는 대답을 기다리지 않는다. 더이상 대화할 수 없는 사람에게 대답을 바라는 건 가혹한 것 같다. 나는 말을 잇는다.

"이어폰을 끼워드릴게요. 소리를 너무 크게 하지는 않을게요. 어떤지 한번 들어보세요. 제 것도 여기 있어요, 이렇게 하면 함께 들을 수 있을 거예요."

나는 모든 걸 준비해 왔다. 디알리카가 이어폰 분배기를 빌려주었다. 이렇게 모렐 부인 곁에 앉아 음악을 듣는다. 아주 꼼꼼하고 치밀하게 준비된 세부사항들 덕분에 안심이 된다.

"음악을 듣고 난 뒤에 책을 읽어드릴게요. 시간은 충분해요."

---

* 미국의 재즈 작곡가이자 피아노 연주자.

나는 그녀가 재즈클럽들에 자주 드나들었다는 걸 알고 있다. 그녀는 그 얘기를 자주 했었다. 임용되고 나서 그녀는 주로 파리 근교에서 교사 생활을 했다. 토요일 저녁마다 그녀는 음악을 만끽했다. 평생토록, 유명한 연주자들이건 무명 연주자들이건 가리지 않고, 특히 색소폰 연주자들의 연주를 들으면서 늘 똑같은 질문을 하곤 했다. 당신이 곧 그 이유를 알게 될, 만일 그녀의 우정과 신뢰를 얻는다면 그녀가 당신에게 하게 될 질문.

"만일 너에게 선택할 기회가 있다면, 그레구아르, 넌 뭐가 되고 싶니? 음악 그 자체, 악기, 그 음악을 연주하는 사람, 음악을 듣는 사람 중에서?"

그녀는 대화 상대가 당황해서 어쩔 줄 모르는 표정이 되는 걸 보고 몹시 즐거워했다. 별다른 생각 없이 나는 음악 그 자체가 되는 게 더 좋겠다고 대답했다. 일렉기타 독주곡이 되고 싶다고. 그녀는 내 손을 사랑스럽게 톡톡 두드리면서 웃었다.

"나하고 같구나, 그레구아르, 나도 음악이 되고 싶어. 악기가 없다면, 음악가가 없다면, 듣는 사람이 없다면, 음악은 존재하지 않을 거야. 음악이 창조되는 동시에 사라질 그런 자유, 음악이 사라지는 순간 영원히 계속되는 그 반향은 오로지 나머지 셋에서 비롯되는 거지. 곡이 끝날 때 음악가의 공허함은 곡이 끝나버린 슬픔과 비견돼. 그리고 음악가는 서둘러 다시 연주하고 싶은

142

마음뿐이지. 악기는 푸른 하늘에 애원하는 메마른 호수처럼, 더 이상 존재하지 않는 행복으로 감동받으려 하는 사람처럼 텅 비어 있어, 오직 음音만이 미래도 과거도 없는 순간이야. 인간에게는 불가능한 절대적인 현재. 거기에 스며들 수 있는 건 오직 한 조각의 음악뿐이란다. 어제와 오늘, 그리고 내일은 거기서 주변 공기의 단 하나의 독창적인 떨림으로 표현되지."

그녀는 눈꽃 같은 목소리로 그 말을 했다. 자기 방, 자신의 끈덕진 고통들을 잊고 있었다. 자신의 추억 속으로 되돌아가 있었다.

그녀의 서른 살 생일. 마로니에 그늘이 드리운, 자유분방한 파리의 바토라부아르* 인근 광장. 여러 벤치들 가운데 한 곳에서 만나기로 한 데이트 약속. 그녀는 제 시간에 왔고, 그 역시 그랬다. 둘 모두 사랑에 빠져 있다. 그들은 서로를 껴안는다. 손을 부여잡는다. 머리칼을 어루만진다. 그가 그녀의 어깨 위에 팔을 두르며 아주 매혹적인 목소리로 이렇게 말을 시작한다. "간밤에 꿈을 꿨어……"

그녀는 그의 말에 귀를 기울인다. "그는 달에서 토마토를 키울 수 있었대." 그녀는 이처럼 말을 전했다.

"……우리가 이 벤치에 앉아 있는 꿈을 꿨어, 우린 마치 서로 몸을

---

* 파리의 몽마르트르에 위치한, 가난한 예술가들의 작업실이 모여 있던 건물.

얽어맨 것처럼 부둥켜안고 있었지, 그리고 우리 맞은편 계단 아래쪽에서……" 그는 손가락으로 계단을 가리키며 그녀에게 말한다, "군중 속에서 불쑥 튀어나온 것 같은 기이한 형체가 우리가 앉아 있는 벤치를 향해 천천히 한 층 한 층 계단을 올라오고 있었어. 그 형체는 표정 없이 하얀 마스크를 쓰고 프록코트를 입고 있었기 때문에, 남자인지 여자인지 분간할 수 없었어. 확실해 보이는 것은, 그 형체가 술 한 병과 잔 두 개를 올려놓은 쟁반을 왼손으로 받쳐들고 있다는 거였어. 우리에게서 10미터쯤 떨어진 곳에서. 말없이. 남자이기도, 여자이기도 한 사람……"

셀레스틴은 아무 말도 하지 않는다. 셀레스틴은 매혹되어 있다. 그녀는 연인이 들려주는 이야기에 귀를 기울인다. 그녀는 그의 품안으로 더 깊이 파고든다. 그의 목소리는 한층 더 뜨거워지고 달콤해진다.

"……그리고 네 앞으로 다가와 정중하게 허리를 굽히며 절을 하는 그 기이한 형체, 너의 서른 살 생일을 축하하기 위해 말없이 우리에게 술을 따라주러 온 그 소믈리에. 그때 갑자기, 그 형체가 다시 허리를 펴자 그의 가슴에서 곧바로 이렇게 외치는 소리가 터져나와. 샴페인!"

완전히 마음을 사로잡힌 셀레스틴은 자기가 들은 것도 본 것도 믿을 수 없다. 그들이 포옹하고 있는 벤치 바로 앞, 꿈속에서 본 것과 똑같은 형체가 그들 앞에 나타나 귀청을 찢을 듯한 목소리로 외친다. "샴페인!"

그녀는 믿을 수 없어하며 소스라친다. 자기가 환상에 사로잡혀 있었다는 사실을 마침내 깨달았을 때, 그녀는 헤벌어진 입에 두 손을 가져가며 놀람과 기쁨을 드러낸다. 하얀 가면을 쓴 그 형체는 완벽하게 구성된 이 이벤트를 위한 친구다. 그래서 그녀는 자신의 연인이 따라주는 샴페인을 마시면서 책 속에 나오는 그런 행복감을 느끼며 웃는다. 그리고 그 행복이 잠시 멈춰진 동안, 친구는 꿈에 나왔던 그의 분신과 똑같이, 아주 우아하고 세련된 동작으로 벤치 위에 쟁반을 내려놓은 다음, 어깨 너머로 알토 색소폰을 슬쩍 돌아다보고는 입으로 천천히 불어가며 음을 조율하고 나서, 검은색 프록코트 위에 악기를 대고 사랑하는 여인의 머리칼을 어루만지는 연인의 손과 금발머리 가까이에 그의 손가락 아래로부터 일련의 음들을 퍼뜨린다.

셀레스틴은 내게 그 장면을 수십 번도 넘게 들려줬다. 그건 그녀의 사랑의 절정이었다. 그녀의 자랑이었다.

그녀는 지금 죽어가고 있다. 젤리 롤 모턴은 맹렬한 기세로 건반을 누빈다. 나는 그녀의 손목에 손가락을 대고 건반을 누르듯 살짝 두드린다. 그녀와 신체 접촉을 해야 한다. 그녀가 어항 속에 혼자 있는 게 아니라는 걸 그녀에게 알려줘야 한다. 그녀가 종이에 적어 부탁했던 대로 수레국화의 그 그레구아르는 끝까지 그녀와 동행하리라는 걸 알려줘야 한다. 그후에 나는 내가 뭘 원하는지 찾아낼 것이다. 그녀가 내 신호를 포착했다. 아니 그녀는 포착하지 못한다. 그렇건 말건 상관없다. 나는 내가 이곳에 있는 것으로 만족한다. 계속 이 일을 해나가는 것, 그것이 나의 애도 방식이다. 오! 죽은 이들이여, 당신들은 떠나고, 우리는 남는다! 우리는 슬픔으로 무엇을 해야 할까? 셀레스틴, 나는 당신에게 내 슬픔을 낭독해줄 것이다. 바리코의 장엄한 작품을.『피아니스트 노베첸토』. 나는 책을 펼친다. 배 위에서 보낼 두 시간의 여정이 시작된다. 버지니아호. 아메리카행. 1920년대와 재즈. 셀레스틴은 행복해한다. 나는 알고 있다. 나는 녹초가 되도록 그렇게 되뇐다. 이 책이 결코 끝나지 않았으면 좋겠다. 천일야화처럼 천하루 밤 동안 그 선고를 계속 유예시켰으면 좋겠다. 셀레스틴, 내 목소리가 피로와 슬픔과 고통으로 무너져내릴 때까지 책의 마지막 구절들을 계속 되풀이해 있는 힘껏 당신을 붙잡아두고 싶다. 내가 낭독을 멈추자, 두 개의 링거에서 꾸르륵거리는 소리 외에는 더는 아무 소리도 들리지 않는다. 끔찍하다. 모니터의 녹색 선은 더이상 움직이지 않는다.

20

　지루 부인, 셀레스틴 모렐의 이웃이자 친구, 모렐 부인이 수레
국화의 복도를 함께 거닐면서 목축이나 농사처럼 음악과 아주
동떨어진 관심사들에 대해 생각을 나누며 오래도록 대화를 나누
었던 사람. 지루 부인은 크게 충격을 받은 듯하다. 셀레스틴의
죽음으로 그녀는 위로할 길 없는 슬픔에 잠긴다. 그녀가 셀레스
틴과 함께 끝없는 대화를 나누며 걸어갈 때 그 규칙적이고 정확
한 걸음, 서로 팔짱을 끼고, 때때로 서로 손을 마주잡고, 오직 그
두 사람만 느낄 수 있는 친밀함 속에서 손깍지를 끼고 걸어가던
그 모습을, 이제는 더이상 볼 수 없다. 지루 부인은 여전히 헤아
릴 수 없는 실의에 빠져 있다. 그녀의 두 눈은 살아 있는 세상과
단절된 생각들에 깊이 빠져 길을 잃고 헤맨다. 피키에 씨는 내

낭독을 들으러 일층 홀로 내려가자고 더이상 그녀를 설득하지 못한다. 그녀를 지탱하고 있던 중심축이 무너져버렸다. 그녀의 구동장치는 작동을 멈췄다. 지루 부인은 봄의 전조들을 느끼기 위해 즐겨 찾던 그 정원 오솔길에도 이제 더이상 가지 않는다. 타고난 농사꾼으로 평생을 죽어라 일만 하며 살아온 그녀가 자신의 삶과는 전혀 다른 삶을 살아온 한 여인과 맺은 그 관계는 그녀의 가족이 오래전부터 바쁘다는 핑계로 외면했던 그녀의 말년에 환하게 빛을 밝혀주었다. 지루 부인은 모렐 부인과 사귀면서 자신의 보호막을 만들어갔다. 흘러가는 날들에 희망이라고는 전혀 찾아볼 수 없는 이곳에서, 절망의 습격에 맞서 더해지는 소소한 기쁨들로 이루어진 망가지기 쉬운 보호막. 지루 부인은 끝까지, 어떤 고난이 닥치건 거뜬히 이겨낼 수 있는 강인한 여인이었다. 하지만 그 누구도 예상하지 못하게, 그녀는 모든 사람의 기대를 저버렸다.

수레국화에 드나들기 위해서는 두 개의 비밀번호가 필요하다. 직원들과 방문객들을 위한 주차장과 연결된 바깥 출입문의 비밀번호와, 홀로 들어가기 위해 필요한 두번째 비밀번호. 이 비밀번호들은 면회를 온 친인척들과 우리 직원들밖에는 아무도 모른다. 우리는 거주자 어느 누구한테도 이 비밀번호들을 알려주지 말라는 지시를 받았다. 게다가 우리가 이 비밀번호들을 사용해야 할 경우도 거의 없다. 마리클레르나 브리지트가 창구 안에서 모니터를 통해서나 눈으로 직접 출입자를 확인한 후 문을 열어주기 때문이다. 모니터는 모두 네 대다. 일 년 내내 하루도 쉬지 않고 이십사 시간 CCTV 네 대가 드나드는 사람들을 촬영하고 녹화한다. 유일한 사각지대는 바로 정원 구석의 쪽문이다. 운하 둔치 길을 따라 선착장까지 걷고 싶은 사람들이 이 쪽문을 통과하려면 역시 비밀번호가 필요하지만, 여기에는 CCTV가 설치되어 있지 않다. 하지만 지금까지 아무도 그런 것에 신경을 쓰지 않았다. 지루 부인이 사라졌을 때, 당연히 사람들은 그녀가 실종되었다고 추정되는 시간, 즉 디알리카와 그녀가 마지막으로 대화를 나눴던 때부터 열두 시간 동안의 CCTV 영상을 확인해보고 싶어했다. 그녀가 그 쪽문을 통해 정원 밖으로 나갔을 거라는 추측이 가장 설득력 있지만, 여전히 의문점이 남아 있다. 그녀가 어떻게 그 문의 비밀번호를 알게 되었을까? 아니면 누군가가 실수로 문을 제대로 닫지 않았던 걸까?

일요일 아침 여덟시. 직원 근무 교대 시간. 주의사항 전달. 특이사항 없음. 수레국화는 어쩌면 감옥 같아 보일 수도 있다. 다행히 거주자들이 각자의 방에 있는지 없는지를 수시로 확인하기 위한 감시 구멍 같은 건 없지만. 지루 부인은 밖으로 멀리 나간 게 틀림없다. 하지만 지금으로서는 원장에게 섣불리 알리지 않는 게 좋다는 의견에 모두가 동의한다. 오전중에 모든 게 제자리로 돌아오기를, 지루 부인이 수레국화의 품으로 얌전하게 되돌아오기를 바라면서. 아홉시 삼십분, 나에게 이런 문자메시지가 날아왔다.

'지루 부인 행방 묘연. 운하 주변 확인 바람. 미리 감사. 디아.'

비번일. 그레구아르는 페달을 밟는다. 내 운이 그렇지 뭐. 내 생각에 그녀는 시내 쪽으로 가려고 몰래 빠져나간 것 같지 않다. 이즈음 그녀의 우울한 감정 상태로 미루어 볼 때, 그보다는 오히려 거기서 5~6킬로미터 떨어진 자신의 농장에 가보고 싶어 그쪽으로 향했을 거라는 생각이 든다. 그녀는 거기서 태어났다. 그리고 거기서 결혼했다. 그곳에서 자식 넷을 낳아 길렀다. 자식들을 제대로 키우기 위해 평생토록 허리가 휠 정도로 일했다. 송아지들을 낳고 우유를 생산하는 소들을 키우고, 건초와 짚이 비에 젖어 썩기 전 제때에 안으로 들여놓는 일도 그녀의 몫이었다. 휴가도 없고, 일하느라 바빠서 단 일 초도 쉴 시간이 없던 그들 부부에게 애정이니 사랑이니 하는 건 먼 나라의 이야기였다. 그 대신, 일에 대한 사랑은 결코 흠잡을 데가 없었다. 나는 굽이쳐 흐르는 운하가 한눈에 내려다보이는 고원의 농경지 쪽으로 방향을 잡는다. 그곳에는 '작은 숲' 농장이 있다. 이제는 지루 부인이 잘 지내고 있는지 어떤지 관심조차 없는 그녀의 사위와

딸이 관리하는 농장이다. 그곳의 멋진 풍광은 일부러라도 찾아가볼 만하다. 초록색 밀밭. 규석이 점점이 박혀 있는 백악기의 흔적들이 골짜기 깊은 곳들에 흩어져 있는, 끝없이 펼쳐진 황금빛 땅 사이사이에 자리잡은 작은 숲. 그리고 곳곳에, 3월의 전조를 드러내는 길들. 나는 버드나무 가지에 갓 피어난 첫 꽃들의 꽃가루 냄새를 폐 가득히 들이마시며 자전거 페달을 밟는다. 그리고 운하 둔치 길 저멀리 곧게 뻗은 길이 시작되는 지점이 나올 때마다, 나침반의 붉은 바늘이 항상 북쪽을 향해 돌아가는 것처럼 자신을 끌어당기는 그 땅 쪽으로 줄기차게 걸어가는 지루 부인의 아주 작은 실루엣을 발견하기를 애타게 기대한다. 수문 위 육교를 지나치며 검은 물 위에 화관처럼 펼쳐진 빛 때문에 벼락을 맞은 듯 정신이 어찔해진다. 반사적인 급정거. 불시에 멈춰서는 바람에 자전거의 뒷바퀴가 옆으로 미끄러진다. 나는 가까스로 중심을 잡는다. 양손으로 자전거 브레이크를 여전히 움켜잡고, 입을 헤벌린 채, 꼼짝도 할 수 없다. 나는 바라본다.

양쪽 팔다리를 벌리고 운하 바닥을 향해 엎드린 채, 원피스 차림의 지루 부인이 스무 개 정도의 알록달록한 작은 주머니들 한복판에 둥둥 떠 있다. 그 주머니들 가운데 몇몇은 반짝이는 채색 유리구슬을 꿰어 만든 것이었고, 그녀는 산책을 나갈 때마다 그 주머니들을 허리춤에, 가슴과 배에 달고 다녔다. 내 눈 앞에 보이는 이 광경을 어떻게 실제라고 믿을 수 있을까? 나는 소리를 지를 수조차 없다. 딸꾹질 때문에 그럴 수가 없다. 영 점 일 초 동안 내 눈에 그 광경이 아주 아름다워 보인다. 수레국화의 사람들을 미소 짓게 만들었던 그 유명한 주머니들에 둘러싸인, 폭풍우 치는 하늘을 가로지르는 육신의 무중력. 지루 부인과 값을 매길 수 없을 만큼 소중한 그녀의 재산. 지루 부인과 그녀의 비밀들. 그녀는 자신이 소유한 그 스무 개가량의 주머니들 가운데 어떤 것들을 달고 나갈지 오랜 시간 고심하지 않고 방 밖으로 나오는 법이 절대로 없었다. 자신의 이동 범위에 관한 그녀만의 논리에 따라 세심하게 골랐다. 모렐 부인과 함께 요양원 내의 복도들을 돌아다니며 대화를 나눌 때는 셋 내지 다섯 개를, 정원의 오솔길을 걸을 때는 적어도 두 개 이상. 그리고 이 마지막 여행을 위해서는, 버려진 공작새의 깃털처럼 수면에 떠 있는 것이 내가 세어본 바로는 모두 열네 개였다. 수레국화의 '와이번'*은 거기서 삶을 멈췄다. 내가 흘러가는 바슐라르의 『물과 꿈』을 한결같이 기다리는 그곳에서.

---

* 뱀 또는 용과 비슷한 환상 속 동물.

21

24호실. 3월 말. 사망자 발생 후의 소독 작업. 모렐 부인에게는 그녀가 죽은 뒤에 남긴 옷가지들, 자질구레한 실내장식품 같은 물건들을 거둬 갈 자식도 일가친척도 없다. 우리는 그것들을 가차없이 버려야 한다. 사진들과 서류들은 캐비닛 안에 보관된다. 문서 가운데 하나에는 '옛 거주자들의 회상록'이라는 제목이 붙어 있다. 고인의 성, 이름, 출생일, 사망일, 그리고 연락처. 보름 후, 25호실에서 똑같은 시나리오가 반복된다. 유일한 차이는, 처음이자 마지막으로 지루 부인의 자식 넷이 모두 찾아왔다는 것이다. 자벨수 때문에 하얗게 변한 앙상한 정강이에 달려든 네 마리의 독수리. 뜯어먹을 것은 아무것도 없다.

그래도 혹시나 하는 마음에, 꺼림칙한 구석이나 후회를 남기지 않기 위해, 제일 나이 어린 여자가 서랍장 위에 눈에 잘 띄게 놓여 있는 가방의 내용물을 확인한다. 나는 사람들이 마지막 한 마디를 남기는 데 들이는 노력과 정성에 놀란다. 신문 부고란에서 조심스럽게 잘라낸, 세월에 누르스름해진, 백 명가량 되는 사람들의 사망을 알리는 기사들. 그녀가 그토록 많은 기사들을 모아놓은 것에 깜짝 놀란 그녀 자식들의 말에 따르면, 고인의 친척들, 이웃들, 먼 지인들의 부고 기사라고 한다. 그 빽빽한 종이다발 안, 새하얀 종이에다 지루 부인은 그들에게 이런 마지막 말을 남겨놓았다. "이 늙은이가 너희들을 귀찮게 하는 것도 이제 끝이다. 욕봐라."

그 방은 비었다. 물론, 침대, 머리맡 탁자, 서랍장, 안락의자, 의자, 침대 맞은편 벽걸이 텔레비전은 그대로 남아 있다. 하지만 그게 다. 코를 찌르는 소독제 냄새 너머로 한 공간에서 개인의 흔적이 모두 지워지며 사람이 이토록 쉽게 망각될 수 있다는 사실에 나는 멍해진다. "지루 부인이라고 하셨나요? 모른다니까요!? 모렐 부인요? 역시 모른다고요!" 그 방은 또다른 이야기를, 이 도시나 인근 시골 어딘가에서 죽음을 향해 다가가고 있는 또다른 인생을 기다린다. 몇 주일 전부터, 심지어 몇 달 전부터 서류더미 위에 대기 상태로 있던 한 노인의 서류가 마침내 처리될 기미를 보인다. 가족들은 초조해한다. 하지만 당사자는 반드시

154

그렇지만도 않다. 자신을 기다리고 있는 운명에 대해 자각하지 못한다면 운명이야 어쩌되든 관심 밖이다. 선택을 해야 할 시간.

그들은 차고와 창고와 다락과 손님방, 거실, 부엌 등이 있는 이층집에서 살았다. 그들은 아주 넓거나 비좁은 아파트에서 육십 년을 살았다. 그리고 이제, 선별의 날이 왔다. 이제부터는 좋건 싫건 자신에게 주어진 7~8제곱미터의 공간에서 여생을 보낼 것이다. 그러므로 증조할머니 때부터 전해져온 주방의 찬장이여 안녕, 그 안의 식기들이여 안녕, 거추장스러운 그 모든 것들이여 안녕, 안녕. 이제 새로운 방안에는 아무것도 들어가지 않으리라. 선별해야 한다. 되도록 크기가 작은 물건들만 간직해야 한다. 그렇다고 반드시 자질구레한 장식품들을 골라야 한다는 게 아니라, 살아오면서 모은 것들, 벽난로 맨틀피스 위나 낮은 테이블 위에, 장식장 안에, 여기저기 눈에 띄게 진열해둔 물건들 하나하나를 두고 고민해봐야 한다. 없으면 살 수 없을 것 같기 때문에 당연히 간직해야 하는 것들인지, 그 물건과 얽힌 추억에서 더이상 아무런 맛도 느낄 수 없으므로 미련 없이 버려버릴 것들인지. 사진들은 실용적이다. 종이 위에 현상한 은판사진이라고 해도 자리를 크게 차지하지 않는다. 크거나 작은 상자 하나. 기껏해야 앨범 몇 권. 게다가 앞으로는 분명코 우리의 인생 전체가 조그만 스마트폰 안에 전부 저장될 것이다.

22

피키에 씨라고 해서 크게 다르지 않다. 이곳에 들어오면서 그는 그의 난파선으로부터 구해낸 책 삼천 권을 제외하고, 정말 꼭 간직해야 할 물건들 가운데 몇 가지만 가져왔다. 초등학교 졸업반 때 시 부문 일등상의 부상으로 받은 그의 첫번째 사전과 항상 그 사전 위에 올려놓았던 나침반. 그 '라루스' 사전은 거의 부적이나 다름없었다.

"사전은 말이야, 그레구아르, 사전, 그리고 나침반, 이 두 가지만 있으면 안심이 돼, 마음이 든든하지."

그리고 마지막으로, 그의 서가에 꽂힌 책 삼천 권을 저자 이름에 따라 알파벳순으로 정리하기 위해 도보 여행을 할 때마다 엄선해서 주워 온 작은 돌멩이 스물다섯 개. 스물여섯 개의 알파벳

사이를 구분짓기 위한, 책과 어느 정도 비슷하게 생긴 스물다섯 개의 돌멩이들. 그 돌 하나하나마다 담겨 있는 사연.

"이 돌들을 손에 들고 무게를 가늠해봐, 제법 무게가 나가지. 나는 이것들을 대부분 돌더미들 속에서 찾아냈어. 산길을 걸을 때 현기증이 날 정도로 높은 그 암벽들 아래 무너져내린 돌더미들 말이야. 바람과 비, 추위와 더위에 얼고 녹기를 반복한 결과, 수천 년 동안 두 지층 사이에 대수롭지 않은 하나의 균열, 하나의 숨결을 통해 떨어져나온 조각들, 편린들. 광물의 지혜와 인간의 덧없음. 이 현무암 덩어리를 보렴. 검은색을 띠고 있지. 하지만 이렇게 검어지기 전에 이 돌은 벌겋게 끓어올랐지. 이건 오베르뉴에서 주워 온 거야. 고사리가 별처럼 박힌 이 석회암. 화석들. 이 식물적인 잠이 내 마음을 사로잡아. 베르나르마리 콜테스*와 이지도르 뤼시앵 뒤카스, 즉 로트레아몽** 사이에 슬그머니 끼어든 나는 '태초에 말씀이 있었고, 마침내 말씀의 필연적 결과가 있노라' 같은 문구에 큰 의구심을 느껴. 우리는 우스꽝스러운

* 프랑스의 배우이자 희곡작가. 제2의 사뮈엘 베케트로 불리던 현대 연극의 대표 작가.
** 랭보와 보들레르, 초현실주의자들에게 중대한 영향을 미친 프랑스 시인. 콜테스와 로트레아몽은 은유와 상징으로 수놓인 시적 독백과 운문으로 가득찬 작품을 발표했고, 신을 부정한 동성애자라는 공통점이 있다.

존재들이야."

그런데, 이 물건들 너머, 이 돌들과 책들 너머에 어떤 문서가 있다. 모든 것들 사이에 아주 오래돼 보이는 문서 하나. 그가 어떻게든 내게 보여주고 싶어하는 듯한 문서가. 화장되기를 바라는 그의 의지가 관철될 경우 그 자신보다 오래 살아남지 못할 문서, 상징적인 무게가 어마어마한 문서, 라고 그는 내게 말한다. 지금으로부터 약 오십여 년 전에 작성하고 난 이후로 그가 두 번 다시 읽어보지 않았던 문서.

"피키에 씨, 정말 궁금해요!"

모렐 부인의 사망과, 이웃이었던 지루 부인의 자살로 인한 감정적인 충격의 여파일까? 이제 자기 혼자 짊어지기에는 너무 버거운 어떤 비밀을 다른 누군가와 공유하지 못하고 죽을지도 모른다는 불안 때문일까? 모르겠다. 하지만 거기서, 지루 부인과는 경우가 다르겠지만, 어쨌든 책방 할아버지의 연출이 다시 한번 나를 웃음 짓게 할 것이다. 그처럼 철저하게 아무도 보지 못하게 숨겨왔던 그의 인생의 한 부분을 알게 되어 아연실색하지 않는다면 말이다. 이건 익히 알려진 사실인데, 완전범죄를 저지른 범인은 흔히 경찰이 자신의 치밀한 범행을 추측하게 만들면서 조롱한다. 하지만 하필이면 왜 오늘일까?

그가 나에게 봉투를 건넨다.

"그 정도면 충분할 게다. 자외선램프를 구해다줘. 되도록 휴대용으로."

어디에 쓸 건지 캐묻지 않고, 나는 그가 원하는 것을 구해온다. 그에게 잔돈을 건네주고, 그의 침대 머리맡 탁자에 휴대용 램프를 내려놓는다.

"토요일 저녁에 당직이니?"

"근무표대로라면 그런데요."

"밤 열시에 내 방으로 오렴."

토요일 밤 열시, 반쯤 열린 문 사이로 졸고 있는 노인이 보인다. 화장실 불은 계속 켜져 있다. 나는 그의 침대로 다가가서 그의 귀 가까이에 바짝 허리를 숙이고, 재밌는 장난이 되리라 생각하며 더 잘 들릴 것 같은 쪽 귀에 대고 속삭인다.

"피키에 씨, 점등인點燈人이 왔어요!"

그가 버럭 화를 내며 몸을 일으킨다. 나는 겁을 먹는다.

"아 아니야, 이러지 마, 그레구아르, 지금은 때가 아니야! 그 성가신 것 좀 꺼."

"저를 놀래키는 게 재미있으세요?"

"불평은 그만하고 내 말 들어. 윗옷을 벗을 수 있게 나 좀 도와다오."

열에 들뜬 그의 목소리, 신경질적인 몸짓들, 정신 사나운 동작들, 평상시와는 다른 어떤 긴장이 느껴진다.

"스트립쇼라도 하시려고요?"

"그래, 네가 원한다면."

피키에 씨는 침대 가장자리에서 고사리순처럼 몸을 웅크린다. 그리고 자신의 양쪽 겨드랑이 아래 손을 집어넣고 등가죽을 양옆으로 잡아 늘이면서 근엄한 목소리로 명령한다.

"그 램프로 내 등을 비춰봐."

"피키에 씨, 제가 매일같이 등을 문질러드리고 있잖아요, 너무하신 거 아니에요?!"

"등을 문질러달라는 게 아니다, 그 램프로 내 왼쪽 어깨를 비춰보라는 거야."

나는 약간 투덜거리면서 그가 시키는 대로 한다. 책방 할아버지의 변덕에 이따금씩 나는 아주 심술이 난다.

"금방 돼요! 곧 된다니까요! 조금만 기다리세요, 피키에 씨."

나는 스위치 버튼 때문에 잠시 씨름을 한다. 이제 됐다, 자외선 불빛으로 그의 왼쪽 어깨를 비춘다.

"읽을 수 있겠니?"

"말도 안 돼…… 문신이네요!"

"아니 말이 됩니다, 선생! 보이지 않는 특수 잉크로 새긴 문신이야. 글자가 새겨진 곳을 제대로 비춰봐. 나는 네가 알았으면

160

해. 내가 이 헤어셔츠*를 등에 지고 살아온 지 어언 오십 년이 되었어."

온통 글자로 가득하다. 그 글자 문신은 살갗에 파묻혀 있다. "오 얼마나 많은 거대한 궁전들, 아름다운 저택들, 예전에는 호위대와 영주들, 귀부인들로 가득찼던 이 고귀한 건물들에서 이제는 가장 비천한 하인까지 빠져나가네!" 어깨에서 밑으로 늘어진 살갗의 주름 때문에 계속 읽어나가기가 어렵다.

"위쪽으로 바짝 당겨 올려봐! 살가죽은 질기니까 걱정 말고, 종이보다 훨씬 더 질기니까."

왼손에는 램프를 들고, 오른손으로는 그의 살갗을 잡아 늘인다. 한 자 한 자. 한 단어 한 단어. 유브이 램프 불빛이 스치며 두 번째 단락이 드러난다. "오, 그 영광스러운 혈통, 엄청난 상속재산, 찬란한 재화가 적법한 상속인이 없어 그대로 방치된 것을 보라! 아아, 그저 아무에게서가 아니라 갈레노스와 히포크라테스, 아스클레피오스에게서도 완벽하게 건강하다고 진단을 받았을 그 용맹한 남자들과 아름다운 여자들, 그 사랑스러운 젊은이들이 아침에 부모와 동료, 친구들과 함께 식사를 하고 나서 바로 그날 저녁 저세상에서 앞서 가신 분

---

* 과거 종교적 고행을 하던 사람들이 주로 입던 면과 말의 꼬리털로 짠 헐렁한 셔츠.

들과 저녁 만찬을 나누게 될 줄이야……"

이 구절은 말줄임표와 함께 중단된다.

"어떤 메시지를 담고 있나요?"

"피렌체, 그레구아르, 페스트, 1348년."

"……"

"일명 '황금 입 지오반니'라고도 불리는 지오반니 보카치오의 「데카메론」에 나오는 페스트. 뭐 떠오르는 거 없니?"

"아뇨, 별로."

"우리 게이들에게 그건 곧 에이즈 이야기, 어떤 이들이 주장하는 대로라면—호모들에게 반감을 갖고 있는 자들 가라사대—지극히 당연한 징벌인 에이즈 이야기였고, 우리를 이 책과 비교하는 건 이론의 여지가 없는 것이었어. 보카치오의 시각은 정확했어. 피렌체의 기품 있는 젊은이들을 등장시키고 그들로 하여금 가톨릭 교리가 지배하던 당시의 보편적인 분위기 속에서 육신과 영혼을 구원하는 유일한 수단인 기도와 회개를 거부하게 하다니, 과히 천재적이었지. 페스트에 걸리지 않은 일곱 명의 젊은 여자들과 세 명의 청년들. 신보다 더 아름답고 당연히 아주 유복한 그들 모두는 도시에서 몇 킬로미터 떨어진 곳으로 피신한 뒤 열흘 동안 날마다 각자 한 편씩 이야기를 지어내기로 하지. 십 곱하기 십은 백. 그러니까 전부 백 편의 이야기. 신의 징벌에 저항하는 책으로 만들기 위해 구상되고 숙고된, 거짓으로 꾸며낸 구전창작물. 태초에 말이 있었다. 말씀이 아니라 말. 신의 말씀은 집어치우고! 우리들 가운데 열에 하나는 에이즈로 죽는 걸. 우리는 신을 믿지 않았어. 그리고 나 때문에 감염된 내 친구, 복잡한 이야기인데, 나는 바이러스에 접촉한 적이 없거든. 우리가 아슬아슬하게 살아가던 시절에 대해 세세한 이야기는 하지 않겠다. 지금이야 의학자들이나 의학연구소들에서 앞다투어 원인을 밝혀내고 백신을 개발하지만, 그 당시는 에이즈에 대해서 아무것도 밝혀진 게 없었지. 그 병에는 오직 한 가지 결말이 있을 뿐이었어. 죽음. 그 단어는 우리에게 번개처럼 내리꽂혔어. 우리는 오른쪽 갓길, 긴급정차선을 벗어났지. 목숨을 건 사랑. 정상적인 상태에서는 극단적인 행동이나 허튼소리를 할 생각을 하지 않아. 하지만 절망은 우리를 몰아붙이지. 나는 그에게, 내 친구에게 맹세했어, 그가 그 병을 이기고 살아날 수만 있다면 보카치오의 이야기 백 편을 모두 외우겠노라고. 육 개월 뒤에 그는 죽었어. 내 고통을 어떻게 말해야 할까, 지울 수 없는 나의 죄책감을 어떻게 표현할까, 나는 생각했지. 문신을 하는 거였어. 등판 가득히. 글자로 표현하는 것. 그의 몸에 대해 내가 느끼는 염증. 내 몸에 대한 환멸. 우리가 서로 살을 맞댈 수 없게 만드는 그 걸림돌. 끊어진 신체접촉. 내 눈앞에서. 끔찍하게 쇠약해가는 몰골. 그리고 냄새. 몸에서 거부반응을 일으키고 쏟아져나오는 것들. 입에서, 항문에서. 그 시련 속에서의 나의 무기력. 나는 눈물을 흘렸지. 나 자신에 대한 혐오감이 일었고 죄인은 바로 나 자신이라고 느껴. 아무 잘못 없는 내 사랑. 그의 마지막 눈길. 살아 있는 나. 그리하여 바늘로 나를 찌르는 형벌을 가했고, 그 바늘 끝에서 나온, 거의 속죄의 의미를 지닌, 육안으로는 보이지 않는 그 위대한 텍스트를 통해 그 단어들이 말로 표현할 수 없는 것을 잊게 해주기를, 그리고 언젠가 내가 원할 때 오직 자외선 램프만이 그 글자들을 드러내주기를 바랐지."

문신은 이런 말로 끝난다. "영원히 함께."

은밀하게 빛을 발하고 있는 그것의 존재를 까마득히 모른 채 나는 목욕장갑을 낀 손으로 얼마나 수없이 그 맹세 위를 스쳐갔던가? 얼마나 많은 연인들이 서로를 포옹하면서 그 자리를 움켜 잡았을까? 피키에 씨에게 사랑은 평생토록 단 하나뿐이었다. 그리고 그 사랑을, 그가 죽인 것이다.

강렬한 인상을 받았느냐고? 그 표현만으로는 부족하다. 그가 방금 나에게 고백하고 나에게 비밀을 지켜달라고 말한 그 사실은 나의 스무 살 인생을 압도한다. 나는 램프를 끄는 것도 잊어버렸다. 유브이 램프가 방안의 모든 것을 변모시킨 두 시간 반. 침대시트, 치아. 눈의 흰자위. 견딜 수 없는 침묵 속에서, 피키에 씨는 더이상 눈물을 억누르지 않는다. 그가 별로 좋아하지 않으리라는 걸 알지만 그래도 지금 내 머릿속에 떠오르는 반응은 한 가지뿐이다. 나는 그를 두 팔로 감싼다. 그리고 있는 힘껏 껴안는다. 내 휴대전화가 진동을 멈추지 않는다. 진동이 울릴 때마다 휴대전화가 들어 있는 주머니가 떨린다. 일 분에 한 번씩 울리는 진동. 디알리카. 디알리카. 디알리카. 약속이 되어 있었다. 31호실에서 밤 열두시 십오분. 십 분이 늦었다. 피키에 씨가 마침내 미소를 짓는다.

"또다른 책 읽기가 다른 층에서 널 기다리고 있는 것 같구나. 어서 가보거라!"

23

디알리카. 디알리카. 북. 동. 서. 남. 방위각과 나침반. 디알리카. 이렇게 관계를 지어온 지 육 개월이 넘는다. 문자메시지를 통한 만남. 사랑의 플래시몹. 다니가 없을 때는 세탁실 안에서. 새로운 입주자를 기다리는 빈방들에서. 한마디 말 없이. 우리는 사람들의 눈을 피해 달아난다. 피키에 씨는 조심하라고 충고한다. 만일 이게 알려지면, 결말이 좋지 않을 수도 있다. 7월 13일.* 수레국화의 옥상 테라스에서 둘만의 데이트. 주위에서, 도시와 저 멀리 항구의 선착장 위쪽에서, 잔뜩 들뜨고 정신없는 사람들 무리가 환호성을 질러댄다. "우와아아아! 저 푸른색, 정말 아름다

---

* 프랑스 혁명기념일 전일. 전야에 불꽃놀이를 한다.

166

워! 우와아아아!" 그리고, 에어컨을 수리하거나 점검할 때 이외에는 접근이 금지된 옥상 테라스의 자갈밭 위에서 나체가 된 우리. 우리의 머리 위로 펼쳐지는 우산 모양의 불꽃들로 인해 빛나는 우리의 몸. 검고 아름다운 여자. 희고 아름다운 남자. 우리는 춤을 춘다. 삶의 소리도 우리의 외침도 아무것도 듣지 못하며 진정제와 고독과 비참함으로 너덜너덜해진 할아버지 할머니 들의 머리 위에서 우리의 바스티유들을 무너뜨린다. 우리, 디알리카와 나는 이 순간을 만끽한다. 그리고 감쪽같이 휴게실로 되돌아와 아무 일도 없었다는 듯 태연한 표정으로 동료들을 다시 만난다.

우리는 옥상 테라스에서 삼층 복도와 연결된 비상계단을 통해 아래로 내려간다. 디알리카가 갑자기 멈춰 선다. 그녀는 내 팔을 붙잡고는, 말없이 고갯짓으로 복도 저 끝에서 어른거리는 어떤 형체를 가리켜 보인다. 남자의 실루엣. 배회하는 동료 직원일까? 그럴 리는 없다. 오늘 이 구역의 당직 근무자는 디알리카 한 사람뿐이다. 거주자일까? 그 편이 맞을 것 같다. 나는 그가 루보 씨라는 걸 알아본다. 그가 여기서 뭘 하고 있는 걸까? 루보 씨는 이층에 살고 있다. 세상에, 이건 특종감이다. 그는 문을 두드리지도 않고 미셸 베르텔로의 방안으로 쑥 들어간다. 알츠하이머를 앓고 있는 자그마한 몸집의 예순 살이 좀 안 된 할머니. 얼굴은 무척 아름답지만 인지는 좀 떨어진다. 디알리카는 동작을 멈춘다. 그녀는 자기 입술 위에 검지를 갖다댄다. 일급비밀. 우리는 서로를 바라본다. 그리고 소리 없이 웃음을 터뜨린다. 우리는 수레국화에서 육체적 사랑을 나누는 건 우리 둘뿐이라고 자부했었다. 하지만 착각 한번 오졌다! 수레국화엔 아직도 불끈불끈한 할아범들, 촉촉이 젖어드는 할멈들, 성행위를 통해 여전히 절정을 맛보는 사람들이 있다.

나의 순진함에 동료 직원들이 기가 막힌다는 반응을 보인다.

"지금 여기가 어디라고 생각하는 거냐? 시체안치소? 숨이 붙어 있는 한은 그 생각을 하게 되어 있다고. 그건 공공연한 비밀이야, 루보 씨는 수레국화의 슈퍼스타라고."

나는 수레국화가 혼수상태에 빠져 있다고 믿고 있었다. 저녁이면, 누군가가 찾아와주지나 않을까 고대하는 마음에 방문 서너 개가 빼꼼이 열린다. 몸은 시들어가지만 욕망은 그대로 남아 있다. 유혹한다. 매혹당한다. 쾌락을 느낀다. 애무한다. 나이를 초월하는 동사들. 루보 씨는 직설법 현재시제밖에 모르고, 할머니들은 그걸 좋아한다. 누가 내게 귀띔해주기를, 이따금씩 서로 경쟁하던 할머니들 중 하나가 다른 할머니를 질투해서 험담을 늘어놓으려 한다 해도 그건 그리 오래가지 않는단다. 헛되이 낭비해서는 안 될 그 소중한 물건을 차례차례 돌아가며 공유하는 일종의 '남근 공유 자매애'가 형성되어 그 할머니들을 소수의 선택받은 여자들로서 단합시켜주기 때문이라나. 외모는 볼품없지만, 우리 루보 영감은 밤이 오면 마치 공동묘지로 도깨비불을 찾으러 가듯 이 방에서 저 방으로 들락거린다. 이 문제에 관해서라면 제레미 박사도 아끼지 않고 말을 보탠다.

"루보 영감과 그레구아르의 책 낭독만 있으면 의사들이 할일은 하나도 남아 있지 않을 거야!"

24

　요양원이 큰 문제 없이 유지되어온 지 삼십오 년. 건물이 세워지고 문을 연 이후로, 공사 한 번 없었다. 자질구레한 고장을 고치고 통상적인 유지보수를 하는 건 조슬랭의 몫이다. 못하는 게 없는 만능 손재주를 자랑하는 조슬랭은 온갖 종류의 긴급한 일들을 척척 처리해낸다. 그 일들은 대부분 전문가를 부를 수 없는 시간대에 ─ 그러니까 한밤중이나 새벽 세시, 아니면 주말이나 연휴 기간에 ─ 부지불식간에 발생하기 때문이다. 수레국화의 하자보수를 맡고 있는 전문업체 사람이 와주기를 기다리는 동안, 조슬랭은 밤낮없이 그를 부르는 곳으로 뛰어다닌다. 그가 있는 한 아무것도 걱정할 필요가 없다.

　모두가 그를 아주 좋아한다. 그는 보석 같은 존재다. 쉰여섯 살. 내 아버지뻘이다. 머리가 희끗희끗하고, 어떤 상황에서도 명랑함을 잃지 않는다. 전구 교체. 오래된 리모컨 수리. 꿈쩍도 않는 침대 옮기기. 액자 걸기. 자잘한 목공일, 수도 배관, 난방, 욕실, 전기. 여기서도 조슬랭. 저기서도 조슬랭. 끊임없이 불러대는 조슬랭. 그러면 그는 재빨리 달려와 여자들과는 볼인사를, 남자들과는 악수를 나눈다. 연예인 부럽지 않은 인기 스타. 그는 여간한 일에는 유쾌함을 잃지 않는다. 심지어 꽉 막힌 변기 오수관을 뚫어야 하는 심각하고 까다로운 문제가 발생했을 때조차도. 문제가 발생한 방과 변기 배관이 한 라인으로 연결된 방에 살고 있던 열 명의 거주자들은 화장실을 사용할 수 있는 다른 방들로 급히 옮겨가야 한다. 그건 진짜 골치 아픈 일이다. 모두가 분주히 움직인다. 하지만 수리전문업체 소포덱스는 다음주 중반이나 돼야 사람을 보낼 수 있다고 한다. 결국 여느 때처럼 우리의 조슬랭이 팔을 걷어붙이고 나선다. 물을 사용하지 못하게 수도 메인 밸브를 잠그고, 배관들에 들러붙어 있는 오물들을 청소하고, 물이 차 있는 배관들에서 몇 미터씩 간격을 정해 물을 비워내면서 문제가 있는 곳이 어딘지 알아내려고 한다. 그는 피키에 씨의 방인 28호실 바로 아래 18호실의 화장실에서 미친듯이 일하고 있다. 피키에 씨 방에서 한창 책을 읽고 있던 내 귀에, 조슬랭이 숨을 몰아쉬는 소리가 아주 또렷하게, 그가 마치 우리 바로 옆에 있는 것처럼 들려온다. 깜짝 놀란 내가 피키에 씨를 바라보자, 그는 턱으로 화장실을 가리키며 내게 묻는다.

"그가 저기 있는 거냐?"

"아뇨, 그럴 리가요. 조슬랭 아저씨는 이 방 바로 아래 이층 방에서 일하고 있어요."

피키에 씨가 눈썹을 치켜올린다.

"그것 참 놀라운 일이구나!"

하지만 내가 보기에 그건 그저 평소에는 다른 물질들이 흘러내려가던 곳에서 목소리가 울려오는 일일 뿐이다. 도대체 놀랄일이 뭐란 말인가! 나는 다시 책을 읽을 준비를 한다. 그 순간, 읽고 있던 셀린*의 책 위에 손을 올려놓으며 피키에 씨가 뭔가 엄청난 음모를 꾸미려는 듯한 목소리로 말한다.

"아니, 아니, 그레구아르! 『밤의 끝으로의 여행』은 나중에 읽어도 돼. 우리는 그것보다 먼저 해야 할 일이 있다. 조슬랭에게 지금 책 읽는 시간이라고 말해!"

나는 웃음을 터뜨린다.

"너무해요, 피키에 씨!"

나는 이내 화장실로 가서 변기 앞에 무릎을 꿇는다. 그리고 변

---

* 루이페르디낭 셀린. 프랑스 소설가.

기 테두리 양쪽을 각각 손으로 짚고 찝찝한 기분을 억누르면서 물이 빠진 변기 구멍 안에 머리를 최대한 바짝 갖다대며 조슬랭을 부른다.

"여보세요! 조슬랭 아저씨, 제 말 들려요?"

"……"

긴 침묵. 이윽고 저세상에서 들려오는 듯한 목소리.

"말 시키지 마, 일하는 중이야!"

"제가 아저씨한테 책을 읽어드리면 어떻겠냐고 피키에 씨가 물어보라고 하시는데요."

"아! 아! 이것 참, 재미있군."

통화 품질은 완벽하다. 책방 할아버지와 나는 입을 헤벌리고 있다. 왜 진작 이런 생각을 하지 못했을까? 수도 메인 밸브를 잠근 상태에서 변기 물을 전부 비우면 배관들이 뻥 뚫려 그 통로로 여러 소리들이, 특히 목소리도 전달될 수 있는 거다. 증명 완료! 피키에 씨는 생각에 잠긴다.

"그레구아르, 우리에게 필요한 미디어가 바로 여기에 있었구나. 라디오 수레국화, 라디오 수레국화, 똥싸개들이 똥싸개들에게 말한다!"

그는 옛날 전쟁영화 속 암호화된 메시지를 전하는 레지스탕스 같은 목소리로 말한다. 더이상 그를 말릴 수가 없다. 그의 계획은 이미 시작되었다.

"조슬랭에게 일이 끝나는 대로 내 방으로 올라오라고 해."

다시 배관을 통해 전달.

"조슬랭 아저씨! 일이 끝나면 우리한테 들러주세요, 피키에 씨가 할말이 있으시대요."

"오케이! 조금만 기다려, 금방 갈 테니까."

조슬랭이 왔다. 왠지 평소보다 활기가 없어 보인다. 하지만 비둘기처럼 생기발랄한 우리를 보자 다시 명랑해진다.

"그러니까, 변기에 대고 서로 대화를 할 수 있다니까 놀라신 겁니까?"

피키에 씨는 머리를 굴린다.

"이보게, 조슬랭, 아무나 배관공사를 할 수 있는 건 아니지. 그런데 자넨 해내잖나. 난 요양원 전체의 오수관 도면이 필요해. 이유는 나중에 설명하지."

늘 그렇듯이 피키에 씨는 일을 간단히 처리한다. 이층에서 피키에 씨가 살고 있는 삼층을 지나 사층까지, 그는 자기 방과 같은 변기 배관을 사용하는 방이 몇 개나 있는지, 그리고 거기서부터, 배관들의 물을 다 빼낼 경우 서로 말소리가 들리는 방이 몇 개나 되는지 묻는다.

조슬랭은 단호하게 말한다.

"도면 같은 건 필요 없어요. 배관은 나뭇가지 모양으로 위에서부터 층층이 하나로 연결되어 있어요. 그리고 각 층의 방 네 개의 배관이 또 연결되어 있고요. 그러니까 여기에 세 개의 층을 곱하면. 당신 방은 다른 방 열한 개와 연결되어 있는 거죠. 위층에 네 개, 아래층에 네 개, 그리고 삼층인 여기에 또다른 세 개. 원하신다면 『후즈후』 인명사전만큼 상세하게 알려드릴 수도 있어요."

책방 할아버지가 박수를 친다.

"그래, 바로 그거야, 조슬랭, 『후즈후』!"

"위층으로는 알츠하이머 환자인 베르텔로 부인, 그리고 비디 부인, 뷔즈넬 부인 방과 연결돼 있어요. 31호실은 비어 있고요."

디알리카의 이미지가 슬그머니 나를 덮친다. 조슬랭은 연결된 방들을 계속 읊어나간다.

"아래층으로는 리슈팽 부인, 데리다 부인, 리샤르 부인, 그리고 앙드뢰 부인 방과 연결돼 있죠. 거기에 면회 온 가족들을 위한 화장실 두 개를 더 보태야죠. 마지막으로, 가까운 이웃들은 아시죠? 이 층엔 고인이 된 지루 부인, 부인의 방은 물론 비어 있어요. 그리고 루보 씨, 셀레스틴이 머물던 방에 방금 막 입주한 브레오 부인, 그리고 피키에 씨 당신. 이걸로 한 바퀴 다 둘러본 거예요."

"완벽해! 고마워, 조슬랭."

주중에 소포텍스에서 사람을 보내 공사를 한다. 그리고 모두들 오수 배관이 망가진 일에 대해서는 깨끗하게 잊어버린다. 모두들? 아니, 피키에 씨만은 아무것도 잊지 않는다. 그는 이제 단일 초도 쉬지 않고 라디오방송 생각만 한다.

"그레구아르, 우린 '지옥'을 읽을 거다!"

"……그게 뭔데요?"

"지옥, 그레구아르, 도덕이라는 미명 아래 일반 대중이 자유롭게 읽지 못하게 금지한 책들, 다시 말해 '금서'란다. 나도 그런 책들을 몇 권 가지고 있어. 우린 그 누구도 감히 하지 못했던 일을 해야 해. 요양원에서 에로소설을 읽는 거다. 네 목소리가 이곳 벽을 부들부들 떨게 만들 거야!"

하지만 지금으로서는, 떨고 있는 건 바로 나다.

25

저녁 일곱시 사십오분. 수레국화 건물. 이곳의 모든 것이 가사 상태에 빠지는 시간. 야간 근무조가 일을 시작한다. 텔레비전들에서 웅웅거리는 소리가 들린다. 많은 이들이 벌써 깊이 잠들어 있다. 무엇보다도, 마송이 우리를 귀찮게 하지 않는다. 그녀는 일곱시경에 요양원 건물을 떠나는데, 그 이후 요양원으로 다시 돌아오는 경우는 아주 드물다. 원장으로서 뭔가 긴급하게 결정을 내려야 할 문제가 발생했을 때가 아니고서는 다시 오지 않는다. 일 년에 두세 번쯤 될까. 최근의 경우는 지루 부인의 비극적 결말로 인한 그 소란 때문이었다. 수레국화는 그런 광고효과 없이도 순조롭게 운영되어나갔을 것이다. 인명구조대. 경찰들. 그모든 조사들. 지면을 통한 언론보도와 그런 행위가 호기심 많은 사람들의 머릿속에 불가피하게 불러일으키는 동요. 그런 소식이나 듣자고 도시 외곽에다 노인네들을 위한 시설을 만든 건 아니다. 조용한 노인요양시설! 이곳에서 사람들은 소리 없이, 말썽 없이, 죽어간다. 그리고 그동안 다른 한쪽에서는 많은 이들이 죽지 못해 허덕이며 살아가고 있다.

나는 이제 자리를 잡는다. 하지만 이 일은 그리 호락호락하지 않다. 나는 머뭇거린다. 간이의자에 앉아 변기 위로 상반신을 숙이거나, 아니면 쿠션 위에 무릎을 꿇고 변기 구멍 안으로 머리를 들이밀어야 한다. 그런데 이 자세든 저 자세든 도대체 책을 어디에 둬야 할지 모르겠다.

조슬랭과 의논 끝에, 책방 할아버지는 자기 방 변기에서 방송하는 게 낫겠다고 결론을 내렸다. 그곳이 변기 배관 라인의 중간 지점이기 때문이다. 공용화장실의 변기 두 개까지 셈에 넣는다면, 내 목소리는 사층부터 일층까지 모두 열세 개의 수신용 변기들과 거의 등거리에 있다. 그리고 사층 빈방의 변기까지 치면 모두 열네 개다. 디알리카는 그 빈방 화장실에 있겠다고 내게 약속했다.

우리는 의도적으로 그 뉴스를 퍼뜨렸다. 책방 할아버지는 청취자가 많기를 원했다. 사무실 직원들과 윗선의 관리자들을 제외하고, 요양원 전체가 알게 되었다. 각자 자신의 자리를 지킨다. 우리는 변기 열네 개의 배관에서 최대한 단시간 내에 물을 완전히 비워야 한다. 이번엔 뚫어뻥이나 변기솔로 쑤셔댈 필요가 없다. 장난질 칠 일이 생긴 것에 우리 직원들은 신이 난다.

사실, 화장실은 스튜디오와 조금도 비슷한 구석이 없다. 변기 구멍만 봐도 마이크와 하나도 비슷하지 않다. 방송중을 알리는 빨간색이나 초록색 표시등도 없다. 하지만 만반의 준비가 되었다. 저녁 여덟시 정각. 할머니들, 할아버지들, 은밀하게 들락거리는 가까운 이웃들, 조무사들, 담당 간호사들, 당직 간호사들, 오늘은 특별히 할일은 없지만 무엇보다 이 순간을 놓치고 싶어하지 않을 조슬랭까지, 모두가 각자의 위치에 자리해 있다. 청취자는 서른 명 남짓이다. 나는 숨을 크게 한 번 몰아쉬고 나서 소리치기 시작한다.

"라디오 수레국화! 라디오 수레국화! 여기는 지옥!"

고요. 내 말이 배관들을 타고 전달되는 시간, 겨우 이 초. 즉각적인 반응. 일층부터 사층까지 엄청난 폭소에 이어 박수갈채가 축포처럼 터진다. 그리고 그 모든 것 가운데, 디알리카의 경쾌한 웃음소리. 네트워크 상태는 최상이다. 놀라운 초고속 통신망! 다시 정적. 나는 오프닝 멘트 없이, 부드러우면서도 또랑또랑한 목소리로 바로 낭독을 시작한다. 나는 청취자들의 모습을 상상한다. 배관 저 끝에 있는 이들을. 긴장한 얼굴로 귀를 바짝 곤두세

우고 있는 그들의 모습을. 그들은 변기 위나 변기 주위에 각자 나름대로 자리를 잡고 있을 것이다. 책방 할아버지는 자신이 추진한 사업의 성공을 확신한다.

낭독을 끝마치고 나서, 나는 치명적인 매력남 같은 목소리로 말한다.

"친애하는 청취자 여러분, 지금까지 프랑수아즈 레이*의 『종이 여자』의 한 대목을 들으셨습니다. 멋진 밤 되시기를 바라며, 내일 저녁 여덟시에 다시 만나요. 라디오 수레국화! 라디오 수레국화! 여기는 지이이이옥!"

박수갈채. 날카롭게 내지르는 환호. 웅성거리는 소리. 초저녁 잠에서 깬 거주자들 몇몇이 얼이 빠진 얼굴에 잠옷 바람으로, 파자마나 네글리제 또는 사각팬티만 입은 채로 불안해하면서 각자의 방에서 복도로 나온다.

"무슨 일이야?"

무슨 일인지 잘 아는 사람들이 그들을 안심시킨다.

"그냥 주무세요! 그레구아르가 장난을 쳤어요!"

나는 변기 뚜껑을 닫는다. 피키에 씨가 나를 칭찬한다.

"완벽했어!"

---

* 프랑스 에로소설 작가.

180

디알리카가 우리에게로 온다. 그리고 나를 보자마자 와락 껴안는다.

"슈퍼스타! 완전 멋졌어! 목소리가 꼭 벨벳 같더라."

그리고 수레국화의 양들이 각자 자기 방으로 되돌아간 걸 확인한 동료 직원들이 모두들 차례차례 우리에게로 와서 말한다.

"브라보, 그레구아르! 멋졌어요, 피키에 씨! 당신들은 정말 환상의 듀엣을 이뤄냈어요!"

흥분이 가라앉은 책방 할아버지는 나를 붙잡고 아직 조금 더 조심하라고 당부한다.

"오늘 일이 술술 잘 풀린 이유가 뭔지 네가 꼭 알았으면 한다. 단계의 원리를 기억하거라. 오늘은 『종이 여자』처럼 누구나 쉽게 접근할 수 있는 책으로 시작했어, 내가 '골짜기'라고 부르는 부류의 책으로 말이다. 그리고 이제부터 조금씩, 조금씩 청중을 '꼭대기'로 데려가는 거야. 좀더 높은 수준의 청취를 요구하는 그런 책들 쪽으로 말이다. 절대로 그 반대로는 하지 마, 그랬다간 청중들을 잃고 말 테니. 가령, 내가 너한테 루이 아라공의 『이렌의 음부』, 기욤 아폴리네르의 『일만 일천 번의 채찍질』, 베르나르 노엘의 『성에서 맞은 최후의 만찬』 등에 대해 말한다고 하자. 아마 너는 그런 작품들에 아무런 흥미도 느끼지 못할 거야. 하지만 그렇다 해도 괜찮아. 재판에 회부된 그 작가들이 가명으로 불법 출간한 그 책들, 오랜 세월이 흐르는 동안 그 본래의 힘을 조금도 잃지 않은 그런 금서들을 열거하자면 한도 끝도 없어. 이제 곧, 문학에 조예가 깊은 청중들은 자연스럽게 그처럼 아주 수준 높은 책을 읽어달라고 할 게다. 하지만 너도 그렇지만 청중들 역시 차근차근 단계를 밟아나갈 필요가 있어. 아직은 '골짜기'들을 좀더 맛보기로 하자꾸나. 내일 저녁에는 아나이스 닌, 그리고 일요일 저녁에는 찰스 부코스키."

우리 방송의 청취율은 지속적으로 올라갈 뿐만 아니라 청취자들의 지지 또한 우리의 예상을 완전히 초월한다. 이 같은 대규모의 집단적인 열광을 오랫동안 비밀로 유지하기는 어렵다. 당직 직원들 몇몇이 고작이었던 청취자들은 스물네 시간 만에 두 배가 되고, 이내 세 배로 불어난다. 친구들의 친구들. 사실, 직원들은 대부분 여자들이라서, 여자친구들의 여자친구들이라고 하는 편이 더 맞을 것이다. 책방 할아버지가 나에게 눈을 찡긋하며 말한다.

"식초보다는 꿀로 파리를 더 많이 잡을 수 있는 법이지!"

더이상 그를 말릴 수 없다.

월요일 아침, 상황을 보고해야 할 순간이 왔다. 우리는 모두 회의실에 불려갔다. 마송 부인은 노기가 등등하다. 무엇보다도, 지금까지 신뢰해왔던 직원들이 철부지 아이들 같은 행동으로 자신에게 크나큰 배신감을 안겨주었다고 말하는 마송 부인. 그리고 각자 고무 슬리퍼에 시선을 고정시킨 채 속으로 낄낄거리는 우리.

"이번 주말에 우리 요양원에서 발생한 이 일은 결코 용인할 수 없습니다! 피키에 씨, 이번 같은 불법적인 방송 사건은 두 번 다시 일어나서는 안 됩니다. 나는 우리 요양원이 난잡한 소굴이 되는 걸 원치 않아요! 그레구아르, 이전처럼 제대로 된 낭독회를 여세요, 이건 경고예요. 아니면 당신은 짐을 싸서 저 문으로 나가야 할 겁니다, 알겠어요? 그땐 이런 경고조차 없을 겁니다!"

나는 쓴웃음을 짓는다.

그 소동에 관한 소문은 시내에 쫙 퍼진다. 그 여자는 죽었다 깨어나도 절대로 이해하지 못해, 라고 피키에 씨는 고집스레 말한다.

"그녀는 우리가 자신의 수레국화를 먹여 살리게 될 거라는 걸 모르나보지? 이곳에서 사람들이 깔깔대며 웃고 산다는 게 마침내 알려질 거라고. 그러면, 우리 덕분에 수레국화의 입주율이 100퍼센트가 될 텐데 말이야."

26

소문을 듣고 낙심한 엄마.

"그레구아르, 도대체 왜 그런 추잡한 것들을 읽은 거니?"

"엄마, 그건 추잡한 것들이 아니에요. 그건 문학이라고요!"

내 입에서 그런 말이 나오다니 완전 이상하다.

"손님들 말로는 그게 아니던데? 다들 충격을 받았어. 손님들이 책방 할아버지란 사람 얘길 해주더구나. 피키에 씨라던가?"

"맞아요. 피키에 씨."

"네 머리를 돌게 만든 게 바로 그 정신 나간 할아버지니? 너, 일자리를 잃고 싶은 거니 뭐니?"

내가 수레국화에서 일한 지 일 년 반. 마침내 엄마가 재봉틀에서 고개를 든다. 놀라서 나를 바라본다. 마치 내가 낯선 사람인 것처럼. 몇 달 후면 스무 살이 되는데도 엄마는 나를 여전히 세 살짜리 꼬맹이로 생각한다. 나는 재빨리 선수를 친다.

"엄마, 걱정할 필요 없어요."

나는 엄마의 양어깨에 손을 올려놓는다. 하지만 엄마의 짜증이 치밀고 올라오는 게 느껴진다.

"아무 문제 없을 거예요! 피키에 씨는 정신 나간 사람이 아니에요. 그 분은 나에게 일을 가르쳐주세요."

"무슨 일 말이니?"

"낭독가의 일이요!"

"네가 지금 무슨 말을 하는 건지 도통 모르겠다."

"내가 잘 알아서 할게요, 엄마……"

나는 정말로 엄마의 환심을 사고 싶다. 시간을 내어 내 말에 좀 귀를 기울여줬으면 한다.

"엄마……"

어쩔 도리가 없다. 최소한의 공감도 없이, 엄마는 비난으로 가득한 눈길로 나를 노려본다. 그 시선 속에서 나는 아들이 어느 노인요양원에서 난잡한 이야기를 읽는 동안 근심걱정에 시달리며 보낸 어머니의 긴 하루를 엿본다. 나를 두둔해줄 변호사는 수레국화에 있다. 피키에 씨, 책을 낭독하는 일로도 얼마든지 살아갈 수 있다고 우리 엄마한테 설명 좀 해주세요.

"아니, 그레구아르, 아무것도 설명하려 하지 마. 그냥 책을 들어. 그리고 자리를 잡고 앉아서 책을 읽어드려. 네 어머니의 눈에서 눈물을 쏙 빼놓을 만한 소설로. 그러면 네 어머니는 당신 아들이 누구의 도움 없이도 성장했다는 걸 알게 되실 거야. 머리로 이해하는 게 아니라 가슴으로 감동받게 해야 한다."

마르그리트 오두*의 『마리클레르의 작업실』. 이 책은 틀림없이 엄마를 울릴 것이다. 아니면 내 머리칼의 절반을 풋사과처럼 아주 밝은 연두색으로 물들이겠다!

"엄마……"

"……"

"내 생각엔……"

"지금은 그럴 때가 아니야, 그레구아르!"

"내 생각에 이 책이 엄마 마음에 들 것 같았어요."

"있지, 그레구아르, 테롱 부인이 사십오 분 후면 오실 거야. 그 전에 그분 외투를 끝내지 않으면……"

"최대한 얌전히 있을 게요. 난 책을 읽고, 엄만 그냥 듣기만 하면 돼요. 일하는 데 방해되지 않게 할게요."

---

* 프랑스 소설가. 시골 고아원에서 성장해 열여덟 살에 파리로 올라와 재봉사로 일했다. 시력 악화로 재봉 일을 할 수 없게 되자 소설을 쓰기 시작, 47세에 자전적 이야기를 담은 첫 소설을 발표했다.

내 생각대로 되진 않는다. 언제나 핀을 물고 있는 오므린 입술 사이로 엄마가 웅얼거리는 소리가 들린다. "내가 부인의 외투를 다 못 끝내면 그 터키 꼬맹이가 아주 좋아하면서 외투 밑단을 감쳐줄 거야. 그는 자잘한 일들을 별로 귀찮아하지 않으니까. 그 덕분에 난 이제 그런 자잘한 일을 안 해도 돼. 큰 기성복 작업장으로 대금을 청구하러 갈 때면 언제나 난 거기서 시간을 아주 많이 보내. 그애는 정말 재미있거든."

사십 분 동안 나는 노예 같은 삶을 묘사하는 처음 몇 페이지를 엄마에게 읽어주었다. 엄마의 삶과는 다르지만, 엄마는 그 이야기가 마음에 든 것 같다. 하지만 현관문 벨소리에 엄마는 현실로 되돌아온다.

"가서 문 열어드려."

그래, 안다, 테롱 부인은 기다리는 걸 좋아하지 않는다는 거. 테롱 부인은 거들먹거리기를 좋아한다. 내가 문을 열자, 그녀는 깜짝 놀란다.

"어머! 집에 있었네요? 설마 해고당한 건 아니겠죠?"

"예, 아직은요."

"그렇다면 다행이네요."

기가 막힌 위선이다! 그녀는 사냥개 무리보다 더 큰 소리로 요란하게 짖어댄다.

"당신이 저지른 그 멍청한 짓거리에 대한 소문이 온 시내에 쫙 퍼졌어요. 그 얘기를 내 남편은 아주 재미있어 하더군요. 그이는 남자니까. 하지만 난, 당신 어머니 입장에서 생각한답니다. 당신 어머닌 걱정이 많아요. 그리고 그건 정말 당연한 거예요. 그레구아르, 앞으로 업으로 삼을 일에 대해 심사숙고해야 할 거예요, 제대로 된 진짜 직업 말이에요. 당신 어머니는 아주 힘들게 살아가고 있어요."

그 말 많은 커다란 주둥이를 좀 닫으시지? 그런데 테롱 부인을 위해 의자 하나를 가까이 가져다주는 엄마. 그리고 커피에 설탕을 하나를 넣을지 두 개를 넣을지 묻는 엄마. 엄마, 사랑하는 엄마, 고개를 들어. 가차없이 내쫓아버려, 예의 없이 거들먹거리는 테롱 부인 따윈. 매몰차게 대하라고. 나는 책을 집어들고 내 방으로 사라지려 한다. 내가 발길을 돌린 순간, 그 뚱뚱한 여자가 말을 이어나간다.

"멋진 청년이네요, 젤랭 부인! 정말 잘생겼어, 여자들이 좋아할 타입이야. 아드님의 여자친구가 누군지 당신도 알고 있나요?"

아! 안 돼! 그건 안 돼요, 테롱 부인, 다른 건 몰라도 그것만큼은 안 돼! 디알리카를 건드리지 마! 나는 계단 세 칸을 단번에 도로 뛰어내려가서 말을 돌연 중단시킨다.

"테롱 부인?"

"네?"

"외투를 찾으러 오신 거죠?"

"……"

"엄마, 테롱 부인의 외투 다 됐어요?"

"그래, 다 됐다. 그런데 왜 그러니?"

엄마는 떠듬거리며 덧붙인다.

"어른들끼리 얘기하고 있잖아. 넌 끼어들지 마."

그 어느 때보다 더 사악한 테롱 부인.

"아드님이 꽤 예민하시네요, 젤랭 부인!"

그러고 나서 나에게 직접 말을 건넨다.

"그녀는 정말 예쁜 여자죠, 그레구아르, 난 두 사람이 정말 멋진 커플이라고 생각해요."

공격이야말로 최선의 방어다.

"맞아요, 테롱 부인. 안 그래도 며칠 전에 우연히 남편분을 만나 그 얘기를 했어요, 저희 요양원에 오셨을 때요. 아프리카 여자들은 하나같이 끝내주는 색골들이라고 하시대요. 남편분도 경험이 많으신가봐요."

"……"

"……"

엄마가 커피잔을 엎지른다. 엄마 손에 들려 있던 티스푼이 타일 바닥 위로 떨어진다. 엄마는 눈이 동그래져서 금방이라도 숨이 넘어갈 것 같은 목소리로 나에게 말한다.

"그, 그래서, 그레구아르?"

테롱 부인이 극우세력들의 주장—'이방인들은 꺼져라!'—에 동조한다는 건 익히 알려진 사실인지라, 어느 누구도 내 농담을 웃어넘기지 못한다. 게다가 테롱 부인의 표정은 더더욱 싸하다. 나는 단번에 그녀를 얼음으로 만들었다. 그녀는 백기를 든다. 그녀는 아주 품위 있게 잔을 탁자 위에 살포시 내려놓고, 작은 손수건으로 입가를 닦고는 자리에서 일어나 자신의 치마를 아래로 잡아당기며 엄마에게 묻는다.

"외투값으로 얼마를 드리면 되죠?"

엄마는 정신이 거의 나간 것 같다. 그래서 간신히 떠듬거리며 이렇게 말한다.

"다음번에 주세요, 테롱 부인."

거기서 나는 멈추지 않고 끼어든다. 나는 단호하다.

"엄마, 테롱 부인이 다시 오지 않을 거라는 걸 잘 알잖아요. 지금 얼마를 받아야 하는지 말하고 청산할 걸 남기지 마세요! 저 여자를 우리집에서 볼 일은 더이상 없어요."

사태가 심각해진다. 엄마가 하염없이 운다. 나는 테롱 부인에게 외투를 가지고 낼 돈을 내고 어서 가라고 무게 있게 말한다. 그런 다음 엄마 곁으로 다시 돌아와 최선을 다해 엄마를 위로하려고 애쓴다.

"엄마, 단골을 잃어서 조금이라도 손해를 봤다면 내가 메꿔줄게요. 약속해요. 저 이제 정규직 직원이 됐어요. 일급 진행자이기도 하고요. 게다가 돈 들어갈 일이 없잖아요. 차도 없고. 집세도 낼 필요 없으니까."

엄마는 너무 지치고 서러운 마음에 운다. 터뜨리기엔 늦어버린 종기 때문에, 자기 혼자 힘으론 터뜨릴 수 없게 된 종기 때문에 운다. 남 뒷담화에 즐거움을 느끼는 독사 같은 인간들을, 덤프트럭 몇 대 분량의 험담을 아침부터 저녁까지 한 마디 말도 없이 견딘다는 것. 엄마는 마침내 내가 그 여자를, "그 잡년"을 내쫓아버린 건 정말 잘한 일이라고 털어놓는다. 엄마가, 우리 엄마가 거침없이 그런 욕을 하다니!

"어어! 엄마, 지금 엄마가 무슨 말을 했는지 알아?"

엄마가 시원하게 욕을 해버린 걸 축하하는 뜻으로 나는 엄마의 볼에 입을 맞춘다.

"그 여자 아니어도 손님은 얼마든지 있어!"

엄마가 안정을 되찾는다.

"여자친구가 생겼으면서도 입도 뻥긋 안 하다니. 나한테 슬쩍

귀띔이라도 해줬으면 좀 좋아. 네 어미만 빼고 온 세상 사람들이
다 아는 것 같더구나!"

"엄마도 보면 마음에 들 거야. 정말로."

"왜 안 그렇겠니? 이름이라도 말해주렴!"

"디알리카!"

"디알리카? 예쁜 이름이구나!"

"세네갈 사람이야."

사랑하는 나의 엄마는 군말을 보태지 않는다.

"뭐하는 애니?"

"수레국화에서 일해. 간호사."

"간호사라고! 그래, 그건 제대로 된 직업이구나."

27

피키에 씨에게는 더이상 주도권이 없다. 나는 내가 사랑에 빠졌다는 걸 숨기지 않는다. 그리고 스무 살 난 애들이 으레 그렇듯 당돌하고 매정하게 행동한다. 그게 그의 신경을 거슬리게 한다는 걸 내가 모를까? 물론 안다. 그가 나를 오로지 그의 곁에만 두고 싶어한다는 것을 나는 아주 잘 알고 있다. 그만의 그레구아르. 그만의 낭독가. 그러기엔 디알리카가 방해가 된다. 하지만 내가 눈치채지 못한 건, 지금 그가 질투를 하고 있다는 사실이다. 나는 아무것도 모르고 있다. 알고 싶지 않다. 디알리카는 내게 경고한다.

"한 방에서 단둘이 그렇게 오래 붙어앉아 있는데, 어느 순간 어떤 몸짓이나 한 마디 말로라도 그 감정이 드러나지 않을 순 없어. 너는 불을 지르고 있는 거야, 그 감정이 불타오른다 해도 불평하지 마! 지금이라도 똑바로 봐!"

지금까지 내가 너무 둔해서 그의 수치심을 눈치채지 못하고 있었던 거다. 조심하고 싶었지만 어쩌다보니 흥분된 감정의 올가미에 걸려들고 말았다는 수치심, 그게 분명하다. 자존심, 윤리라는 미명 아래 나의 젊음을 바로 옆에 두고서도 어찌해보지 못하는 것, 그것은 이내 탄탈로스의 형벌이 되어버린다. 빗장은 곧 풀릴 것이다.

질투, 무의식, 또는 죽기 전에 한번 더 적극적으로 표현해보고 싶은 미칠 듯한 갈망. 바로 그날 책을 잡는 두 손의 모양을 계속 되풀이해 고쳐주던 그의 행동에서 나는 알아차린다. 그는 낭독에 필요한 기술적인 자세 교정을 넘어선 행동을 하지 않으려고 애쓰면서, 다정하면서도 뭔가 어색하게 행동했다. 시선이 서로 교차할 때, 우리가 그렇게 강렬한 눈길을 주고받은 적은 아마 한 번도 없었을 것이다. 나는 정말로 깜짝 놀랐다. 그 증거로, 나는 얼굴이 빨개진다. 그는 눈을 내리깔고 내 두 손 쪽으로 몸을 기울이고는, 내 부드러운 살결을 한껏 느끼고 난 뒤 다시 고개를 들고 내 눈을 들여다본다. 그는 들켰다는 걸 알아차리고는 침묵을 선택한다. 나는 낭독을 다시 시작한다. 그때, 내 목소리는 절대적인 지배자의 음색, 상대의 고통이 단 한 순간도 줄어들지 않는다는 것을 아는 자의 음색이다. 유혹하는 것, 사는 것, 죽는 것.
책방 할아버지는 세번째 단계에 다다랐다.

28

운하에서 하는 훈련은 그 무엇과도 바꿀 수 없을 만큼 나에게
중요한 것이다. 나는 혼자 그곳에 간다. 저녁마다. 홀에서나 이
방 저 방을 돌아다니면서 책을 읽어주고, 낭독회의 내용과 나의
선택이 적절했는지에 관해 책방 할아버지와 의견을 주고받는 시
간들이 지나고 나면. 책방 할아버지는 마침내 나를 놓아준다. 우
리는 서로에게서 자유롭고 싶어한다. 내가 집중하는 데 필요한
긴장, 사람들의 경청, 생명력으로 가득찬 내가 그 모든 고통들
앞에서 느끼는 망연자실함. 누군가의 욕설. 그리고 아주 많은 질
문들. 나를 죽일 것 같은 천장을 아주 오랜 시간 머리 위에 이고
있었던 나머지 번번이 녹초가 되어 수레국화를 나선다.

물에 가까워지면 나는 제일 먼저 숨부터 깊게 들이마신다. 개

흙냄새. 원초적인. 그렇게 해서 사회적이고 문화적인 인간성이 나에게서 빠져나간다. 나는 말을 버린다. 이제부터 나는 그저 고함소리로만 존재한다. 나는 물로 뛰어든다. 웃통을 완전히 벗고서. 수영팬티 차림으로. 눈에는 물안경을 끼고.

지금은 10월이라 공기가 더 부드럽고 더 서늘해졌지만, 가을날 물에 잠기는 건 감미로운 매혹이다. 열매들에는 빛의 흔적이 깃들어 있다. 몇몇 새들은 벌써 떠남의 냄새를 맡는다. 어치 소리가 들린다. 언제나 똑같다. 그 새는 어김없이 정확한 간격으로 운하를 따라 늘어서 있는 물푸레나무들 사이를 날아가 자리를 옮겨 앉는다. 소금쟁이들이 발수성 다리로 물결 위를 자유자재로 미끄러져가듯 떠내려가는 낙엽들 한가운데에서 나도 헤엄쳐 나아간다. 내 기억은 말랑말랑해지면서 분해되어간다. 책방 할아버지가 나에게 '스며들기' 훈련을 시키기 위해 운하의 물속에 던져넣었던 그때 이후로 물을 흡수해 분해된 게 분명한 바슐라르의 책처럼. 내가 지금 저물어가는 햇빛 아래 양어깨를 빛내면서 헤엄을 치고 있는 이 수문과 가까운 곳에서 발견한 납작한 돌멩이가 기억난다.

이따금씩 나는 날이 캄캄해질 때까지 수영을 한다. 수문과 수문 사이의 거리는 300미터다. 왕복. 두 번. 1.2킬로미터. 머릿속 비우기. 그냥 달 아래 있는 것이 행복하다. 나를 기다리고 있는 것에 대해서는 아무런 생각도 하지 않고 그냥 이렇게 있는 것이.

"아! 그레구아르, 당신은 젊어요! 젊음을 누려요…… 인생은 아주 빠르게 흘러간답니다."

시시한 일들. 인생은 길다. 나는 스무 살이다. 사십 년 동안 일하기. 아니면 사십오 년. 내 배, 내 목구멍, 모든 게 잠긴다. 마지막 순간에 나는 내 얼굴 가득 자리한 회한을 본다. 노인은 자기가 타고 있는 휠체어 바퀴를 내 쪽으로 돌리고는 브레이크를 고정시켰다. 책 낭독, 그래서? 여기 이 물속에서, 걸리적거리는 것은 더이상 없다. 두 팔을 저어 힘껏 앞으로 나아간다. 물살에 네가 실려가는지 네가 물살을 가르는지 너는 더이상 알지 못한다. 그리고 한계를 시험하는 건 좋은 일이다. 운하의 두 수문 사이에서 잠수하면서. 몸, 그리고 물에 잠기기. 주위엔 아무것도 없다. 정적. 어쩌면 성난 왜가리 한 마리.

어느 저녁, 평소보다 더 긴장한 나는 폭풍우가 몰아칠 조짐이 보이는데도 고집스레 운하로 향한다. 밀려오는 거대한 구름들 때문에 운하 저 안쪽 포플러나무들의 노란 잎이 황금빛 동전처럼 번쩍이며 빛을 발한다. 모든 게 떨고 있다. 모든 것이 가볍게 흔들린다. 소리 없는 집중 포격에 수평선이 들썩인다. 번갯불이 헤엄쳐 나아가는 나의 움직임을 따라온다. 그리고 둔치 길과 나란히, 운하와 평행하게, 바이스처럼 나를 옥죄는 물살을 끈질기게 물밑으로 밀어내며 미끄러져가는 내 몸의 움직임을 따라, 첫 번째 광풍이 수평을 이루며 잎들과 물을 함께 휩쓸고 지나간다. 그때, 하늘이 무너져내린다.

비가 만들어내는 요란한 소란. 무시무시하다. 수직으로 내리 꽂힌다. 거기서 나는 두 종류의 물을 가지고 논다. 하나는 저 높은 곳에서 쏟아져내리는 차가운 물. 1미터 80센티의 내 적갈색 주근깨투성이 피부를 무수히 찔러대며 따끔거리게 하는 미지근한 또다른 물. 나는 지린내를 풍기는 기저귀의 공포, 피부발진을 일으키는 산성 똥, 피부 노화, 신체의 그 모든 관들의 누수 같은 것들을 겪을 필요가 없는, 결코 늙지 않는 사람들을 상상한다. 그 모든 생각들을 몰아내면서, 나는 물에 등을 대고 눕는다. 두 팔을 쫙 펼치고, 쏟아져내리는 폭우를 향해 입을 벌린 채, 수련이 피어 있는 작고 네모진 한 귀퉁이에서 배영 자세를 취한다. 지루 부인에 대한 기억이 어른거린다.

29

운하에 설치된 두 수문 사이의 공간은 하나의 왕국이다. 거기서 혼자, 나는 선별을 한다. 집중하면서. 고립된 채. 아무 소리도 들리지 않는다. 내 숨소리밖에는. 풍덩 혹은 퐁당. 아무래도 상관없다. 바로 그날, 뭔가가 거의 내 머리를 아슬아슬하게 스쳐갔다. 누군가가 내게 자갈돌들을 던진다!

나는 몸을 일으킨다. 둔치 길에 흐릿한 형체가 보인다. 수경을 벗으니 조금 더 분명하게 보인다. 두 사람의 형체. 쓰레기 다니와 나랑 같은 고등학교를 다녔던 녀석. 손에 작은 맥주캔을 하나씩 든 그들은 조용히 다가와 또다시 내 쪽으로 돌을 던진다. 나는 반사적으로 반대편 기슭 쪽으로 헤엄쳐가지만 그쪽 둑으로는 올라갈 수 없을 것이다. 제방의 침식을 막기 위해 땅속 깊숙이

박아넣은 철판들 때문에 어떤 식으로든 거기서 빠져나갈 방법이 없다. 그들은 영리하다. 그들은 그걸 이미 알고 있다.

그 두 사람은 입가에 웃음기를 띤 채 내가 있는 지점에서 걸음을 멈춘다. 궁지에 몰린 먹잇감을 바라보는 포식자의 미소. 다니, 그의 거친 목소리, 그의 짓궂은 짓거리. 다니가 농지거리를 내뱉기 시작한다. 그가 자기 친구에게 말한다.

"젤랭네 아들 기억하지? 그 빨강머리 꼬마, 너처럼 그해에 바칼로레아를 망친 녀석 말이야. 저 곱상한 낯짝, 생각 안 나? 숨만 겨우 꼴딱거리는 호모 책방 영감이 저 녀석 뒤를 봐주고 있어. 녀석은 이제 허구한 날 농땡이를 쳐. 선생께선 책을 낭독하시지. 시건방이 하늘을 찔러. 저 꼴 좀 보라고, 저게 훈련을 하는 거래!"

그는 들고 있던 맥주캔을 입으로 가져가서 마지막 한 방울까지 탈탈 털어넣는다. 그리고 만족스러운 듯 옷소매로 입을 닦은 뒤, 황소 같은 힘으로 캔을 우그러뜨리고 꽉꽉 눌러 동그랗게 쇳공을 만들더니 내 얼굴을 향해 던진다. 그가 낄낄거리며 조롱한다.

"빨아주는 쪽이 누구야? 너냐 그 영감탱이냐?"

발이 바닥에 닿지 않는다. 나는 물속으로 모습을 감춘다. 그들에게서 벗어나려 애쓴다. 하지만 헛수고다. 그들은 태연하게 나를 따라온다. 2미터 거리에서 나를 내려다본다. 퍼붓는 욕과 박자를 맞추어 내게 자갈들을 던져댄다.

"야 이 남창새끼야, 이 형님이 지금 말씀하시는데!"

그 두 녀석 중에서 어떤 놈이 더 큰 돌을 던지는지 가늠할 수가 없다. 크건 작건 상관하지 않고 그들은 손에 잡히는 대로 마구 내게 돌을 던진다.

"딸딸이에는 파킨슨병에 걸린 덜덜거리는 손이 최고지!"

다니는 엄청나게 커다란 돌멩이를 집어들어 공중에 대고 빙빙 휘두른다. 모든 게 아주 빠르게 진행된다. 두려움인지 뭔지 모르겠다. 나는 재빠르게 갈대 숲속으로 몸을 날린다. 급히 서두르다 물을 먹는다. 역한 물비린내. 나는 켁켁거린다. 그들이 좋아라 한다.

"꿀꺽꿀꺽 실컷 처먹어, 이 호모새끼야!"

나는 얼이 빠진 채 숨을 헐떡이며 몸을 가누지 못하고 점벙거린다. 수경을 벗어 물속에 던진다. 진흙을 온몸에 뒤집어쓴 채 똑바로 일어서려고 애를 쓴다. 그런 내 모습을 보고 그들이 배꼽이 빠져라 웃는다. 나는 더이상 겁을 먹지 않는다.

"한 마디만 더 지껄이면 가만 안 둘 거야!"

나는 갈대숲에서 간신히 빠져나와 마침내 제방 위로 올라온다. 진흙과 갈댓잎들을 몸에서 뚝뚝 흘리면서, 화가 머리끝까지 치민 나는 다짜고짜 다니 쪽으로 달려간다. 두 팔로 그의 허리를 움켜잡는다. 그리고 그를 끌어안은 채 운하 속으로 다시 뛰어든다. 그는 어쩔 줄 몰라 하며 이렇게 외친다.

"바보 같은 짓 하지 마, 난 수영 못한단 말이야!"

쓰레기 다니는 더이상 거들먹거리지 못한다. 물은 겨우 허리께까지 올 뿐이다. 그는 눈이 휘둥그레진다. 운하, 여긴 나의 영역이다. 나는 이 운하의 제방들을 훤히 꿰고 있다. 이곳은 나에게 낯선 사향쥐 굴이 아니다. 다니는 진흙에 처박힌다. 완전히 달라진, 공포에 질린 목소리로 그가 애원한다.

"허튼수작 부리지 마, 빌어먹을, 올라가게 나 좀 도와줘!"

제방 위에서, 무력한 그의 친구가 진창 속에서 허우적대는 우리를 바라보고 있다. 이윽고 그 녀석이 마비 상태에서 벗어나 화를 내기 시작한다.

"그를 놔줘, 당장! 아깐 그냥 농담한 거야!"

흥, 말도 안 되는 소리. 너는 다니가 어떤 녀석인지 제대로 모르는군, 그 자식이 하는 말은 절대로 그냥 농담이 아니야. 그는 오로지 남을 상처 입히고 모욕을 주고 상대를 제압하려고 그런 말들을 한다고. 나는 더이상 멈출 수 없다. 나는 때린다. 소리를 지른다. 악을 쓴다.

"날 조용히 내버려둬! 날 괴롭히지 마! 난 내가 책을 읽어주고 싶은 사람들에게 책을 읽어주는 거야. 그리고 그들은 나에게 대가를 지불해. 그러니까 입 닥쳐! 닥치라고!"

다니는 두 팔을 버둥거린다. 그는 덜 얻어맞기 위해 안간힘을 쓰며 방어한다. 그러다가 마침내 시커먼 물속에 처박힌다. 그의 친구는 정신이 완전히 나가버렸다. 그는 있는 힘껏 소리친다.

"젤랭! 그만둬!"

이제껏 누구도 내 이름을 그런 식으로 소리쳐 부른 적이 없었다. 갑자기 전기에 감전된 것 같다. 나는 멈춘다. 그리고 그를 바라본다. 나는 쓰레기 다니가 진흙 속에서 네 발로 기는 모습을 본다. 머릿속으로 계산을 해본다. 나는 수경을 잃어버렸지만 그 대신 다니는 이제 다시는 나에게 집적댈 생각을 하지 못할 것이다. 나는 운하에 몸을 던진다. 그리고 몸을 부르르 털고 나서, 진흙탕 물 자취를 남기면서 헤엄쳐간다.

30

모리스 준부아*의 『1914년의 사람들』. 열일곱번째 낭독회. 제1차세계대전 당시, 당대의 젊은 작가가 하루하루를 세세하게 기록한 일기. 피키에 씨는 나에게 아주 솔직하게 털어놓는다.

"이 시기의 이야기에 나는 언제나 매료되었단다."

나는 공포를 읽는다. 그 어떤 선생도 나에게 결코 가르쳐줄 수 없었을 전쟁의 모습을 발견한다.

자주 그렇듯이, 그는 느닷없이 나의 낭독을 중간에 자르고, 마르지 않는 자신의 질문 보따리를 휘저어 즉석에서 질문 하나를

---

* 공쿠르상을 수상한 프랑스 소설가, 시인. 인간과 자연, 죽음의 관계를 그리는 작품세계를 보여주었다.

건져올린다.

"말해봐, 그레구아르, 네가 되고 싶은 책 속 히어로가 있니?"

긴 침묵, 그러다가 나는 불쑥, 마치 천둥처럼 외친다.

"나무요."

내 대답에 나 스스로 놀란다. 그리고 피키에 씨도 놀란다. 준 부아의 그 책은 나무와는 전혀 무관한 용기에 대한 책이었기 때문이다.

"나무? 어디 설명해보렴."

"그냥 한번 해본 말이에요."

"아니, 아니, 아니! 잘 생각해봐, 이 세상에 그저 우연히 튀어 나오는 말은 절대로 없어."

그래, 그건 사실이다. 우연히 튀어나오는 말은 절대로 없다. 나는 나의 대답에 정당성을 부여하기 위해 그에게 할말을 찾으려고 애쓴다. 하지만 내가 입을 여는 순간, 마치 또다른 존재가 나 대신 말을 하는 것 같다. 참 이상한 느낌이다. 이런 말을 내가 듣고 있는 것 같다.

"저는 나무들을 좋아해요. 그리고 나무들에 대해 뭐라고 콕 집어 말할 수는 없지만 감탄과 존경심을 느껴요. 제 머리에 제일 먼저 떠오르는 생각은 그거예요. 만일 제가 나무가 되어야 한다면, 아마도 운하 아래쪽 습지 한가운데 서 있는 그 늙은 버드나무일 거예요. 왜 있잖아요. 제가 훈련하러 가는 그 수문 옆에 있는."

나는 곰곰이 생각한다. 그리고 잠시 그 모습을 그려본다. 내 머릿속에 그 모습이 아주 선명하게 떠오른다. 나는 지금 이 방에서 빠져나간 듯한 텅 빈 눈으로 그 어느 때보다 생각에 깊이 잠긴 채 말을 잇는다.

"그 나무는 유일해요. 그러니까, 그 나무는 제가 저 자신과 쉽게 동일시할 수 있는 대상이에요. 나무는 혼자예요. 나무를 둘러싸고 있는 늪은 거대하죠. 뿌리들은 이탄지泥炭地에 박혀 있고, 나뭇가지들은 수은색 우산처럼 펼쳐져 있어요. 여름이면 그 그늘 아래에서 암소들이 휴식을 취하죠. 그 나무는 히어로예요, 게다가 나무는 누군가를 보호해줘요."

"틀린 말은 아니구나."

"그 나무는 위에서 아래까지 갈라져 있어요, 그러니까 사실 그건 열려 있는 거죠. 그래요, 준부아의 책처럼."

나는 독서대 위에 펼쳐져 있는 『1914년의 사람들』을 그에게 가리켜 보인다. 문고판. 엄청나게 두껍다.

"폭풍우가 불 때 내리친 벼락, 내 생각엔 그 나무가 갈라진 건 그저 그것 때문인 것 같은데?"

"아뇨, 저는 그렇게 생각하지 않아요. 그것보다는 오히려 기생 생물들이 서서히 그런 홈을 만든 거라고 봐요. 작은 애벌레나 섬유소를 게걸스럽게 먹어치우는 뭐 그 비슷한 것들이요. 그 나무의 중심은 썩어서 한쪽은 빨갛고 다른 한쪽은 흰색이에요. 그리고 각 부분은 거의 완벽한 대칭을 이루면서 땅 쪽을 향하고 있죠. 두 개의 줄기를 휘몰이해서 뿌리가 되는 걸 보면 나무는 마치 코로 땅을 헤집고 다니는 맥貘을 닮았어요. 나무는 빨아들여요. 흡수해요. 뭐라고 표현하든지 간에요. 나무라는 게 원래 그런 거잖아요, 피키에 씨. 그건 전쟁이에요. 잔인한 전쟁과는 다른 전투. 인간성과 무관한 전투. '골짜기' 텍스트들과 우리가 이 책에서 읽는 그 모든 공포들과는 무관한 전투. 그 나무 앞에서, 웃지 마세요 할아버지, 할아버지가 자주 쓰시는 표현대로 말하자면, 그 나무 앞에서 '우리는 우스꽝스러운 존재들'이죠."

그가 얼빠진 표정으로 나를 바라본다. 눈이 휘둥그레진 채. 아니 그는 앉은 자세에서 거침없이 상체를 일으키며 검지로 나를 위협한다. 그의 팔, 그의 손, 그의 입이 떨린다. 그는 반박한다.

"그만해, 그레구아르. 절대 절망하면 안 된다. 절망하기에는 넌 너무 어려."

발작적인 기침이 그를 뒤흔든다. 그는 숨을 제대로 쉬지 못한다. 나는 고집스레 말을 잇는다.

"하지만 그건 절망이 아니에요, 피키에 씨! 다른 것에 대한 사랑이에요……"

"다른 것에 대한 사랑이라고? 내가 납득할 수 있도록 설명해봐."

나는 그가 이 논쟁에서 이기지 못하도록 그에게 무슨 말이든 퍼부어댈 태세를 갖춘다. 책방 할아버지와 그의 충고들에 이제 진력이 난다. 하지만 디알리카가 우리 사이에 끼어든다.

"어, 어, 두 사람 다 무슨 일이에요? 전쟁이라도 났어요? 두 사람 목소리가 주차장까지 다 들린다고요!"

디알리카, 주사를 놓을 시간. 뜻하지 않은 그녀의 유쾌한 출현에 나는 단번에 수레국화로 되돌아온다. 피키에 씨가 목구멍에서 가래를 끌어올린다. 나는 그에게 티슈 상자를 건넨다.

"대체 무슨 일로 그러신 거예요?" 그녀가 그에게 묻는다.

피키에 씨는 독서대 위에 놓인 준부아의 책을 턱으로 가리킨다. 기침은 잦아들지 않는다. 디알리카는 책을 덮고 표지의 제목을 읽는다.

"피키에 씨, 자꾸 걱정하게 만드실 거예요? 정말로 이것 말고는 읽을 게 없어요? 자, 벌이에요, 엎드리세요. 자, 어서 바지를 살짝 내리고 엉덩이를 이리 주세요."

"'잠깐 내놓으세요' 귀염둥이, '잠깐 내놓으세요'라고 해야지!"

"좋으실 대로요. 하지만 제가 바라는 건 할아버지가 기침을 멈추는 거예요, 기침을 자꾸 하면 몸이 견뎌내지 못해요."

디알리카가 평소대로 와서 몇몇 처치를 하는 동안 나는 더더욱 침묵 속에 틀어박힌다. 졸지에 투명인간이 된다. 나는 그들을 방해하지 않기 위해 조용히 방에서 나가려고 한다.

"아니야 그레구아르, 부탁이야, 조금 더 여기 있어." 노인이 간청한다.

침대 위에 누워 바지를 살짝만 내리고, 한 손은 베개 위에, 다른 손은 안락의자의 팔걸이에 올려놓고서, 고개는 창문 쪽으로 돌린 채, 다시 시작된 발작적인 기침을 억누르려고 안간힘을 쓰며 피키에 씨는 긴 독백을 시작한다.

"내 아버지가 나무 심는 소리를 눈을 감은 채로 하도 많이 들었더니, 어느 날엔 이런 의문이 들더군. 내가 정말로 계속 눈을 뜬 채로 온 숲속을 돌아다닐 수 있을까……"

디알리카는 최대한 조심스럽게 행동하지만 움직일 때 나는 작은 소리들이 노인의 중얼거림 사이사이에 끼어든다.

"……그렇다고 가정한다 해도, 바큇자국에 빠져 발을 삔 나는 아니라고, 그럴 수 없을 거라는 걸 고백해야 하네. 경험은 인간적인 거라고, 글을 쓰고 싶은 나의 고집 센 욕망에 그는 대답했지. 그리고 우리가 흔들어대는 그 물안개들처럼, 나의 뿌리들이 뻗어나아가고 있는 그 강, 설명할 수 없는 갈망 사이에 끼어든 그 큰 강으로 인해 나는 문득 깨달았네. 나에겐 아마도 진정한 안내자가 필요하리라는 걸. 그때 강물이 내 손을 잡았네. 쓸 수 있었던 그 모든 것을 생각하기도 전에, 내 손은 강물이 항상 우리를 이끄는 곳으로 나를 이끌어가고 있었으니. 나뭇가지 끝에 매달린 잎들이 발성 연습을 하라고 부르는 그곳으로. 언제나 변함없는 새들에 관한 그런 물음들 중 하나, 새들이 부드러운 입술을 가질 수 있다면? 그게 있을 수 있는 일일까? 그럴 수 있다면, 오늘 나는 즉시 야생의 귀걸이를 달고, 물결을 따라 세상의 종말을 이야기하는 소리를 듣고 싶네. 그 물결 속에서 활엽수의 모호한 외침들, 개울과 강어귀의 입들이 둥지들 안에서 음식을 떠먹을 때, 3월이나 4월의 세찬 소나기가 그곳에 알을 낳으러 온다네. 모든 것이 노쇠해가네, 그리고 그것은 도끼의 시절이 오래전에 끝났음을 알려주는 표시일지니. 이제 나는 전기톱의 시대가 오는 소리를 분명하게 듣는다네. 우리 삼림감시원들의 땀과 뒤섞여 방울방울 내리는 비는 모든 의자들을 이끼로 뒤덮는 것을 신조로 삼는 전설의 비라네."

피키에 씨는 눈을 감는다. 디알리카가 소독솜으로 그의 엉덩이를 문지른다. 시는 끝났다. 그가 좀더 계속해줬으면 좋았을 텐데.

"임무 완료, 피키에 씨! 그건 누구 시예요?"

"시? 내 거야. 내가 썼어, 육십 년 전에. 난 시골에서 태어나 그곳에서 자랐어. 내 아버지는 나무를 좋아하셨지. 그레구아르

가 나무가 자신의 히어로라고 말했을 때, 단번에 이게 떠오르더
군. 기억이란 건 참 신기한 거야."

디알리카가 나를 바라본다.

"나무가 너의 히어로라고!?"

나는 아무 말도 하지 않는다. 그냥 잠자코 있다. 디알리카는
나중에 다시 물어볼 것이다.

"책으로 나왔나요?" 그녀가 묻는다.

"아니, 전혀."

"책으로 나온다면 정말 멋질 텐데요, 피키에 씨!"

책방 할아버지가 미소를 짓는다.

"귀엽기도 해라! 하지만 이 요양원에 들어오는 사람들 중에
뭔가 계획을 갖고 들어오는 사람을 한 명이라도 본 적이 있어?"

"달라질 거예요. 당신 방식대로, 나무가 되세요! 그의 히어로
가 되세요."

그녀는 손가락으로 나를 가리키며 말한다. 마음을 누그러뜨리
는 그녀의 발랄함에 화해할 마음이 싹튼다. 책방 할아버지에게
그건 별로 어려운 일이 아닐 것이다. 하지만 나에게 그건 아직은
그리 쉽지 않은 문제다. 그녀는 갖고 온 의료도구들을 챙겨 문으
로 향하며 피키에 씨를 보고 말한다.

"당신을 믿어요!"

31

　판지로 만든 서류철은 노란색이었다. 샛노란색. 오른쪽 아래 모서리와 위쪽에 고무줄 두 개를 비스듬히 걸치는 덮개 달린 서류철. 안에는 칸이 촘촘한 모눈종이에 파란색 펜으로 대문자로 쓴 원고가 125매가량 들어 있다. 해가 바뀔수록 시간의 장난에 점점 더 누렇게 변색되어가는 보물. 피키에 씨는 여전히 주저한다.

　"네 소원을 들어주긴 하겠지만, 그레구아르, 한 가지 조건이 있다. 이 원고들을 절대 밖으로 가지고 나가지는 마. 여기서만 읽어. 이것들이 내 손에서 멀리 떨어지는 걸 견딜 수 없어."

　"복사도 하면 안 돼요?"

　"안 돼, 미안하구나."

서류철 겉면에는 이렇게 쓰여 있다. '혼란의 성소'.

"제목이에요?"

"자세히 보면 글씨체가 조금씩 달라. 원고들을 모아놓고 한참 뒤에 이 제목을 붙였단다. 어떻게 보면 판도라의 상자를 닫은 것과 약간 비슷하다고 할까, 다시는 열 일이 없기를 바라면서 말이다. 이 안에는 나의 스무 살이 꿈틀거리고 있어. 젊은 시절 예외 없이 우리를 관통하는 그 모든 분노들, 인생을 살아가면서 대부분 빛바랜 장난감 세트처럼 되어버리는 그 온갖 분노들이 우글거리고 있지. 문득 생각이 날 때 다시 꺼내보곤 해, 일 년에 한 번 만성절이 돌아오듯이 말이야. 그리고 깊은 슬픔이 무엇인지 떠올려보지. 이 노란 서류철은 무덤이야, 그레구아르! 나는 성소를 만들었어, 그것도……"

"시적인?"

"그래, 하지만 더이상 낭송되지 않는 시들이지. 이 시들을 쓰는 동안 나는 행복한 시간을 보낼 수 있었단다. 내가 이 시들에 바란 건 그것뿐이었어. 이젠 이것들을 읽으면서도 별다른 감흥을 느끼지 못하지만."

나는 그 시들을 읽었다. 그리고 다시 한번 되풀이해 읽었다. 어떤 시가 마음에 들면 나는 그걸 베껴 쓴다. 그는 그러라 한다. 그리고 무엇보다도, 나는 크게 소리 내어 읽어본다. 어떤 시들은 더없이 즉물적이다.

"발을 들어올려." 그가 말한다. "아니, 뒤꿈치만. 행 중간에서 잠시 멈추고. 두 팔이 따라가. 내리고, 올리고. 단어의 리듬에 몸을 맡겨. 금방 느끼게 될 거다, 그건 도취, 최면 상태 같은 거야."

나는 그의 침대와 창문 사이의 좁은 공간에 가까스로 자리를 잡고 서서, 하나의 텍스트와 내 몸 사이의 이 상호침투를 느껴보는 일에 열중한다. 전에는 이런 걸 한 번도 해본 적이 없었다.

"까마득한 절벽들의 오싹한 공허 속에서 / 이 사막 저 사막으로 그들을 하나하나 거느리며 / 휘몰아치는 바람 속에 나귀를 탄 장엄한 / 카라반, 그들이 아, 때맞춰 당도하네 / 다다르지 못하고, 다다르네, / 다다르고, 다다르네 / 다다르네, 암모니아의 / 암모니아 오아시스로, / 그리고 거기서 돌아오는 것은 오직 / 갈가마귀 울음소리에 찢긴 육신뿐이리……"

"두 손은 자동권총을 쏘듯 앞쪽을 겨냥하고 혀 차는 소리를 내. 혀 차는 소리 열두 번. 혀 차는 소리 여섯 번. 여섯 번씩 두 번, 맨 마지막에 열여덟 번이 되도록."

나는 그대로 한다. 책방 할아버지가 시키는 대로 혀 차는 소리를 내고 계속 시를 읽는다.

"마침내 어쩔 도리 없이 태양을 피해 / 거대한 통로 안으로 피신할 수밖에 없을 때 / 땅 위에 화톳불을 피워 자살하는 이들 / 안장에서 내려오는 자들의 운명은 그러함을 알자 / 아, 바로 그 방화자들의 시대처럼 / 다다르지 못하고, 다다르네, / 다다르고, 다다르네, / 다다르네, 암모니아의 / 암모니아 오아시스로, / 그리고 거기서 돌아오는 것은 오직 / 갈가마귀 울음소리에 찢긴 육신뿐이리……"

"혀 차는 소리. 혀 차는 소리 열두 번."

"새롭게 불타오르는, 어퍼컷으로 윤색된 존경으로 / 카펫 위에 문장의 불꽃을 떨어뜨리기 위해 / 잘라 파는 무가치한 쥐의 관절들 / 우정 어린 항문들의 정점에서 호산나 / 성냥은 아, 때마침 그어졌다, 예의 그 소화기들이 어디에 있을지 떠올릴 새도 없이……"

"거기서 가차없이 멈춰. 그리고 몸을 움츠리고, 나머지는 침묵에 맡기고 기다려."

나는 가쁜 숨을 몰아쉬면서도 기뻐서 어쩔 줄 모른다.

"너무 멋져요! 정신을 차릴 수가 없을 정도로요."

"몇 주 전부터 너에게 강도 높은 훈련을 시킨 효과가 이제 나타나는구나, 그동안 내가 말했지, 단어들에 너 자신을 더하라고. 너의 무릎, 팔꿈치, 몸 전체를 속속들이 이해하게 되면 너는 무엇이든 다 읽을 수 있어. 그렇게 되면 더이상 나에게 시의 수수께끼를 명확하게 설명해달라고 해선 안 돼. 난 아무것도 모르니까. 내가 아는 건, 이 소극笑劇이 이 방을 벗어나선 안 된다는 거야. 그레구아르, 날 봐! 동의하니?"

나는 고개를 끄덕이며 알겠다고, 그의 허락 없이 그의 방에서 나가는 건 아무것도 없을 거라고 그에게 확인시킨다.

"나는 얼마 못 가 죽을 거야."

"……"

"내 시신은 화장해달라고 부탁해놨다. 그리고 기왕 하는 거, 내 책들과 자료들도 함께 불태워달라고 했어."

자료들, 그건 그가 자신의 시들을 가리킬 때 사용하는 용어다.

"그 위대한 황제들에 대한 얘기, 들은 적 있지? 황제가 죽으면 황제의 호위병, 황후와 후궁들, 군대를 그의 시신과 함께 땅에 묻었다가 다시 파내어 화장하게 했지."

"……"

그가 웃는다. 자조하는 웃음이다.

"안심해라, 나는 어느 누구에게도 나의 영광을 위해 목숨을 바치라고 요구하지 않을 테니까. 대신 이 모든 건 불태우지 않으면 안 돼."

그는 방안의 벽들을 가득 채운 책을 나에게 가리켜 보이기 위해 크게 원을 그리는 몸짓을 한다.

"내 책들과 자료들이 나의 호위병이고 황후와 후궁들이자 나의 군대야. 그리고 이 모든 걸 불태우면, 누가 알아? 내 유골과 뒤섞인 이것들의 재가 어떤 나무에 거름으로 쓰일지? 제지공장에다 내 유골을 뿌려달라고 하는 건 뻔뻔한 얘기일까?! 망상이 겠지, 그레구아르. 아! 아! 아! 모르핀 만세! 나의 이 과대망상이 마침내 이루어진다면! 만들어지는 과정에서 내 존재가 그런 식으로 뒤섞여 탄생하게 될 수많은 책들. 공연의 마지막을 스스로 결정할 수 있는데도 그걸 포기하는 건 안 될 말이지. 이런 요양원의 문턱을 넘어오면서 품을 수 있는 계획은 그것뿐인데 말이야. 나는 어째서 이 감옥 같은 곳에 들어올 수밖에 없는 신세가되기 전에 내 집에서 생을 끝낼 용기를 내지 못했을까. 뭐가 그리 두려웠던 건지. 이제 난 준비가 되어 있어."

32

하루하루, 나는 그가 자신의 죽음에 관해 들려주는 말을 귀기울여 듣는다. 그의 계획을 실행에 옮길 날이 가까이 다가오고 있다. 그는 거울 속에서 말라가는 물웅덩이처럼 생기가 사라져가는 자기 모습을 본다. 그는 품위 있게 사라지고 싶어한다. 하지만 수레국화에서 그걸 심각하게 받아들이는 사람은 아무도 없는 것 같다. 평소에도 그는 입버릇처럼 그런 말을 했다고 한다. 사실, 그는 허풍을 떠는 경향이 있어서 이번에도 제레미와 의료진은 그의 말을 예사로 넘긴다. 그리고 나로서는, 우선 경험이 없고, 무엇보다 의료에 관한 문제에는 아무런 발언권이 없다. 그렇지만 나는 그가 보내는 신호들을 감지할 수 있다. 그는 더이상 아무것도 먹지 않는다. 오늘 아침에는 몸단장을 해주려는 내 손길을 거부했다. 그는 내게 말한다.

"그런 건 해서 뭐하려고?"

그는 만사가 귀찮다는 표정이다. 나는 대뜸 그에게 묻는다.

"피키에 씨, 제가 뭘 어떻게 도와드리면 되겠어요?"

그는 내 물음에 대답하기 전에 한동안 나를 빤히 쳐다본다. 마치 세찬 강물을 건너지르는 교각에 발을 딛기 전에 발끝으로 시험해보기라도 하듯이.

"그레구아르, 내가 너에게 부탁하고 싶은 게 뭔지 정말로 알고 싶은 거냐?"

그에게 그런 질문을 했다고 왜 이렇게 정색을 하며 되묻는 걸까? 내가 넘어서는 안 될 선을 넘은 건 아닌지 겁이 난다. 나는 목이 메여 침을 꿀꺽 삼키고는, 머릿속으로 최악의 시나리오를 그려본다.

자, 그가 손을 편다. 그리고 과다 복용시 자신을 죽음으로 이끌어줄 약물의 복용설명서를 내게 건넨다. 그리고 이렇게 말한다. "내가 알아봤는데, 제대로 효과를 보려면 마흔다섯 알이 필요해. 어떻게든 옆방 여자들의 약통에서 슬쩍슬쩍 빼다줘. 그들이 목구멍에 밀어넣는 알약 수십 개 중에 작은 알약 한두 개 정도 없어졌다고 해서 누가 그걸 눈치나 채겠어?" 내가 그의 말을 자른다. "피키에 씨! 저한테 그런 걸 부탁하시면 안 돼요." 나는 그래서는 안 되는 이유들을 한 바가지 그에게 쏟아붓는다. 나의 창창한 미래. 그의 죽음을 도와줬다는 사실 때문에 영원히 품고 살아야 할 죄책감. 그리고 만일 그런 일이 실제로 일어날 경우 그걸 수습하기 위한 대책회의 내내 귀에 못이 박히도록 듣고 있어야 할 그 모든 지리멸렬한 '잔소리'. 나는 완전한 브리핑을 받았다. 그럼에도 불구하고 할말이 떠오르지 않는다.

"왜 말이 없어?"

내가 입을 다물고 있자 그가 스스로 자기 생각을 밝힌다.

"네가 수레국화를 잠시 떠났으면 한다."

아, 내가 예상했던 대로다! 전기충격.

"뭐라고요?"

그가 다시 한번 말한다.

"네가 수레국화를 잠시 떠났으면 한다……"

물론 나는 똑똑히 들었다. 그가 자신이 했던 말을 한 자도 틀리지 않게 똑같이 되풀이했다는 게 믿기지 않을 뿐이다.

"걸어줬으면 해. 나 대신 걸어줬으면."

나는 정신이 번쩍 든다.

"어디를요?"

그는 내가 과도하게 동요하지 않도록 조심한다. 하지만 이미 늦었다.

"있지, 그레구아르, 뭔가 회한을 갖고 죽는 건 그리 편치 않은 거란다. 회한들을 끌어안고 관 속에 들어가기에는 자리가 너무 비좁거든."

"회한들이라니요?"

"나는 게이야. 남자들을 사랑해. 이 세상은 이성을 좋아하고 동성은 좋아하지 않는 성적 취향, 바로 그런 걸 원하지. 그런데 나는 남자를 좋아해. 그리고 무척 이상해 보일 수도 있겠지만, 나는 마음속 깊이 여자들도 사랑한단다. 이런 인간은 어떻게 살아야 할까? 아니 무엇보다도, 어떻게 죽어야 할까? 지금 내 상황에서, 아주 시의적절한 때는 아니라고 생각하지만 그래도 어쩌겠어, 나는 한번 시도해보고 싶어. 네가 도와준다면, 모든 여인들 중에서도 특히 영원한 어떤 한 여인에게 경의를 표하고 싶어."

"……"

"여기서 가까운 곳에 수도원이 하나 있다. 퐁트브로 수도원이라고. 아니?"

"아뇨, 몰라요. 여기서 먼가요?"

"한 200킬로미터 좀 넘을 거야. 아니, 250킬로미터쯤 될 거다."

"농담하시는 거죠? 저보고 거기까지 걸어서 가라고요?"

"그래, 그래줬으면 좋겠구나."

"얼마나 걸릴까요?"

"너처럼 건강한 젊은이라면, 열흘은 넘지 않을 게다."

"그럼 잠은 어디서 자고요?"

"오, 그레구아르, 너더러 엄청난 모험을 하라는 게 아니야, 거긴 사막이 아니라고!"

"아, 알겠어요, 그런데 그렇게 몇백 킬로를 걷는다면, 그래야 하는 이유는 뭐예요?"

"내 말 잘 들어봐. 너 수영 좋아하지?"

"좋아하고말고요! 하지만 헤엄쳐 가든 걸어서 가든 왜 그래야 하냐고요."

"겁먹지 마, 거기까지 헤엄쳐서 가라는 게 아니니까. 나는 그냥 설명을 하려는 거야. 너는 수영하는 걸 좋아하지. 나는 걷는 걸 아주 좋아하고, 음, 그러니까, 예전에 좋아했지. 걷기와 수영 그 두 가지가 서로 아무런 연결점이 없다 하더라도, 몸이 공간 속에 만들어내는 거리를 통해 우리에게 주어진 시간이 좀더 구체화되지. 내가 움직이지 못하게 되니까 이런 생각이 더 절실하게 내 머릿속에 맴돌더구나. 너에게 이 임무를 맡김으로써 내 마지막 순간들은 너의 발걸음 하나하나로 채워질 거야. 인간이라는 존재는 움직임 그 자체란다. 네 주변을 보렴. 아니, 여기 이 수레국화 말고. 저기, 저 바깥세상을 봐! 사람들이 살아가는 세상을 보라고. 진짜 인생 말이다. 진짜 인생은 춤을 춰! 헤엄을 치지! 뛰어오르고! 걷고! 움직여! 네가 내 계획을 받아들여준다면, 그래서 내가 저 바깥세상에서 네가 움직이고 있다는 걸 안다면, 나는 죽음을 맞이할 힘을 얻을 거야."

그는 하고 싶은 말을 다 한 듯하다. 나는 그의 말을 되뇌어본다.

"제가 제대로 이해했다면 말이에요, 피키에 씨, 그러니까 저는 할아버지를 위해 대신 걷는 거군요, 할아버지는 상상으로 걷는 거고요. 특별한 일이 생기면 문자메시지를 주고받으면서……"

"그래, 그렇지, 바로 그거야, 네가 나에게 문자메시지를 보내는 거지!"

"……그리고 할아버지가 이번엔 진짜로 우리를 떠나고, 저는 걸음아 살려라가 되겠네요? 그거 정말 재밌네요! 그런 다음엔 그곳에서 무슨 일이 일어나는데요?……"

"어디 말이냐?"

"그 수도원에서요!"

"퐁트브로에서?"

"네!"

"아, 거기서 넌 엄청난 감동을 맛보게 될 거다! 어쨌든 내가 너한테 바라는 건 그거야. 그 대수도원 성당과 그녀가 있는 장소에 가보면 너는 저항할 수 없을 거다. 숨이 막힐 거야. 숨을 쉬어.

숨을 쉬어. 너의 정신이 아주 크게 확장될 거야. 너에게 이 얘기를 하고 있으니까 내가 그곳에 처음 갔을 때 나를 사로잡았던 그 경악스러운 느낌이 생생하게 되살아나는구나. 안과 밖의 느낌이 끊임없이 서로 교류하지. 숲 한가운데 우뚝 솟은 돌의 텍스트처럼 뜨겁고 차가운 대화. 이해하겠니?"

나는 아무 말도 하지 않는다.

"열기구, 그레구아르! 우연히 눈앞에 나타난 열기구!"

그는 내가 소스라쳐 놀라기를 기대하며 말한다.

"정말로……"

내가 무슨 말을 더 할 수 있을까? 이 한 마디에 그는 계속 말을 잇는다.

"난 아주 젊었었지. 나는 20세기의 위대한 작가 장 주네의 소설 속에 나온 계단, 벽, 회랑, 안뜰을 실제로 보기 위해 그곳에 갔어. 장 주네는 한때 감옥으로 개조되었던 수도원에 관한 소설을 썼었지. 역설적이지 않니? 자신을 가두는 곳에서 정신의 개방을 말하는 그 생각이라니. 주네는 정신적인 탈주를 강력하게 원했던 사람이야. 지식인 동성애자들인 우리들에겐 전설적인 인물이고. 나는 주네 때문에 그 수도원에 가곤 했어. 피와 땀, 침, 정액으로 불타오르는 듯한 그의 그 빛나는 문장들을 향한 숭배하는 마음을 더 확장시키려고. 그런데 그곳에서 나는 한 여인을 만났어."

책방 할아버지는 피곤했지만 나를 계속 살피면서, 한 여인을 만났다는 이야기에 내가 새로 관심을 보인다는 걸 포착한다.

"그래 그레구아르, 한 여인을 말야…… 아름다운 여인…… 알리에노르 다키텐! 엄청난 충격이었어. 너도 곧 보게 되겠지만, 16미터 높이의 거대한 석회석 기둥들이 떠받치고 있는 궁륭 아래, 중앙 홀 한가운데 누워 있는 네 개의 횡와상橫臥像. 스테인드글라스 채광창이 뚫린 벽들, 내가 내는 아주 작은 소리조차 그 벽들을 통해 바닥에서 하늘로 울려퍼졌지. 그 안에는 침묵과 침묵의 메아리뿐이었어. 헨리 2세, 알리에노르, 사자왕 리처드 1세, 이자벨 당굴렘, 그들의 횡와상을 어루만지는 빛과 비스듬히 내리꽂히는 빛줄기들, 영원히 잠들었을 때 비로소 이루어지는 그 완벽한 정적 속에서 수세기 동안 돌 속에 갇혀 있어야만 했던 그들의 삶에 대한 분노. 그 현기증. 하지만 내 말만으론 부족해, 네 눈으로 직접 봐야만 해. 펼쳐진 책을 두 손으로 들고 있는 알리에노르를. 그래. 책, 그레구아르! 하지만 침묵의 책이지. 아무것도, 단 한 줄도 쓰여 있지 않은 책."

마침내 기다리던 것이다! 나는 짐작하고 있었다. 여왕으로, 아내로, 어머니로, 음모가로, 그리고 제멋대로 과장하여 이야기하는 연대기작가들의 말대로라면 자유로운 여자 또는 무신론자로 살아온 그녀의 삶 따위가 뭐 그리 대단하단 말인가. 책방 할아버지는 그녀에게서 오직 자기 눈에 가치 있는 유일한 상징, 책을 손에 든 그녀의 그 영원한 평정의 자세에만 주목한다. 피키에 씨는 자신이 발견한 세세한 것들을 최선을 다해 하나하나 이야기해준다.

"역사가들은 그녀가 무엇을 읽고 있는지에 대해 여전히 논쟁을 벌이고 있어—기도서냐 궁정시냐. 그녀의 눈에 관해서도 의견이 분분하지. 어떤 이들은 눈을 뜨고 있다고 생각하고, 어떤 이들은 눈을 감고 있다고 생각하지. 칠이 벗어진 것 때문에도 딱 잘라 판단을 내리기가 쉽지 않아. 그런데 나는 그녀의 둥근 눈자 위에서 양쪽 눈꺼풀의 경계를 봤어. 요철이 아주 미세하긴 했지만 그녀가 눈을 뜨고 있다고 믿을 만큼이었어. 그렇지만 잠깐, 그녀가 책을 읽고 있는 건 아니야. 그건 불가능해. 눈동자의 각도가 종이를 향하고 있지 않거든. 종이 말이다. 무슨 말인지 알겠지? 그녀가 책을 읽고 있는 거라면 고개를 더 숙였을 거야. 그녀의 눈은 돌로 만든 책을 보고 있지 않아. 위쪽을 향하고 있지. 생각에 깊이 잠겨 있어. 어쩌면 여왕으로서 그녀가 살아온 인생에 관한 책을 곱씹고 있는 건지도 모르지. 왜냐하면 조각가는 바로 그녀의 특별주문에 따라, 그녀가 글을 얼마나 소중하게 여겼는지를 후세에 알리기 위해 그녀의 눈을 그런 식으로 고정시켰으니까. 지나가는 음유시인에게 빠져든 왕관 쓴 자의 변덕 때문이 아니라, 글쓰기에 자부심을 가진 자들의 입에서 흘러나오는 정신적인 은총과 미에 대한 사랑 때문에 그녀는 그런 주문을 한 거지. 그 여인은 허수아비 같은 자기 남편을 비롯해 그 시대에 왕 노릇을 하던 그 모든 이들이 하나같이 과시하던 왕홀보다 자신의 지적 능력이 훨씬 우월하다고 생각했고, 그걸 상징하는 것은 바로 책이라고 여겼던 최초의 여성이야. 그 여인은 천재였어. 죽은 뒤에도 후세와 소통할 수 있다는 것을 알았던, 혜안을 지닌 사람이었지. 그리고 나, 나는 그녀가 뭘 읽건 읽지 않건 그런 건 상관하지 않아. 나에게 중요한 건, 그녀의 대담한 용기를 기리는 거야. 나는 책방 주인이야. 이 세상에 완벽한 사람은 없어. 그레 구아르, 내 부탁을 들어줘."

"……"

"이건 내 마지막 부탁이 될 거다. 그녀가 있는 곳으로 가서 그녀에게 책을 읽어줬으면 해."

"……"

"나에게 중요한 건 바로 그거니까, 그녀의 용기를 기리는 것."

"……"

"내 말 듣고 있니?"

"물론 열심히 듣고 있어요, 피키에 씨! 하지만 그렇다 해도 피키에 씨의 부탁들이 갈수록 괴상망측해지고 있다는 건 인정하세

228

요. 모렐 부인을 위한 책 낭독. 저는 이미 원하시는 걸 해드렸어요. 이제 그 뜻을 이해했고요. 그래서 이번에도 할아버지 부탁을 기꺼이 들어드리고 싶어요. 하지만 조각상에게 책을 읽어주라니요! 제가 정신병원에 붙잡혀가기를 바라시는 거예요? 어떻게 생각하세요? 그곳은 방문객이 많아서 경비와 감시카메라가 즐비한 곳 같은데요. 어떤 일이 벌어질지 모르시겠어요? 안내데스크에서 졸고 있다가, 누워 있는 알리에노르 석상에게 책을 읽어주고 있는 나를 보고 화들짝 놀라 잠을 깨는 보안요원들. 아, 정말 말도 안 돼!"

"가보면 알게 될 거다, 그곳엔 카메라 같은 건 없어. 그리고 한밤중에 책을 읽으렴. 그곳은 그 수도원 옆의 특급호텔 손님들을 위해 밤새 개방되어 있거든. 네가 묵을 방도 예약해놓았다. 돌아오면 그 호텔의 침대가 네 취향에 맞았는지 내게 얘기해줘. 새벽 세시부터 다섯시까지 대수도원 성당 안은 텅 비어 있어. 너는 그녀와 단둘이 있게 될 거다, 아니면 적어도 그들과 함께. 조각상은 모두 넷이야."

"그런데 제가 뭘 읽죠?"

피키에 씨는 마른기침을 하며 목청을 가다듬는다. 왠지 불편한 기색인 것 같다.

"난 이 책을 생각했다."

그는 다시 마른기침을 하고는, 침대 머리맡 탁자 쪽으로 손을 뻗는다. 나는 거기서 마르크 바르베자*의 라르발레트출판사에서 1946년에 출간된 장 주네의 『장미의 기적』을 발견한다.

곧 나는 책을 들어 두 손으로 무게를 가늠해보고, 뒤집어서 편집자의 말을 대충 훑어본다. 그런 작품에 그런 식으로 행동하는 내 모습이 그의 눈에는 무례하고 경박해 보인다.

"그레구아르! 나는 네가 좀더 섬세한 사람인 줄 알았는데."

"죄송해요, 피키에 씨. 이 책을 읽어보겠어요. 하지만 약속은 계속 유효한 거죠? 우린 좋아하는 것만 읽기로 했잖아요, 만일 이 책이 제 마음에 들지 않으면……"

---

* 프랑스 출판인. 1940년 라르발레트라는 문예지를 창간하고 이듬해 같은 이름의 출판사를 설립했다.

33

정말 끔찍하다. 나는 이 책이 마음에 들지 않는다. 하지만 책 방 할아버지에게 어떻게 말해야 할까, 자노와 비역질을 하는 그 의 친구들 이야기가 진절머리 난다는 걸. 끌리는 부분이 하나도 없다. 책방 할아버지가 나에게 퍼부어델 독설이 귀에 선하다.

"넌 너무 어려, 책을 읽을 줄 몰라! 각 장마다 경이로움 그 자 체야, 엄청나게 훌륭해. 프랑스문학 가운데 최고로 손꼽히는 작 품들 중에서도 가장 뛰어난 작품이라고."

"진정하세요, 피키에 씨, 우리 얘기를 좀 해봐요. 제가 이걸 읽 는다고 가정하고, 이 책이 어떤 점에서 알리에노르와 관계가 있 는지 설명해주시겠어요?"

"……"

한두 군데가 아니야. 노인이 쐐기를 박는다.

"텍스트의 수준과 듣는 귀의 수준. 어떤 것을 읽는가? 누구에 게 읽어줘야 하는가? 저는 항상 피키에 씨의 질문들을 혼자 되묻곤 해요. 저는 피키에 씨의 가르침을 명심하고 따랐어요. 소설의 행위가 옛 수도원에서 일어난다는 사실 말고는, 이 소설을 읽어 알리에노르를 성가시게 만드는 게 도대체 무슨 이득이 있는지 저는 모르겠어요. 우리가 선택한 책이 오로지 우리 자신의 즐거움만을 만족시켜서는 안 되는 거잖아요, 즐거움은 공유되어야 하는 거잖아요. 『장미의 기적』은 '꼭대기'예요. 차라리 그것보다는 '골짜기'를 읽는 게 좋다고 생각해요."

"……"

책방 할아버지는 한 마디 대꾸도 없다. 그저 내 말에 귀를 기울인다. 그리고 마음속으로 몹시 기뻐한다.

"할아버지, 우리 이렇게 하기로 해요! 저는 할아버지를 위해 300킬로미터를 걷겠어요. 그리고 걸으면서 할아버지께 모든 걸 상세하게 알려드릴게요. 하지만 그곳에 도착하면 제가 원하는 걸 읽겠어요."

"그래, 그래, 좋다. 그래도 네가 어떤 책을 선택했는지 알 수는 있겠지?" 그는 불안스레 내게 묻는다.

주도권을 잡은 나는 그 기분을 만끽한다. 그는 내가 어떤 책을 선택할지 짐작조차 하지 못할 거다. 그가 계속 조급해하도록 뜸을 들인다. 그러고 나서 마침내 자기 확신으로 가득한 자의 거만한 태도로 말한다.

"조지 R. R. 마틴의 『얼음과 불의 노래』*요."

"……"

책방 할아버지는 전혀 감흥을 느끼지 못한다. 한번씩 돌아가면서 관심 없는 책과 맞닥뜨리기. 나는 전 세계를 열광의 도가니로 몰아넣은 텔레비전 시리즈에 대해서는 말을 아낀다. 『얼음과 불의 노래』를 그저 문학작품으로만 보이기 위해서다. 그리고 나는 한 권의 '골짜기'는 골짜기들의 세계에 속해 있어야 한다고 장황하게 떠들어댄다. 더 정확히 말하자면 공포를 불러일으키는 작품이며, 서사적이고 사실주의적인 동시에 환상적인 작품이라고. 더 말해 무엇하랴. 나는 알리에노르가 죽고 삼백 년이 지난 뒤 영국에서 일어난 어떤 사건에 영감을 받아 쓴 마틴의 이야기들을 듣는 그녀를 떠올린다. 그녀는 그 이야기에 열광할 것이다. 예루살렘으로 가는 길 위에서 그녀 자신이 겪은 고난을 상기시키는, 이야기 속 발리리아 땅으로 향하는 대목들을 들을 때는 그

---

* 1996년부터 2011년까지 총 다섯 편이 발표된 판타지소설. 미국 텔레비전 드라마 〈왕좌의 게임〉의 원작소설.

녀의 귀가 떨릴 것이다.

"알리에노르도 좋아할 거예요. 피키에 씨! 저를 믿으셔도 돼요. 피키에 씨의 특별한 여인은 여왕 대접을 받을 거예요. 낭독 기사인 제가 보장해요! 『얼음과 불의 노래』는 분명히 그녀 마음에 들 거예요."

나는 장난으로 기사처럼 바닥에 무릎을 꿇고 머리를 숙인다. 책방 할아버지는 나에게 설득당했음을 시인한다.

"그러려무나, 이 날강도 같은 녀석아, 네가 돌아오면 그때 너의 스무 살 생일파티를 열자꾸나!"

우리는 숙연한 눈길을 주고받는다. 그러나 두 사람 중 누구도 말을 덧붙이고 싶어하지 않고 그저 서로에게 한쪽 눈을 질끈 감으며 윙크한다.

"나무는……" 그가 마침내 나에게 말한다. "쓰러졌을 때 비로소 하늘을 발견하지. 내가 전에 보주산맥에서 나무꾼 한 사람을 만났는데, 그 나무꾼은 그것을 '통나무의 깨달음'이라고 부르더구나."

34

책방 할아버지는 과대망상증 환자다. 하지만 정당하게 평가하자면, 피키에 씨는 우리를 꿈꾸게 한다. 전투 준비. 디알리카, 제레미 박사, 원장, 간호조무사들, 간병인들, 수레국화는 대단히 의욕적으로 변했다. 이건 더이상 쉬쉬할 비밀이 아니다. 피키에 씨는 곧 우리 곁을 떠날 것이다. 그는 이미 예상하고 자신이 원하는 바를 분명하게 문서로 작성해놓았다. 입원은 하지 않는다. 응급처치도 하지 않는다. 오늘날 '연명치료'라고 불리는 무의미한 치료도 거부한다. 가능한 한 불안이나 고통 없이 편안한 상태에서 마지막을 맞이할 수 있게 해주기를 바란다. 하지만 그 일은 대부분 한밤중에 일어난다. 그리고 불행하게도 시간을 오래 끌 수도 있다.

나는 휴가 기간에 길을 떠나기로 합의를 봤다. 마송 부인은 까탈스럽게 굴지 않는다. 그녀는 오히려 이게 수레국화에 활력을 불어넣어줄 매력적인 발상이라고 생각한다. 그녀의 표현 그대로다. 하지만 그렇게 말하면서도 나에게 출장비나 여행경비 같은 걸 지급하겠다는 말은…… 입도 뻥긋하지 않는다. 이건 비공식적인 일이다. 하지만 내가 퐁트브로까지 도달하는 데 걸리는 열흘 동안의 경비를 피키에 씨가 전부 부담한다는 사실은 모두가 알고 있다.

그는 모든 것을 계획했다. 나는 책 읽는 사람에서 그를 대신해 걷는 사람, 그의 근육과 힘줄을 대신하는 사람이 된다. 어마어마한 일이다.

"일 분 일 분 네가 얼마만큼 갔는지 알고 싶다. 물론 그 정도로까지 세세하게 알고 싶다는 건 아니다만, 내 말이 무슨 뜻인지 알지? 난 네 여정의 지도를 모두 갖고 있어. 나는 네가 어디를 걷고 있는지, 네가 보는 것, 네가 느끼는 것, 너의 마음 상태를 실시간으로 알고 싶다. 마지막으로 네가 나 대신 책을 읽는 그 순간을 알고 싶어, 인생, 진짜 인생을."

안녕이라는 인사도, 울먹거리는 작별도 없이, 책방 할아버지의 목소리는 잘 들리지 않지만 이런 뜻을 담고 있다.

"에렉투스* 동지여, 나는 너를 믿는다, 어서 나에게 알리에노르의 소식을 가져다다오. 나는 꼼짝하지 않고 기다리겠다."

---

* '직립한' '숭고한'이라는 뜻의 라틴어. 도보 여행을 시작할 그레구아르를 '직립한 인간' 호모에렉투스에 빗댄 표현.

35

오늘 아침 여덟시 십오분. 출범식. 둔치 길로 통하는 쪽문에는
디알리카. 그녀와 나 단둘뿐이다. 나는 그녀에게서 당부의 말을
듣는다. 나도 그녀에게 몇 가지를 당부한다.

"내게 소식을 알려줘. 필요한 경우에는 전화해, 즉시 돌아올
테니까."

"그건 피키에 씨가 원하지 않을 것 같은데? 피키에 씨가 원하
시는 건, 네가 계속 걸어가서 그분이 하고 싶었던 마지막 일을
대신 해드리는 거야."

나는 커다란 참나무 너머 책방 할아버지의 방 창문을 슬쩍 한
번 쳐다본다. 아침 안개로 희뿌예진 창유리에 그가 붙여놓은 낡
은 신문기사들이 햇살을 한번 더 차단하고 있다. 그에게서 내가

있는 곳까지, 11월의 안개 속에 상상의 거미줄이 드리워진다. 나는 디알리카를 두 팔로 아주 힘껏 껴안는다. 마지막으로, 그녀의 입술을 삼킨다.

"그레구아르, 난 그만 돌아갈게. 추워."

나는 그녀의 등을 손으로 비벼대면서 그녀를 어루만진다. 그녀는 내 어깨의 움푹한 곳에 얼굴을 파묻는다. 내 배낭 어깨끈에 머리를 기댄 채 나지막이 속삭인다.

"그레구아르……"

"응?"

"널 많이 좋아해. 잊지 마!"

"디알리, 그걸 말이라고 해? 어서 가봐. 피키에 씨가 너도 나랑 함께 떠난 줄 아시겠다."

그녀가 돌아선다. 내가 운하 둔치 길에 몇 발짝을 내딛는 순간, 떠나는 건 내가 아니라 그녀라는 기묘한 느낌과 함께. 쪽문 앞에 나를 혼자 남겨두고.

36

평소 나의 생활 반경에서 벗어나는 건 이번이 처음이다. 운하와 역 주변. 엄마가 허덕이며 살고 있는 이층집. 중학교. 고등학교. 마을 주변의 공원들. 수레국화. 대략 5~6제곱킬로미터의 공간. 올챙이는 막을 찢고 세상으로 나온다.

"계속 그런 식으로 살다가는 결국 비렁뱅이가 되고 말 거야!"

엄마는 그런 말로 나의 출장을 승인했다. 여행경비는 가로 3미터 세로 2.5미터의 좁아터진 방에서 말년을 보내고 있는 한 노인이 다 지불했다. 매정한 것 같지만 나는 춤을 춘다. 창피하지도 않다. 길은 미끄럽다. 나는 조심한다. 이러다 물속에 빠지면 한심한 일일 것이다. 나는 그가 거듭 일러준 대로 배낭을 꾸렸다.

"최대한 가볍게! 사람들은 항상 불필요한 짐을 잔뜩 짊어지고 출발하지."

나는 비가 쏟아질 경우를 대비해 배낭 안에 커다란 비닐봉투를 넣은 뒤 그 안에다 물건들을 차곡차곡 챙겨넣었다. 1킬로그램짜리 소형 텐트. 침낭. 우비. 챙모자. 플리스 재킷. 물 한 병. 요깃거리 약간. 칼. 라이터. 숟가락. 칫솔. 물비누. 경미한 상처 정도를 치료할 자질구레한 구급약품. 그리고 스마트폰에 램프, 나침반, GPS 기능이 있다.

아, 깜빡했다! 제일 무게가 많이 나가는 것. 바로 책이다. 책방할아버지의 친구를 위한 『얼음과 불의 노래』. 900쪽. 나는 그 책 내용을 훤히 꿰고 있기 때문에 다른 책을 한 권 더 챙겨 넣었다. 피키에 씨가 입이 마르게 찬사를 퍼붓지 않았더라면 전혀 알지 못했을 칠레 작가 파블로 네루다의 『스무 편의 사랑의 시와 한 편의 절망의 노래』. 도보 여행을 하는 동안 읽을 생각으로, 그리고 저녁마다 디알리카에게 전화로 낭독해줄 수도 있겠다 싶어 이 책을 골랐다.

피키에 씨는 항상 메모를 하고 수첩에 기록하라는 조언을 다시 한번 잊지 않았다. 그의 말을 거스르고 싶진 않지만, 그래도 나는 휴대전화에 메모하는 게 훨씬 더 편하다. 걸으면서 손가락으로 두드려 메모하고, 원할 때 전송하면 디알리카가 그걸 피키에 씨에게 전해준다.

"괜히 문장을 멋지게 쓰려고 애쓰지 마." 그는 전보문 형식으로 메모하는 법을 설명하면서 그렇게 당부했다.

도대체 무슨 소리를 하시는 건지? 나는 늘 거의 기호 수준으로 줄이고 줄여서 문자메시지를 보내는데!

그는 끈질기게 강조한다.

"어떤 이미지나 상황, 어떤 만남을 묘사하고자 할 때 단 한 단어만으로도 그걸 충분히 표현할 수 있어. 이곳에 돌아와서 혹여 여행에 관한 문장들을 멋지게 꾸미고 싶어지더라도 걱정할 것 없어, 그 단어 하나가 당시의 상황이나 분위기를 떠올려줄 테니까."

그는 벌써 『노인들의 나라에 간 탱탱』* 이야기를 쓰고 있는 나를 보고 있기라도 하듯이 말한다. 나는 속으로 키득거린다.

"축척에 연결지어 말하자면, 일대일 비율은 존재하지 않아. 지도가 실제의 땅이 아니듯이, 메모가 여행 그 자체가 될 순 없어. 국립지리연구소에서 나온 TOP 25 도보 여행 지도들을 보면 말이다, 종이 위에 실제 땅덩어리를 이만오천분의 일로 줄여놓은 그 비율이 나는 아주 좋아. 기호, 그림글자, 색깔들을 가지고서,

---

* 벨기에 만화작가 에르제가 지은 시리즈 만화 '탱탱의 대모험' 가운데 『소비에트에 간 탱탱』 등의 제목에 빗댄 것이다.

이를테면, 여기에 샘, 저기에 잡목림, 포도밭, 농지 또는 숲 등이 있다는 걸 표현해. 하지만 주의해, 그곳에 가파른 오르막이나 내리막이 있으니까. 그걸 원한 건 바로 인간이야. 현실세계를 표현하려는 우리 인간들의 욕구는 아주 절실하지, 더구나 글쓰기를 향한 욕구는 더 말할 필요도 없어. 예를 들어, 네가 쥐 한 마리를 보았다고 하자. 너는 노트에다 '쥐 한 마리'라고 메모를 해. 그리고 나중에, 아마도 너는 거기 살을 붙여나가겠지. '운하의 제방에서 털에 윤기가 흐르는 쥐 한 마리가 종종걸음으로 지나가고 있다. 나는 그 쥐를 보았다. 하지만 쥐는 내가 보고 있다는 걸 모른다. 모든 게 순조롭다.' 그리고 마찬가지로, 너는 자신의 모습을 숨긴 채 모든 걸 보고 싶은 너의 욕망을 표현할 거야. 더 멀리 우두머리 왜가리가 자신의 영역에서 선회하며 무엇 하나 놓치지 않는 세관원처럼 날카로운 눈으로 너를 관찰하고 있지. 너는 네가 아무도 모르게 그곳을 지나가고 있다고 생각해. 하지만 착각하지 마, 넌 누군가의 감시를 받고 있어. 너의 존재 자체는 누가 누구를 잡아먹느냐 하는 먹이사슬의 위계에 따라 누군가에게 필연적으로 불안이나 갈망을 불러일으켜. 그렇다고 겁먹지는 마. 너는 남아메리카의 정글이 아니라 프랑스에 있으니까. 베리운하*는 오

---

* 프랑스 중부의 랄리에, 셰르, 루아르에셰르도를 가로지르는 운하.

리노코강*까지 어마어마하게 떨어져 있어. 여하튼…… 기생충들을 조심해, 숲속의 참진드기는 아주 위험하단다."

나는 진저리가 나서 휴대전화를 꺼버린다. 그의 말에 계속 장단을 맞춰주다가는 문자메시지 보내는 방법까지 가르쳐주려들지도 모른다. 자, 나는 그가 이 도보길을 좋아하도록 한껏 폼을 잡는다.

"0킬로미터, 굿모닝 사진. 지금 막 출발. 안개 위로 높이 걸린 달. 영상 11도. 약국의 초록색 디지털 십자가. 평화로운 오리들. 화창한 날씨 예상. 매복중인 태양. 숲우듬지 갈가마귀 시끌시끌. 플라타너스들에서 물방울 떨어짐. 비탈. 쥐. 피키에 씨. 전 사진을 현상할 돈이 없어요. 넥스트 타임. 깔깔 웃는 이모티콘. G."

디알리카는 곧바로 답장을 보내온다.

"내 옆의 피키에 씨가 칭찬함. 좋은 여행길 되길. 곳곳에 키스를. 내 사랑. D."

그리고 몇 미터를 지나자 마치 어떤 구체적인 경계를 지나온 것처럼 불현듯 이런 생각이 든다. 중심이 있다. 샘이 있다. 나는 그 샘을 향해 걷는다. 그리고 걸음을 옮길 때마다 내 몸은 보고, 만지고, 듣고, 호흡하고, 맛보는 것 들에 의해 점점 더 불어난다.

---

* 남아메리카 북부 베네수엘라 국토를 관통하여 대서양으로 빠지는 강.

우량계의 깔때기로 비의 양을 측정하듯 단어들로 내 경험을 측정하기. 피키에 씨가 옳았다, 나는 모든 것을 메모한다.

도시의 소음 • 점점 약해짐 • 마지막 공기조화기 • 첫 낚시꾼 • 꼼짝하지 않는 • 형광색 병마개 • 오렌지 • 정찰하는 왜가리 • 축축한 땅 • 기름진 • 전날 비 • 가을은 선뜻 다가오지 않는다 • 나 역시 • 찾는다 • 왜가리 • 최대 30미터까지는 다가가도 가만히 있는다 • 날갯짓 • 날아간다 • 울어댄다 • 나에게 알린다 • 정서쪽 • 앱 확인 • 터널 • 푸르름 • 흩뿌려진 • 황금빛 • 나뭇잎 • 렌즈콩 • 색깔 • 연두색 • 남다 • 맥주병 • 음료수캔 • 콜라 • 공 • 산더미 같은 플라스틱과 삭정이 • 몸이 따뜻해진다 • 몸이 걷는다

피키에 씨 당신이 웃으며 말하는 모습이 선하다.
"이제부터는 시간이 아니라 거리를 재라!"

킬로미터 • 6 • 7 • 8 • 9 • 10 • 11

세번째 낚시꾼.
"뭘 잡으시는 거예요?"

"음, 이것저것. 튀김용 작은 생선. 곤들매기. 농어. 하지만 그것들이 걸려들어줘야지!"

나의 첫번째 사진 첨부 메시지:

"규칙대로 위치 설정된 나의 피크닉 사진. 날짜. 시간과 장소. 그레구아르. 하트 세 개와 스마일 이모티콘."

"피키에 씨, 그레구아르의 피크닉 사진 좀 보세요. 11킬로를 걸었어요!"

피키에 씨는 자신의 침대 머리맡 탁자 쪽으로 힘겹게 손을 뻗어 안경을 찾는다.

"디알리카, 미안하지만 내 안경 못 봤니?"

"할아버지 코 위에 얹혀 있잖아요!"

디알리카는 스마트폰 화면을 노인이 볼 수 있게 바짝 가져간다. 그는 아무것도 보이지 않으면서도 보이는 척 끈질기게 연기를 한다.

"그에게 셀카를 찍어 보내라고 해."

"진담이세요?"

"그럼 농담하는 것처럼 보이나?"

"그런 뜻이 아니고요! 그럼…… 우리도 셀카 한 장 찍어서 그레구아르한테 보낼까요?"

그는 아무래도 상관없다는 손짓을 한다. 그는 그저 따른다. 나는 바보 같은 얼굴을 한 두 사람의 사진을 받는다. 그리고 즉시 답장한다.

"디아 제발 문자만, 셀카는 노, 너무 못생겨 보임. G."

나는 짧게 끝맺는다. 그리고 내 발걸음의 리듬과 배낭끈이 마찰하면서 반복적으로 내는 소리에 다시 빠져든다. 어느 마을의 광장 벤치에 앉는다. 네모진 용기에 담긴 뜨끈한 채소 국수를 기분좋게 배불리 먹고 나서 다시 출발한다. 내 몸이 다시 제 할일을 하는 소리를 듣는다. 한 발. 또 한 발. 지는 해에 나의 피로를 보탠다. 벌써 야영지를 찾아야 할 시간이다.

나는 큰 걸음으로 불과 두 걸음 떨어진 곳에 고속도로가 있다는 사실을 모르고 운하변에 텐트를 친다. 지금 완전히 녹초가 된 상태라 되도록 빨리 베이스캠프를 세우려 한다. 벌써 날이 어두워져서 꾸무럭거릴 여유가 없다. 침낭 속으로 미끄러져들어간 뒤 텐트 지퍼를 닫는다. 마지막 사진 첨부 메시지를 보낸다.

"조명 없는 텐트 안에서 찍은 검은 셀카. G. 하트 스물다섯 개와 스마일 이모티콘."

디알리카가 삐졌다. 나에게 혓바닥을 쑥 내밀고 찍은 셀카 한 장을 보낸다. 나는 신경쓰지 않는다. 침낭 속에서 나는 몸을 꿈틀거린다. 이런 머저리, 바닥에 매트를 깔지 않았다!

37

네시 삼십분 기상. 새삼스레 말할 필요도 없다. 지옥 같은 고속도로 바로 옆에서도 뇌는 전원을 끄는 데 성공했지만 몸은 꽁꽁 얼어붙었다. 등에서부터 시작해 궁둥이를 지나 발가락 끝까지 점차 덮쳐오는 축축한 냉기를 피하기 위해 밤새도록 사투를 벌였다. 텐트와 침낭 사이에 배낭을 쑤셔넣느라 한바탕, 그리고 모로 누워 몸을 새우처럼 움츠리느라 또 한바탕. 그리고 꽝꽝 언 빙판 밑으로 흐르는 개울물 꿈과 쉴새없이 꾸르륵거리는 소리를 내는 라디에이터들로 뜨겁게 달구어진 공동침실 꿈을 꾸었다. 지금 이런 상황에 그런 꿈을 꾼 건 충분히 이해할 법하지만, 너무 터무니없는 몽상증이다. 아무튼 나는 잠을 거의 자지 못했으니까.

텐트 안은 축축하게 젖어 있다. 텐트의 지퍼가 열려 있다. 나는 누운 자리에서 텐트 사이로 드러난, 별이 총총한 삼각형 모양의 밤하늘을 바라본다. 그 위로 거대한 은백양나무의 시커먼 가지들이 뻗어나와 있다. 나는 한 발로 어렵사리 텐트를 빠져나온다. 신발을 한 짝만 신은 터라 축축한 풀 위를 맨발로 딛기가 내키지 않는다. 결국, 양쪽 신발을 다 찾아 신고 차근차근 정돈을 한다. 밤새 입었던 따뜻하고 뽀송뽀송한 속옷들을 전날 입었던 눅눅한 옷들로 다시 갈아입는다. 찝찝하지만 갈아입을 옷을 깨끗하게 유지하려면 어쩔 수 없다. 정리하는 데 한 시간이 걸린다. 어제 먹다 남긴 차갑게 식은 국수를 꾸역꾸역 삼킨다. 빈속으로 출발하지 않으려면 어쩔 수 없다.

첫 걸음. 다섯시 삼십분. 고속도로를 저주한다. 고속도로로 인해 잠에서 깨어나는 수많은 생명의 소리들이 사라진다. 나의 랜턴 불빛 아래 이슬이 반짝인다. 나는 시커먼 연기로 뒤덮인 하늘을 향해 솟아오르는 거대한 검은 불길 같은 건너편 기슭의 나무들을 어둠 속에서 제대로 감상하기 위해 랜턴을 끈다.

한 시간이 흐른다. 두 시간. 대도시에서 번지는 주황빛 불빛들이 보이고, 이어서 헛간들, 100미터마다 서 있는 가로등, 여기저기 공기조화기의 송풍장치들이 점차 모습을 드러낸다. 눈앞 저 멀리, 운하를 가로지르는 다리 위로 버스 한 대가 스크린 앞을 지나는 유령처럼 지나간다. 조차장 근처, 빛에 짓눌린, 아주 조그맣게 보이는 수많은 컨테이너들. 낙서로 뒤덮인 긴 판자울타리 너머로 그림자 하나가 슬그머니 미끄러지듯 지나간다. 시야가 점차 선명해진다. 둔치 길을 따라 새들이 깨어난다.

열시 무렵, 작은 하천 기슭에서 옷을 벗는다. 한바탕 떠들썩한 축제. 차가운 물속에서 고함을 지르고, 샴푸로 머리를 감는 행복, 혈관 속에서 피가 펄떡이는 행복. 나의 문제들, 갓 흘러간 나의 과거는 내게서 멀어지고, 사라진다.

"수레국화?"

"나쁜 꿈!"

"피키에 씨?"

"그게 누군데?"

"책방 할아버지!"

"아, 그래!"

"디알리카?"

"디알리카, 보고 싶어!!!"

잠시 망설인 끝에 나는 문자메시지를 보낸다.

"너의 배 같은 하늘 아래 너 때문에 빳빳하게 텐트를 침. G."

"그레구아르, 지금 어디야? 소식 줘. D."

"강 사진과 GPS 세부정보. 피키에 씨는 잘 지내심? G."

"그의 기분, 아주 아주 보통. 널 향한 나의 마음 최상! D."

이런 소식들이 나에게 완전히 비현실적으로 느껴져서 기껏해야 미적지근하게 다가올 뿐이다. 이 기분을 어떻게 더 잘 표현할 수 있을까? 멀어진다는 건 멍하게 취하는 것이다.

38

측백나무들을 지붕삼아 몇 시간 선잠을 잔 후 아침 일찍 빠져 나옴. 내 침낭을 가로지르는 기다란 은빛 흔적. 나는 달팽이가 지나가는 소리를 듣지 못하고 잠을 잤다. 몸은 꽁꽁 얼어붙었다. 곳곳에 안개가 퍼져 있다. 삶이 그저 환영에 지나지 않을 것 같은 마을이 어슴푸레 보인다. 밤이 지속되는 동안 움직이는 것은 아무것도 없다. 가로등 전구만이 금방이라도 터질 것처럼 지글거리는 소리를 내고 있다. 상점들은 모두 문을 닫았는데, 셔터를 내린 약국 진열창 바로 앞에 놀랍게도 노상 정육점이 신기루처럼 환하게 빛을 발하고 있다. 정육점 주인은 진열대 정리를 끝마쳤다. 나는 휘황찬란하게 빛나는 그의 보석상자로 다가간다. 그리고 부들부들 떨면서 침을 흘린다. 내 눈 아래, 소시지 목걸이들과 간으로 만든 파테 단지 위에서 반짝이는 냉육들.

"저어, 바싹 구운 돼지고기 한 덩어리만 주세요."

"2.66유로요."

나는 안개를 어마어마하게 삼키면서 내 몫의 비계를 게 눈 감추듯 먹어치운다.

더이상 하천은 보이지 않는다. 운하도 없다. 사라졌다. 그 대신 철로와 나란히 이어지는 국도가 있다. 바지선들이 다니던 옛 시절의 유일한 증인들, 세월과 벌레로 인해 완전히 폐가가 되어버린 수문 관리인의 집, 창유리가 깨져 바람에 널브러지는 커튼.

날이 밝으려면 아직 멀었다. 랜턴 불빛을 앞세운 채 나는 사진을 찍으면서 둘러본다. 탁자 하나, 붓통, 원예도구들, 요람, 흔들목마 같은 것들로 너저분한 아래층. 나는 조심스레 위층으로 향하는 계단을 올라간다. 바닥에는 신문들, 잡지들. 한창 꿈을 꾸다 깨어나 그게 어떤 꿈이었는지 기억해내려고 애쓰는 것 같은 기분.

1986년 12월 5일 금요일자 〈르 피가로〉. 1면의 제목들.

'모노리* – 학생들, 막다른 골목'

---

* 르네 모노리. 1986년부터 1988년까지 재임한 프랑스 교육부장관. 대학에 자율성과 학생 선발권을 부여하는 대학개혁 법안에 고등학생과 대학생들의 대대적인 반대운동이 일어났다.

'대재앙에 직면한 12개국*'

'남아프리카. 발뺌하는 보타**'

1986년 11월 8일자 〈르 피가로 마담〉. 표지에는 이자벨 아자니. 나는 요란하게 휴대전화 자판을 두드린다.

사진 첨부 메시지 – "그가 좋아하는 여배우 이자벨 아자니. G."

문자메시지 – "아, 정말! 난 네가 죽은 줄 알았어. 이자벨 아자니, 아주 멋져, 라고 피키에 할아버지가 말함. D."

나는 마룻바닥에서 올라오는 썩은 냄새를 맡으며 온갖 종류의 파편들 속에서 이런저런 물건들을 뒤적거린다. 허물어진 선반들, 녹이 잔뜩 슨 작은 너트들과 볼트들을 담은 병들, 어떤 것들은 비어 있고 어떤 것들은 가득 들어 있는, 아스피린 수십 통과 소염제 통들, 그리고 순식간에 지나가는 희뿌연 햇살에 창문을 그림액자처럼 만드는, 가을 햇살에 붉게 물든 담쟁이, 그 담쟁이들의 불타오르는 붉은색이 강렬한 조명처럼 내리비추는 산더미 같은 비둘기똥과 쥐똥 무더기들.

걷기 시작하는 그 순간부터, 너는 더이상 평범한 삶을 살아가

---

* 1986년 유럽연합 회원국. 그해 4월 발생한 체르노빌원전사고로 인한 방사능 누출 여파에 관한 기사.

** 피터르 빌럼 보타. 남아프리카공화국의 정치인. 대통령 재임 시절 국내외의 압력에도 불구하고 아파르트헤이트를 지지하며 흑인 저항세력을 탄압했다.

는 존재가 아니다. 너는 공간과 시간 속에서 자기 삶의 지표가 된다. 그리고 의식하지도 못한 채, 과거는 멀어질 뿐이고 미래는 다가올 뿐인 배경 속에서 가장 순수한 현재에 다다른다. 정신과 육체의 덧없는 동맹 속에서 절대적인 현재에. 너는 더이상 멈출 수 없다. 너를 짓누르는 피로는 동시에 너에게 기쁨을 안겨준다. 숱한 근육통도 기꺼이 감내할 만한 기쁨을. 하루가 저물어갈 때의 그 감미로움, 들판 위 저 높은 상층구름들, 새털구름들, 그리고 지평선 위의 시커먼 나무들에까지 붉은 색조를 드리우는 비행운들, 아주 가까운 마을, 몸은 지쳤지만 행복하게 끝나리라는 약속, 그런 것들이 너로 하여금 혼자서 크게 소리 내어 말하고 노래하게 하고, 박자를 맞춰가며 낭독하게 하고, 채마밭들 가운데에서 무거운 발걸음을 날려버리게 한다. 너는 파밭, 잿빛의 작은 멜론밭, 썩어 뭉크러진 수박 밭을 지나간다. 그 밭들 위에서 해가 사라져간다. 양배추, 근대, 샐러리, 회향, 양상추 들이 밤에 빠져든다. 너는 하루해의 마지막 저항을 더욱 선명하게 하는 목소리로 어느 온실 앞에서 여자 일꾼들 무리에게 인사를 건넨다. 그들은 각자 자기 집으로 가져갈 자기 몫의 채소들을 담은 작은 고리바구니를 배 위에 하나씩 껴안고 있다. 너의 고독이 커져간다, 너의 목소리가 말을 더듬거린다. 뒤죽박죽으로, "길이……걸음을…… 주술적인……"

정돈한다. 변경한다. 끼워넣는다. 농경지 한복판에서 구술 텍스트 낭송. 어둠이 승리를 부르짖는다. 너의 문장은 준비되었다.

"이 주술적인 길이 내가 마지막 남은 길을 걸어갈 수 있도록 도와줄까?"

너는 박자를 맞추어 읽는다. 한 번. 두 번. 호전적으로. 너는 박자를 센다.

"이 주술적인 길이 내가 마지막 남은······" 여덟 박자.

"······길을 걸어갈 수 있도록 도와줄까?" 여덟 박자.

8음절. 시계처럼 정확한. 젖산 때문에 생긴 근육통을 사라지게 하는 놀라운 최면 효과. 너는 흥분한다. 별들에게 말을 건다. 책방 할아버지에게 말을 놓는다.

"아 피키에, 난 지금 바로 당신한테 말하는 거야! 나의 주술적인 길이 당신이 마지막 남은 길을 걸어갈 수 있도록 도와줄까?"

열 번. 스무 번. 마을에 도착해 만나는 첫 집들이 나의 입을 다물게 할 때까지. 나는 믿을 수 없을 만큼 운이 좋다. 문을 연 술집이 있다.

오늘밤, 버려진 주유소의 포석 위에서 몸을 웅크린 채 나는 내가 물을 충분히 마시지 않았다고 중얼거린다. 그러고는 내 몸안에서 물을 듬뿍 머금고 반짝반짝 빛을 발하는 잎이 무성한 나무의 이미지를 그리면서 물 1리터를 단숨에 벌컥벌컥 들이킨다. 너무 추워서 쉬이 잠들지 못하고, 아까 레스토랑에서 내 옆에 앉아 있던 그 커플을 다시 떠올린다. 일곱 살 먹은 장 주네처럼 예쁘장하고 머리를 빡빡 민, 유년을 벗어난 소년을 데리고 있던 그들, 테이블 양쪽에 대각선으로 앉아 시시껄렁한 얘기들, 특히 그 아이가 할아버지 할머니 집에서 점심 때 뭘 먹었는지에 관해 말하던 아버지와 어머니. 나는 내가 주문한 샐러드, 반 리터의 식초에 푹 절인 홍당무, 무, 양송이 들을 삼키고 있었다.

아이는 나를 쳐다보지도 않고 일어나 테이블을 떠난다. 나는 아이에게 미소를 보낸다. 그 아이의 어머니가 왼쪽 눈은 그대로 두고 오른쪽 눈만으로 곁눈질을 하며 나를 봤다.

"내일은 군밤을 먹을 거야."

나에게 직접 한 말이 아니었지만, 고개를 약간 내 쪽으로 돌린 채였다. 그 사려 깊은 초대에 나는 감히 끼어든다.

"시드르 부셰*하고 같이 먹으면 정말 맛있죠."

"아 아뇨! 여기서는, 덜 익은 와인 음료랑 같이 먹어요."

삼대째 포도재배를 하고 있는 젊은 농장 주인처럼 반색을 하면서 그 말을 한 것은 남자다. 키는 작지만 몸집이 다부지고 잘생긴 그는 이렇게 대화가 시작된 것에 기뻐한다.

---

* 발포성이 있는 고급 사과주.

그런데 살이 삐져나올 정도로 뚱뚱한 여자는 깊은 생각에 잠긴 것처럼 보인다. 마흔 살. 서른한 살에 뇌졸중. 언어 능력과 보행 능력 상실. 회복 불가능. 당뇨병. 길랭·바레증후군.* 그녀는 자신의 천사를 위해 필사적으로 노력한다. 그녀의 배우자는 상냥하게 두 눈을 빛내면서 그녀의 말에 귀기울인다. 나는 그들에게 수만 가지 질문을 하지만, 그들은 내가 왜 걷고 있는 건지 알고 싶어한다. 나는 대답하기를 주저한다. 음식점 안의 모든 사람들이 내 말을 듣는 걸 원치 않기 때문에 나는 목소리를 낮춘다.

"저는 누군가를 위해 걷고 있어요, 요양원에서 죽어가고 있는 어떤 노신사를 위해서요."

놀라움을 조금도 드러내지 않으면서 남자가 나에게 제안한다.

"우리집에 꼭 한번 들르세요."

그의 아내가 종이에다 비뚤배뚤 주소를 적는다. 나는 송아지 머리 요리를 다 먹었다. 그들은 아이스크림을 먹는다. 콜롬비아인인 주인 여자가 그들에게 식후주를 가져다준다. 부인에게는 빨대를 꽂은 베일리스**를. 그런데 기도로 잘못 넘어갔다. 사레가 들린 그녀는 숨이 막혀 캑캑대다 마신 것을 토한다. 자신의

---

* 급성특발여러신경염의 다른 이름. 말초신경 염증으로 인하여 팔다리를 시작으로 점차 몸통과 얼굴에 마비가 일어나는 질병.
** 생크림과 위스키 등으로 만든 리큐어.

블라우스에 반쯤 게워내고 나서 몸을 일으키고는 최선을 다해 애써 옷을 닦는다. 우유 섞인 커피색 얼룩이 커다랗게 번진다. 이런 일에 이골이 난 그녀의 배우자는 담담하게 그 모습을 바라본다. 자기 어머니가 겪는 곤경들에 익숙한 아이는 입을 헤벌린 채 말없이 그 광경을 빤히 바라본다. 내가 '말벌 허리'라는 이름의 허브티를 다 마실 때까지 우리는 계속 대화를 나눈다. 여자는 내 이야기에 완전히 푹 빠져 있다.

"그런데, 그가 죽으면 당신은 또다른 누군가를 위해 다시 걸을 건가요?"

39

나는 우람하게 자란 너도밤나무와 떡갈나무 숲을 가로지른다.
이 장엄한 숲에서 책방 할아버지에게 경의를 표하며 라블레*의
책을 읽어드리는 상상을 한다.

"아, 나무들 좀 보세요! 『제4서』**에서 발췌한 부분이에요!
들어보세요!"

---

* 프랑수아 라블레. 프랑스의 작가, 의사, 인문학자. 프랑스 르네상스 문학의 대
표 작가.

** 전5권으로 이루어진 연작소설 중 하나로, 라블레가 죽기 일 년 전인 1552년에
출간된 작품. 제1권 『가르강튀아』는 체력과 식욕 및 지식욕이 엄청나게 뛰어난
거인 가르강튀아의 출생에서부터 교육·수련기를, 제2권 『팡타그뤼엘』부터 『제
5서』까지는 가르강튀아의 아들 팡타그뤼엘의 탄생과 교육 과정, 그리고 그가 당
대의 이상적인 인간으로 변모해가는 과정을 담고 있다.

'영주님, 아무것도 두려워 마십시오. 이곳은 살을 엘 듯 꽁꽁 얼어붙은 바닷가입니다. 여기서 지난겨울 초입에 아리스마피앵 사람들과 네펠리바트 사람들 사이에 대대적으로 잔혹한 전투가 벌어졌습니다. 그때 날이 얼마나 추웠던지 사람들이 말을 하면 그 말들이 허공에 꽁꽁 얼어붙었답니다……'

정말 굉장하다! 식물들에게 책을 읽어줄 때 다른 어떤 장소에서도 들어본 적 없는 울림이 내 목소리에서 울려나오는 것이 느껴진다. 도무지 무슨 소린지 이해가 가지 않던 라블레의 표현들조차 온몸에 털이 쭈뼛 서게 만든다. 마치 땅 밑에서 균사체가 퍼져나가면서 같은 종류의 버섯들을 서로 연결시키는 것처럼. 어떤 책을 읽든 그걸 듣는 청중을 찾아야 한다. 그것은 내 스승의 가르침이다. 뜻밖의 발견에 흥분한 나는 휴대전화 자판을 두드린다.

"디알리카, 피키에 씨에게 이 메시지를 전해줘. 어떤 책을 읽든 그 책에 어울리는 공간을 찾아야 한다. 숲속에서 읽는 『제4서』 이건 장엄 그 자체야! G."

"피키에 씨는 매우 피곤한 상태지만 그런 생각을 한 것에 매우 기뻐하심. 너에게 강렬한 키스를 보낸다, 사랑스러운 바오바브. D."

행복감이 최고조에 달한 나는 더이상 걷지 않는다. 그냥 서성거린다. 동서남북 사방을 향해 큰 소리로 말하고, 목을 풀듯 소리를 내고, 말로 표현한다. 그때 갑자기, 숲이 사격장으로 변한다. 나에게서 20미터 정도 떨어진 지점에서, 나지막한 가지들 위로 작고 단단한 납덩이들이 우박처럼 쏟아지며 따다따닥 소리를 낸다. 차가운 납덩이 샤워. 나는 모든 걸 멈추고 몸을 피하려 한다. 어디서 쏘아대는 것인지 알 수 없다. 바람과 메아리와 함께, 온 사방에서 날아오는 것 같은 느낌이다.

"야, 이 자식들아! 쏘지 마, 난 그레구아르야!"

내가 내 이름을 큰 소리로 외치다니, 정말 웃긴다. 그들, 카우보이들은 아랑곳하지 않는다. 나는 또 한번 또박또박 말한다.

"야, 이 자식들아! 여기 사람이 있다니까! 쏘지 말라고!"

믿을 수 없다! 그들은 도대체 뭘 잡으려고 그렇게 쏘아대는 것일까? 아니면 저 멍청이들이 사냥감이 없어서 아무데고 되는대로 총을 난사하는 것일까. 폭발음들이 가까워진다. 그리고 그 소리와 함께 개 짖는 소리와 나팔소리의 콘서트. 나는 정말로 그 총알들 중 하나에 맞을 것 같다.

"어이! 어이! 어이! 여기 사람 있어요! 항복!"

갑자기, 내가 엎드려 있는 구덩이에서 10미터도 채 안 되는 곳에서, 살아 있는 것은 뭐든 다 달아나게 만드는 사냥꾼들과 개들 무리에 쫓긴 노루 무리, 수컷, 암컷, 새끼 들의 무리가 오솔길을 가로지른다. 그들은 나를 보고 흠칫 놀라면서 내 말소리를 몰이꾼이 내지르는 소리라고 여기고 멈춰 서서, 겁먹은 고개를 사방으로 돌리며 머뭇거린다. 내가 그들에게 손을 크게 휘휘 저어 보이자, 그들은 다시 달아난다.

뒤를 쫓는 사냥꾼과 사냥개.

개가 한 마리, 다섯 마리, 열 마리, 스무 마리 내 위로 지나간다. 나에게 관심을 보이는 녀석은 한 마리도 없다. 그들은 오직 사냥감냄새에만 코를 벌름거린다. 깃털과 털 냄새.

그 개들만큼이나 흥분한 개 주인들이 총신을 꺾은 엽총을 팔뚝에 얹고, 수풀 속에 몸을 구부린 채 벌겋게 달아오른 얼굴로 숨을 헐떡이면서 그 뒤를 따라온다. 그들 중 하나가 얼핏 내가 요정이 아니라는 사실을 알아차린다. 그는 동료들을 놓친다. 앞서가던 그들이 그에게 소리친다.

"미카엘, 대체 뭐하는 거야?"

"지금 가아아아아!"

그 남자는 내가 있는 지점에서 멈춘다.

겁이나 죽겠다! 온몸이 계속 떨린다. 나는 몸을 일으킨다. 옷에는 흙이 잔뜩 묻어 있다.

"거기서 뭐하는 거야?"

"저어……"

나는 말하는 방법을 잊어버렸다. 간신히 더듬더듬 발음한다.

"저…… 그…… 그냥 돌아다니고 있었습니다."

"장난하나! 숲 입구에 세워둔 경고판 못 봤어?"

"못 봤는데요."

그는 곰곰이 생각한다.

"뭐, 상관없어. 안 죽고 살아 있으면 된 거지. 자네 배낭이나 주워들어. 내가 한 턱 쏘지. 여기서 아주 가까운 곳에 우리 차가 있어."

주차장에서 팀 전원이 다시 모인다. 스무 명 남짓한 사냥꾼들. 개들이 밥그릇 주위로 서로 떼밀며 달려든다. 거기서 좀더 떨어진 땅바닥에는 숲 가장자리에 매복해 있던 사냥꾼들의 손에 도살당한, 내가 좀전에 보았던 그 겁에 질린 시선의 동물 무리가 있다. 백치들처럼 총을 쏘아대던 사람들은 몰이꾼들일 뿐이었다. 역겨운 피 냄새와 뒤섞인 아주 강렬한 사향냄새에 구역질이 인다. 이곳으로 나를 데리고 온 그 미카엘이라는 남자가 내가 불편해하고 있다는 걸 알아차린다.

"처음엔 기분이 묘한 게 이상할 거야, 하지만 차차 익숙해지고, 그러다보면 푹 빠져들게 되지. 자, 가서 한잔 마시자고, 금방 괜찮아질 거야. 배가 고프면 주저하지 말고 얘기해, 우린 항상 넉넉하게 음식을 준비해 오니까."

허리 높이의 사륜구동 자동차 뒷문을 열고 그 주위에서 피크 닉이 벌어진다. 파테 드 캉파뉴, 돼지뒷다리 생햄, 소시지, 껍질 이 먹음직스럽게 구워진 엄청나게 커다랗고 둥그스름한 빵, 적 포도주 병들, 맥주 상자들, 커피를 담은 보온병들, 칼바도스 한 병. 배부르게 먹고 나면 두려움이 가시겠지.

무리 가운데 가장 젊어 보이는 사내가 내 쪽으로 온다. 그가 자신의 잔을 들어올린다.

"건배! 그래 어디까지 가나?"

"퐁트브로 수도원까지요."

"이런, 아직 근처에도 못 갔잖아!"

내가 여기서 100킬로미터 떨어진 어느 요양원에서 죽어가고 있는 한 노인을 위해 걷는 거라고 아무리 설명해봤자, 그들 중 누구도 내 말을 믿지 않는다. 내가 보기에 가장 나이가 많은 듯 한 남자는 자기 생각을 굽히지 않는다.

"그런 시답잖은 소린 관심 없어. 우린 단속반이 아니니까. 그 래, 몇 살이나 됐어?"

"……"

"분명히 미성년자야, 맞지?"

미카엘이라는 남자가 그의 말을 가로막는다.

"귀찮게 하지 말고 그냥 놔둬! 난 이 친구 이야기가 아주 마음에 드는데. 내가 곧 뒈질 거라는 걸 알고 있을 때 누군가가 날 위해 걸어준다면 기분이 끝내줄 것 같은데. 이름이 뭐라고?"

"그레구아르요."

그가 내게 손을 내민다.

"난 미카엘이야. 그러니까, 넌 책을 읽어주는 사람이란 말이지. 그런 게 있다는 얘긴 난생처음 들어보는걸. 돈벌이는 좀 되나?"

"겨우 최저임금 수준이에요. 하지만 초보니까 그럴 수밖에 없어요."

"믿지 못하겠지만, 우리도 그것보다 더 많이 벌지 못해. 난 말이야, 책 같은 건 읽지 않아. 그딴 건 좋아하지 않아."

"저도 이 년 전에는 똑같은 소릴 했었어요. 고등학교를 졸업했을 때는요. 저는 바칼로레아도 떨어졌거든요."

"여기서 바칼로레아에 합격한 사람 있으면 손 들어봐! 아무도 없어? 봤지, 너 혼자만 그런 게 아니야. 아, 어이, 이놈들아, 우리 낭독가님께 책을 좀 읽어달라고 하는 게 어때? 네 배낭 안에 뭐가 들어 있어?"

그는 마치 사내 하나를 붙잡고 "네 바지 속에 뭐가 들어 있어?"라고 묻는 것처럼 내게 그렇게 묻는다. 그가 심문하듯 물어보는 첫 질문에서부터 나는 도대체 어느 장단에 맞춰 춤을 춰야 할지 모르겠다. 그가 나를 놀리는 건지 아니면 진지하게 말하는 건지, 도무지 가늠할 수가 없다. 게다가 나는 술을 너무 많이 마셨기 때문에 그가 나를 그냥 내버려뒀으면 좋겠다.

하지만 그 역시 얼근히 취해서, 자기 뜻을 굽히지 않는다.

"이봐들, 닥치고 들어봐! 지금부터 그레구아르가 아주 화끈한 걸 읽어줄 테니까."

"!?"

왁자지껄한 폭소. 놀란 개들이 큰 소리로 짖어대기 시작한다. 나는 아주 빠르게 머리를 굴린다. 내 휴대전화에는 나의 모든 보물들이 PDF 파일로 저장되어 있다. 화끈한 것을 원한다 이거지, 그렇다면 수레국화에서 일요일 저녁에 읽었던 부코스키* 작품을 낭독해주지. 여기는 '지옥'!

"몸이 따뜻해지게 칼바도스를 좀 마셨으면 하는데요, 목소리에 좋을 것 같아서요."

여기서부터 나는 그들 마음에 들기 시작한다. 술병이 한 바퀴 돌며 각자 술병을 받아 마신다. 미카엘 차례가 되자 그는 술병을 두 손으로 잡고 애정이 듬뿍 담긴 눈으로 병을 바라보다가 병 밑

---

* 헨리 찰스 부코스키. 독일계 미국 시인이자 소설가. 잡역부, 철도 노동자, 트럭 운전기사, 주유소 직원, 우편배달부 등 다양한 직업을 전전하다 49세 때 전업 작가로 데뷔해 미국 하층 노동자들의 삶을 사실적으로 그려냈다.

바닥에 입을 맞추고는 큰 소리로 외친다.

"빠구리를 위하여! 자, 한 잔 마시라고!"

그가 나에게 잔이 넘치도록 술을 따라주고, 자기도 똑같이 술을 따른다. 그리고 우리는 건배한다.

"부코스키를 위하여!"

술기운이 내 몸속에 완전히 퍼지는 시간을 계산해보니, 십오 분의 시간 여유가 있다. 그중 책 읽는 시간 오 분을 빼면, 십 분이 남는다. 그후에 일어나는 일은 내 소관 밖이다. '지옥'!

내가 책을 읽기 시작하자 사람들이 모여든다. 개 한 마리가 짖어대려 하는 순간, 그 개의 주둥이로 곧장 주먹이 날아든다. 부코스키는 자지의 왕, 보지의 황제다. 내 목록 가운데 부코스키의 단편보다 더 그들의 구미를 당길 만한 건 없을 것이다. 미카엘은 나에게서 눈을 떼지 않는다. 그는 마치 내측 파열을 일으키기 일보 직전의 증류기를 흘끔거리듯 나를 곁눈질한다. 온몸에 술기운이 돌면서 내 머릿속에 이런 글이 떠오른다. "더 멀리 갈 것도 없이, 여기서 술의 말을 마셨으면 좋겠는데!" 이 말을 한 건 내가 아니라 라블레다.

단편소설을 한 편 다 읽기 직전에, 나는 청중을 붙잡아두는 힘이란 바로 이런 것임을 깨닫는다. 마치 겨울이 끝나갈 무렵 들판에 먹을 게 아무것도 남아 있지 않을 때, 굶주린 자고새들이 농가 안마당으로 날아와 앞다투어 먹이를 먹고 배가 불룩해지는 것과도 같다. 연민 같은 게 느껴진다. 낭독을 다 마치고 나서, 나는 나에게 즐거운 여행을 기원하는 청중들에게 인사한다.

"알리에노르에게 내가 키스를 보낸다고 전해줘!"라고 미카엘이 내게 말한다.

500미터를 지나 그들이 더이상 나를 볼 수 없는 곳에 다다른 나는 어느 도랑 안으로 고꾸라진다. 깜깜한 암흑. 완벽하다. 낙엽이 푹신하게 깔린 굴 안의 고슴도치.

40

다시 안개 속에서 나는 꾸역꾸역 앞으로 나아간다. 더이상 그 무엇도 나에게 수레국화도 그 노인도, 보고 싶은 그녀도 떠오르게 하지 않는 평행우주 속에서, 남루해진 옷을 걸치고 더럽고 끈적끈적한 채로 계속 걸어나아가는 내 육신에 지배되는 나의 정신, 그런 나의 머릿속에 꼬리를 물고 떠오르는 이미지들.

섬광, 경이로움: 물총새의 뒷모습.

여기 이 교각 위 엄숙한 왜가리 한 마리. 물거품 때문에 더 커 보이는 방추형 몸체. 왜가리는 흘러가는 물결에 눈길을 둔 채 격조 높은 침묵을 지키며 자신의 사냥터 왕국을 감시한다.

새들이 서식하는 하천을 따라 몇 시간을 내내 걷는 동안 항공관제사가 된 듯하다. 한 발 한 발 걸음을 내디뎌 다가갈 때마다 새들이 날아오른다. 하얀 새. 잿빛 새. 검은 새. 백로들. 왜가리. 가마우지. 때때로 울타리를 빠져나온 암송아지가 앞에서 달아난다. 그 녀석이 나보다 먼저 알리에노르 횡와상에 다다르지 못하게 하려고 녀석을 어떻게 무리로 되돌려보낼 수 있을지 곰곰이 궁리한다. 울타리는 나지막하다. 나는 목초지를 벗어나 계속 걸어가서 그 떨거지 녀석을 추월한다. 그리고 둔치 길로 되돌아와 녀석과 마주보고 선다. 녀석은 겁을 먹는다. 그 대담한 암송아지는 무리로 되돌아갈 결심을 한다. 하지만 나는, 나는 대열로 돌아가고 싶지 않다. 지칠 대로 지친 채로 나는 계속 나아가려 한다.

단단히 졸라매고. 야무지게. 배낭 양쪽 어깨끈과 젖꼭지 높이의 가슴 사이에 지팡이를 끼워넣고. 어깨끈 양쪽에 각각 엄지를 찔러넣고. 양 팔뚝 안쪽을 나무 지팡이 위에 걸치고. 내 계획의 이항二項인 시간과 공간 속에 아주 잘 스며드는 두 개의 보조날개. 목표는 걷는 것. 죽어가는 한 노인을 위해 걷는 것. 나는 그의 머릿속에서 걸어간다. 그 노인은 내 두 다리 안으로 스며들어왔다.

얼마나 되었나? 떠나온 지 닷새쯤 되었을까? 이젠 그마저 모르겠다. 내가 지금 어디에 와 있는지 더는 알 수가 없다. 어쩌면 그는 벌써 죽었는지도 모른다. 디알리카, 넌 지금 어디에 있니? 사진 첨부 메시지. 나는 그녀에게 급수탑 사진을 전송한다. 40미터나 되는 거대한 기둥.

"죽을 만큼 강렬한 욕망. G."

그녀가 답을 보내온다.

"나도! D."

"피키에 씨! 이 급수탑 좀 보세요!"

"오! 엄청나게 거대한 자지 같구나."

"어머! 피키에 씨도 그렇게 느꼈어요?"

"이봐, 귀염둥이, 날 바보 멍청이 늙은이로 생각하는 거야? 걔가 그걸 나한테 보낸 게 아니란 것쯤은 나도 알아."

수레국화에서 그 수도원까지 GPS상으로는 200킬로미터 거리다. 우회로들은 치지 않고, 나는 지금까지 그중 삼분의 이를 걸어왔다. 내 머릿속은 때때로 행복감에 취했다가 이내 아주 깊은 절망감에 빠지면서 요요처럼 오르락내리락한다. 가장 최근에 보낸 나의 문자메시지는 이러하다.

"지쳤음. 지긋지긋해! G."

"피키에 씨, 그레구아르가 지쳤대요, 지긋지긋하대요."

"당장 전화를 걸어!"

내 휴대전화가 울린다. 지금까지는 그냥 울리다 말게 놔두었다. 하지만 이번에는 받는다. 그래서 디알리카는 몹시 놀랐다.

"그레구아르? 이제야 받네, 그레구아르! 그동안 내가 얼마나 걱정했는지 알아!? 어쨌든, 피키에 씨가 너한테 할말이 있다셔, 바꿔줄게."

"안녕, 그레구아르."

긴 침묵. 나는 그의 목소리를 알아듣지 못한다. 아주 약한 목소리. 세상 저편에서 전해져오는 듯한 떨리는 목소리, 거기서 나는 핵심을 이해해낸다. 피키에 씨는 잘 지내지 못하고 있다. 나는 마음을 추스르고 말한다.

"헬로, 피키에 씨! 전화로 할아버지 목소리를 들으니 기분이 참 묘하네요. 잘 지내시죠?"

왠지 적절하지 않은 듯한 형식적인 인사말.

"그럭저럭. 디알리카 말로는, 지긋지긋하다면서? 그런데 그건 나도 마찬가지야."

나는 아무 대답도 하지 않는다. 창피해서 죽을 것 같다.

"그건 당연한 거다." 그가 말을 잇는다. "몸이 지쳐서 그런 거야. 힘들면 호텔로 들어가. 샤워도 하고. 침대에서 잠을 자. 근사한 레스토랑에서 밥도 사 먹으렴. 술도 진탕 마시고."

나는 깔깔대며 웃는다.

"왜 웃는 거냐?"

"진탕 마시는 거, 그건 벌써 해봤어요."

"그래? 그렇다면 네가 말하는 것만큼 상황이 아주 나쁘진 않은 모양이구나. 네가 하고 싶은 대로 해, 그레구아르, 하지만 여태껏 그 길을 걸어와놓고 지금 그만두는 건 어리석은 짓일 게다."

속에서 자존심이 버럭 치민다.

"저는 그만둘 거라고 말한 적 없어요!"

"앞으로는 우리하고 얘기를 더 많이 하는 게 좋을 것 같구나. 계속 혼자 지내다보면 머릿속이 혼란스러워지거든. 네가 어디에 있는지, 뭐가 보이는지 우리한테 더 자주 이야기하렴. 출발할 때 우리 약속도 그랬잖아, 기억하지?"

"네, 네, 물론 기억해요."

침묵 속에서 잎들을 하나하나 잃어가는 그 보리수나무 아래 앉아, 온 사방을 빙 두른 묘비들, 1914년부터 1917년까지, 그리고 나머지 셋은 1939년부터 1944년까지 프랑스를 위해 싸우다 죽은 열다섯 명의 군인들의 성과 이름을 새겨놓은 묘비들로부터 엎어지면 코 닿을 거리에서, 나는 책방 할아버지와의 약속과 이 광경 사이에 어떤 연관성이 있는지 알 수가 없다. 이 마을 한가운데에서 정신적으로 혼란에 사로잡힌 나는 계속 걸어가고 싶은 의욕을 꺾어놓는 이 우울감이 도대체 어디서 기인하는 건지 알 길이 없다. 그럼에도 불구하고, 나는 짐짓 꾸며낸 명랑한 목소리로 책방 할아버지를 안심시킨다.

"염려 마세요, 피키에 씨, 전 할아버지의 여자 친구를 잊지 않았어요!"

"그래, 그래야지, 알리에노르를 잊어서는 안 되겠지. 하지만 떠나는 순간에 정한 목표 자체는 그 목표에 도달하기까지의 여정에 비한다면 별로 중요한 게 아니라는 걸 명심해. 마송 부인이 요양원 홀에 네 여정을 계속 게시해놓는 것도 바로 그런 이유에서야."

"뭐라고요?"

나는 그 소식에 깜짝 놀라, 용수철이 튕겨져나가듯 앉아 있던 벤치에서 벌떡 일어난다. 그러고는 그의 건강 상태나 피로함이건 뭐건 여하한 아무것도 고려하지 않고 소리치기 시작한다.

"말도 안 돼! 이건 우리들만의 비밀이잖아요, 할아버지와 저만의 비밀."

"소리 지르지 마라, 그레구아르! 귀가 아프구나. 디알리카, 이 놈의 것 소리 좀 줄여주겠니? 그레구아르, 애야, 이 얘길 들으면 화를 낼 줄 알았다!"

"당연히 화가 나죠!"

인적 없는 마을에서 죽은 자들의 묘비 주위를 돌면서 나는 마음대로 고래고래 소리를 질러댄다.

"그녀는 이 열흘 동안의 여정을 위해 땡전 한 푼 내놓으려 하지 않았어요. 비용은 할아버지가 전부 다 대셨잖아요. 그래놓고 이제 와서 버즈마케팅을 하려 하다니!"

"뭘 하려 한다고?"

"버즈마케팅이요, 피키에 씨. 그레구아르 말은, 마송 부인이 이 여행으로 사람들의 이목을 끌고 싶어한다는 거예요."

디알리카는 사람들 모두를 위해 어쩌면 마송 부인이 하는 대로 두는 게 더 나을 거라고 책방 할아버지에게 설명한다. 몸 상태가 너무 좋지 않아 통화를 계속할 수 없는 피키에 씨는 그녀에게 전화기를 다시 넘긴다.

"그레구아르? 나 디알리카야. 내 말 들어봐. 화내지 말고. 마송 부인이 한번 결정한 건 그 누구도 바꿀 수 없어. 맞아. 부인이 너와 피키에 씨의 이야기를 이용해먹으려 해. 하지만 그럼 뭐 어때? 네가 알아야 할 건. 이곳 사람들 모두 네가 지금 어디까지 가 있는지 끊임없이 우리에게 묻는다는 거야. 넌 수레국화가 어떤 곳인지 누구보다 잘 알잖아. 여기서는 절대로 아무 일도 일어나지 않아. 그런데 그런 곳에 갑자기 꿈이 생겼어. 정말 근사한 일이야! 책방 할아버지를 위해 걷고 있는 착한 그레구아르. 심지어 면회 온 가족들까지 네 소식을 물어. '그가 지금 어디까지 갔어요?' 넌 스타가 되었어. 루보 씨의 딸. 너도 그 여자 알지? 〈레퓌블리크 뒤 상트르〉의 기자인데, 그녀가 네 이야기를 기사로 쓰고 싶어해."

팔에서 힘이 빠진다. 나는 한자리에서 뱅글뱅글 돌면서 지옥으로 떨어지는 사람처럼 두 팔을 마구 허우적댄다.

"다른 건 다 그렇다고 치고, 그 여자는 날 뭘로 보고 그러는 거지? 피키에 씨, 제 말 들려요?"

멀리서 목소리가 들린다.

"그래, 그래, 들린다."

"피키에 씨는 허세로 가득찬 딴따라예요! 할아버지는 끝까지 스포트라이트를 받고 싶어하는군요?"

"그레구아르! 제발! 피키에 씨에게 그런 식으로 말하지 마."

"상관없어!"

나는 전화를 끊는다.

41

불같이 화가 난 나는 마을 광장을 벗어나 200미터를 더 가서 다시 들판으로 간다. 그리고 분노를 삭이기 위해 지팡이를 마구 휘두르며 보이는 대로 야작을 낸다. 닥치는 대로 쓰러뜨리고 베어댄다. 쐐기풀. 딱총나무와 수십 개의 작은 꽃이 달린 산형화. 1미터 50센티미터가 넘는 것은 모조리 다 베어넘긴다. 그리고 소리 높여 외친다. 여기 아무도 없으니 내가 하고 싶은 대로 하겠어.

얼마 전까지만 해도 나는 아무것도 아니었다! 쥐꼬리만한 급료를 받는 책 읽어주는 사람! 만약 책방 할아버지가 원장의 책상 위에 돈봉투를 슬며시 밀어놓지 않았더라면 나는 오래전에 쫓겨났을 것이다. 하지만 이제 더이상 아무 문제도 없고, 돈도 제법

버는데다, 수레국화를 유명하게 만들어주고 있다. 부차티* 소동
이 일어나는 동안 마송 부인은 어디에 있었던가? 그녀는 단 일
초도 내 편을 들어주지 않았다. 모두가 날 비난했다.

　그랬다, 그들에게 그 단편소설을 읽어주면서 나는 완전히 나
락으로 굴러떨어졌다. 마흔 살을 넘긴 남자들을 찾아다니며 한
명도 빠짐없이 모조리 살해하는, 변두리의 그 젊은이들의 이야
기. 극도로 폭력적이라고? 약간은 그렇다고 할 수 있다. 하지만
부차티의 위대한 재능은 젊은이들 중 하나를 그의 아버지와 대
립시키는 데 있다. 그래서 이야기의 결말은 불행할 수밖에 없다.
이른 새벽, 일당은 마침내 그 아버지를 붙잡는다. 그리고 바로
그 대목에서 그 소설은 탁월한 문학작품이 된다. 왜냐하면 서로
헤어지는 순간에, 일당은 우두머리가 통나무 안에서 마흔 살이
되어버렸다는 사실을 알게 되기 때문이다. 하룻밤 사이에 그의
젊음은 날아가버렸다. 그리고 더욱 맹렬해지는 추격. 하지만 그
무리가 이번에 뒤쫓는 대상은 바로 그 우두머리다. 소설의 메시
지는 장엄하다.

　그런데, 수레국화의 그 누구도 그걸 포착하지 못했다. 그들은

---

* 디노 부차티. 이탈리아의 작가이자 화가, 신문기자. 장편소설 『타타르 황야』와
단편소설들로 세계적인 명성을 얻었다.

「노인 사냥꾼들」이라는 제목만 기억할 뿐이었다. 치명적인 실수. 오후 세시에 홀 안에 흐르는 침묵 속에서 그 제목을 알린다. 끝장이다. 나는 거주자들이 불만을 드러내리라고는 생각도 하지 못했다. 그러기엔 그들은 너무 지쳐 있으니까. 무기력한 사람들. 아니, 툴툴거린 건 틀림없이 면회를 온 누군가의 친척이다. 그자가 원장실로 찾아가 거들먹거리며 말했을 것이다.

"마송 부인! 당신의 철딱서니 없는 낭독가는 책을 고르는 안목이 영 형편없더군요. 노인요양원에서 「노인 사냥꾼들」이라니. 못하게 했어야죠. 부끄러운 줄 아세요!"

알아, 안다고. 마송 부인. 돈! 돈! 돈! 친인척 하나가 불평하면 고객 열 명이 날아가버린다. 그걸 내 머리에 새겨둬야 한단 말이지. 오케이. 납작 엎드린 자세. 앞으로 주의하겠다고 약속하겠어요. 네, 네, 알겠습니다, 마송 부인. 도데. 파뇰. 모파상. 고전문학, 모두가 인정하는, 완벽하게 건전한 책들만 읽겠어요. 사람들 마음을 어지럽히는 해로운 것들은 이제 더이상 절대로 읽지 않을 것을 약속합니다.

화장실 낭독 사건 때 이미 나는 쫓겨나기 일보 직전이었다. 피키에 씨를 봐서 그녀는 간신히 눈감아주었다. 그런데 이번엔 「노인 사냥꾼들」이라니, 그녀는 그 소설이 심약한 이들의 인간적 존엄성을 훼손했다며 한 치의 망설임도 없이 나를 내쫓을 게 뻔했다. 나를 편들어줄 사람은 아무도 없었다. 책방 할아버지마저 몸을 사렸다.

"이 일이 교훈이 되어줄 거다. 제목을 알리지 않고 이 이야기를 읽었다 해도 누가 뭐랄 사람은 아무도 없었을 거야. 그들이 충격을 받은 건 바로 그 제목 때문이야. 조심해! 우리가 사용하는 어떤 단어들은 때때로 상상할 수도 없는 파문을 몰고 와."

그래놓고 이제 와서, 모든 게 다 깔끔하게 마무리된 지금, 그 여자가 나를 등에 업고 광고를 노린다고? 아, 안 돼, 말도 안 돼! 절대로 안 돼!

이 허허벌판에서 나는 소리를 지른다.

"절대로 안 돼! 절대로! 절대로!"

트랙터를 몰고 가던 한 농부가 운전석에서 나에게 손짓을 한다. 아마도 내가 그에게 인사를 하는 거라고 착각한 듯하다.

그 와중에 나는 오직 한 가지만 생각한다. 나는 어딘가에 자리를 잡고 쉬어야 한다는 것. 기필코 호텔을 찾아 들어가야 한다. 그런데 그건 그리 쉬운 일이 아니다.

42

 밤 열한시에 도착했다. 얼이 빠진 채. 귓구멍까지 진흙투성이
가 된 지저분한 몰골로. 호텔 프런트의 야간 근무자는 아무 말도
하지 않았다. 마치 내가 그의 어머니를 죽이기라도 한 것처럼 숙
박부를 작성하는 나를 노려보긴 했지만, 내 신용카드로 아무 문
제 없이 결제되자 그는 곧바로 안심했다. 방값을 지불한다. 마음
이 안정된다. 평화롭다. 이곳에서는 분명 아무도 날 찾지 않을
것이다. 장거리 트레킹 코스에서는 루보의 딸이 느닷없이 나타
나 성가시게 할 수 있다. 빨강머리는 별 네 개짜리 관광호텔의
으슥한 곳에 숨어 있다.
 실내장식 때문에 머리가 지끈거린다. 나는 아침식사를 하러
내려간다. 노인들, 외국인들로 가득하다. 요양원 하나가 통째로

여행중인 것 같다. 운도 지지리 없다. 뷔페 테이블에 다가갈 엄
두조차 낼 수 없다. 수레국화를 떠올리는 상황. 애벌레들처럼 발
을 질질 끌면서 꿈틀꿈틀 기듯이 걸어서 세 계단 위 회전문까지
대략 2미터 정도 되는 빨간 양탄자 위를 지나 밖으로 나가기까지
무려 십 초가 걸리는 노인들의 모습을 보며 나는 돌아버릴 것 같
다. 피키에 씨, 우린 인생의 어디쯤 와 있는 걸까?

휴대전화를 다시 켰을 때, 디알리카의 문자메시지에 분노가
모두 사그라진다.

"전화 좀 해줘! 전화 받아! 응답해! 피키에 씨 코마 상태. D."

일말의 불안과 끝 모를 죄책감이 나를 덮친다. 나의 난폭함, 나
의 말들, 내가 마지막으로 내뱉은 그 몇 마디 말 "피키에 씨는 허
세로 가득찬 딴따라예요! 할아버지는 끝까지 스포트라이트를 받
고 싶어하는군요." 그 말들이 그에게 엄청난 상처를 입혀서 촬영
종료를 알리는 클래퍼보드를 치게 된 건 아닐까? 나 자신에게 온
갖 욕을 퍼붓는다. 미친 개자식! 노인 사냥꾼! 책방 할아버지 살
인자! 하지만 그 순간, 나는 포복절도한다. 책방 할아버지 살인자
라고? 나 같은 놈이 피키에 씨처럼 늙은 여우를 어떻게 죽일 수
있단 말인가. 피키에 씨는 자신의 시간을 스스로 결정할 만큼 큰
사람이다. 내가 할 일은 그의 망상을 끝까지 실현해내는 것이다.

나는 도시 전체를 역방향으로 다시 가로지른다. 어제저녁에

나는 모든 것을 놔버릴 생각까지 했다. 하지만 오늘 아침, 그건 생각도 할 수 없는 일이다. 피키에 씨, 버티세요! 이제 50킬로미터 남았어요, 아시겠지요! 이틀도 안 남았다고요! 나는 휴대전화 자판을 부셔져라 두들긴다.

"디아, 그에게 말해줘. 알리에노르, 50킬로미터. 내 상태는 좋아졌음. G. 슬픈 표정 이모티콘들과 하트들."

사진 없이 전송. 나의 현 상황을 조금이라도 새어나가게 해서는 안 된다. 루보 씨의 딸은 디알리카에게 환심을 사서 소식을 얻어낼 만큼 영리하다. 프로젝트는 오직 나와 책방 할아버지에게 초점이 맞춰져 있다. 마송 부인은 그 광고를 지나칠 정도로 과시할 것이다. 그녀가 그동안 나를 대하던 방식, 소란을 일으키지 않거나 아니면 그녀 마음에 드는 그럴듯한 파문만을 일으키면서 그녀가 읽으라고 하는 것들만 읽는 나를 자기 집 똥개 보듯 바라보던 그 태도는 온데간데없이 사라져버렸다.

"그렇습니다. 저는 늘 우리 요양원 거주자들에게 책 낭독이 아주 좋은 영향을 미친다고 생각해왔습니다. 낭독자와 청중 사이에 아주 강한 정서적 유대가 형성될 뿐만 아니라, 낭독하는 시간 자체도 거주자들과 그들의 가족들을 더 가까워지게 만드는 청취 공동체를 만들어내죠. 그리고 아시겠지만, 우리 요양원 직원들도 그 모임에 적극적으로 참여하고 있답니다."

닥쳐요, 마송. 전부 사실이지만, 당신 입으로 그런 말을 하다니, 장삿속이 훤히 들여다보여. 우리를 그냥 조용히 내버려둬! 피키에 씨와 나는 훨씬 더 가치 있는 일을 하고 있다고. 루보 씨의 딸은 아무것도 얻어내지 못할 거야.

내가 얼마나 더 이 속도로 걸어갈지는 알 수 없다. 나는 앞으로 나아간다. 그리고 간청한다. 피키에 씨, 조금만 더 버텨주세요. 나 혼자 이 일을 끝내게 하지 마세요. 한 도시를 통과할 때면 그 인근으로 경계가 불분명한 휴경지들의 을씨년스러운 풍경. 헛간들. 창고들. 도시도 아니고 시골도 아닌 풍경. 유독성 쓰레기가 마구잡이로 널브러져 있는 쓰레기하치장. 다행히 강은 더할 수 없이 장엄하다.

투렌 지방에서는 일상적인 풍경이다. 여러 지류가 모여 넓어지고 커진 강줄기는 완만한 경사를 따라 흘러간다. 마치 결혼 적령기에 이른 공주가 결혼식 날짜가 임박했다는 걸 알고는 흥분해서 안절부절못하는 것처럼, 강줄기 역시 그렇게 완만한 경사를 따라가다가 점점 더 많은 돌로 뒤덮인 강바닥 위를 때때로 세차게 흘러간다. 합류지점이 얼마 남지 않았기 때문이다. 내가 앱으로 확인해본 바로는, 이 지류는 3킬로미터쯤 지난 지점에서 대하로 흘러들어가는 듯하다. 그 강물들은 강바닥을 공유하고 물고기들을 공유하고, 5킬로미터를 나란히 흘러가다가 마침내 서로 완전히 달랐던 수온, 혼탁도, 지나온 풍경들과 원천에 대한 기억 등이 하나로 뒤섞일 것이다. 그리고 이렇게 균형을 이룬 대하와 지류는 같은 물길을 따라가다가 함께 바다로 흘러들어갈 것이다.

강물들이 합류하는 두물머리의 장관, 학교 수업에서는 지리 시간이 그토록 지긋지긋했건만, 지금 내 앞에 모습을 드러내는 땅과 물을 보면서 나는 눈앞의 지리적 현상에 크나큰 감동을 느낀다. 공자의 말을 인용하는 피키에 할아버지의 목소리가 들리는 듯하다. "들은 것은 잊어버리고, 본 것은 기억하지만, 직접 해본 것은 이해한다."

강에서 10미터 거리에 또 강, 대하의 왼쪽 기슭, 강물과 물푸레나무들 사이 상류에 세워진 철도교의 아치들 맞은편 비탈진 모래톱 한가운데에서 불 피운 자리를 발견한다. 분명 낚시꾼이 시간을 보내기 위해 피웠을 불의 흔적. 그 불 피운 자리를 보자 나는 이내 큰 불을 피우고 싶다. 어느 누구에게도 발견되지 않을 조난자가 피워올린 불. 나는 불 피운 자리를 좀더 넓힌다. 자갈과 돌멩이, 재, 타다 남은 나무 같은 것들이 뒤섞인 모래를 파들어간 다음, 커다란 돌들로 사방을 빙 둘러 쌓는다. 그리고 종이 같은 게 없을까 뒤적거린다. 건과를 담은 봉지. 그것을 구겨서 밑바닥에 놓는다.

이제 모래를 긁어모은다. 작은 나뭇가지, 마른 잎, 버드나무

가지, 그리고 가시덤불들을 뿌리째 뽑아내고 팔뚝만한 통나무들을 찾는다. 나는 몇 시간 동안 버틸 수 있을 만큼 땔감을 마련하기 위해 억척을 떤다. 만반의 준비가 끝났다. 나는 몸을 숙이고 네 발로 엎드려, 라이터를 켜려고 애쓴다. 축축해진 크라프트지에 불을 붙이기 위해 라이터 각도를 이리저리 바꿔본다. 그러다가 뜨거워진 라이터 부싯돌에 엄지손가락을 덴다. 됐다, 됐어. 가느다란 연기가 똑바로 올라간다. 바람 한 점 없다. 최초의, 짧고 파란 최초의 불꽃, 이어서 좀더 길고 오렌지빛을 띤 노란색 불길이 종이에서 마른 잎사귀들로 번져가고, 잎들이 따닥따닥 소리를 내며 흔들리면서 불그스름하게 빛을 내다가 사그라든다. 이번에는 잔가지 하나, 이어서 잔가지 여러 개에 불이 붙는다. 불이 번져나간다. 불길이 점점 더 커진다. 연속적으로 타닥타닥 소리를 낸다. 크게 타오른다. 이제 안심이다. 내 속에 있던 인간 본래의 욕구가 충족되었다. 겁내지 않는 나는 눈이 초롱초롱 반짝인다. 주위에서 쇠물닭, 오리, 쥐 들이 한바탕 난리를 피울 수도 있지만, 나는 내려앉는 어둠 속에서 어떤 소리에도 겁먹지 않는다. 태양은 물위에서 스러졌다. 멀리 철도교 위로 지나가는 코라유, 테으에르, 테제베* 열차들을 바라본다. 이제 곧 더이상 내

---

* 프랑스 철도 종류. 각각 일반 열차, 지역 급행열차, 고속철도의 명칭.

것이 아니게 될 하루의 리듬을 호기심어린 눈으로 바라보면서, 반딧불이들 속에 따뜻하게 앉아 있는 그 모든 생명들 가운데 비탈 위에서 떨리는 이 불을 바라보는 생물이 하나라도 있을까, 궁금증이 인다.

허물어져내리는 잉걸불을 보고 있으니 화장장의 장작이 타오르는 광경이 불현듯 머릿속에 떠오른다. 하늘 저 높이 떠 있는 샛별 아래, 나의 기도는 시다. 텐트 안에서 파블로 네루다의 시집 『스무 편의 사랑의 시와 한 편의 절망의 노래』를 꺼내 온다. 디알리카에게 읽어줄 생각으로 이걸 가져왔지만, 휴대전화 신호가 잡히지 않는다. 철도교 아치들 주위로 쏴아 강물 소리가 들려오고, 반짝이는 검은 강물로부터 두어 발짝 떨어진 곳에서 나는 내 친구 책방 할아버지를 위해 네루다의 시를 읽는다. 플리스 재킷으로 온몸을 감싸고, 꽁꽁 얼어붙은 등을 잔뜩 움츠리고 두 팔로 양 무릎을 껴안은 채, 나는 흰색과 빨간색, 검은색으로 반짝이는 돔 형태의 잉걸불 바로 옆에서 그 책을 손에 든다. 그리고 조금씩 모든 것을 잠식하는 안개 속에서 사그라드는 불에게 속삭인다.

사랑은 그토록 짧고 망각은 그렇게도 길다.

이해되지 않는 행동을 할 때가 있다. 그런 행동은 정말로 순식간에 일어나고, 이내 이런 의문이 우리를 괴롭힌다. 그 일을 하지 않는 게 더 낫지 않았을까?

책이 타오른다.

표지의 얇은 코팅 막이 몇 초 동안 부풀어오르며 들뜬다. 이윽고 캐러멜색이 된다. 거의 먹고 싶어질 정도로. 그러고는 검게 변한다. 덧없이. 갈리마르출판사의 시집 총서 애호가들에게 익히 알려진 표지 레이아웃에 따라 네루다의 사진이 아주 작은 크기로 여러 개 반복되어 표지의 삼분의 이가량을 덮고 있다. 다섯 개의 얼굴 중 두 개, 왼쪽 옆얼굴 두 개가 불길 속에서 아직도 버티고 있다. 책등은 표지나 옆면보다 더 단단하다. 하지만 차츰 표지가 타들어가기 시작하면서, 책 가장자리에서 글자가 있는 페이지 한가운데를 향해 불길이 번진다. 그 광경에 완전히 사로잡힌 내 눈에 책은 사라지기 전에 이런 글을 남긴다.

Quiero hacer contigo
lo que la primavera hace con los cerezos

나는 너와 함께하고 싶다,
봄이 벚나무들과 함께하는 그것을.

비할 수 없는 아름다움에 대한 그 시구들이 가차없이 사라진다. 왜 이런 짓을 하는 거지? 나는 그 시구들을 구하기 위한 행동을 하지 않는다. 내 친구가 정말로 사라졌음을 알게 된 깊은 슬픔에 대한 우의적인 반응인 것처럼 스스로 만들어낸 그 작은 소멸로부터 그 구절들을 오직 내 기억 속에 간직한다. 무엇보다도 애초에 디알리카에게 들려주려고 했던 그 시구들을 그처럼 불길에 던져서, 서가에 꽂힌 책 삼천 권과 함께 사라지고 싶다는 그 노인의 유언을 일종의 어설픈 오마주처럼 받드는 나 자신이 부끄럽다. 그리고 내가 이 느닷없는 화장을 위해 올려놓는 한아름의 잎에서 올라오는 그 불똥들과 타다 남은 불씨처럼, 한없이 이어지는 의문들이 불그스름한 빛을 띠고 반짝거리면서 주위의 어둠에 몇 초 동안 도전하다가, 간단히 꺼져버린다. 나는 목소리를 변조하여 요양원에 전화를 걸었다.

"피키에 씨와 통화하고 싶습니다!"

관례적인 응답이 들려온다.

"누구시죠?"

"친척입니다."

"이런 소식을 전해드리게 되어 유감입니다만, 그분은 어제저녁 세상을 떠나셨습니다. 원장님을 바꿔드릴까요?"

나는 전화를 끊는다.

290

290

당신은 몇시에 세상을 떠났나요? 그리고 모든 게 다 끝났는데 디알리카는 왜 나에게 당신이 코마 상태라고 말한 거죠? 나에게 이십사 시간 동안 그 사실을 알리지 말라고 당신이 그녀에게 부탁했나요? 나를 걱정해서? 날 보호하기 위해? 무엇 때문에? 당신은 의심하고 있었나요? 피키에 씨! 그게 바로 날 고통스럽게 해요, 내가 실패할지도 모른다는 의심으로 이 슬픔과 고통을 배가시키지 말아주세요. 몇 시간 후면 나는 예정대로 수도원에 도착할 거예요!

43

디알리카는 28호실에서 울고 있을 것이다. 나는 경작지 한가운데에서 운다. 랑주 지방의 포도밭 한가운데서. 피키에 씨. 이곳은 엄청나게 아름답다. 어느 카페 안에서 한 남자가 내게 묻는다.

"그렇게 걸어서 어디 멀리 가는 겁니까?"

나는 그를 쳐다보지도 않고, 잠긴 목소리로 대답한다.

"퐁트브로 수도원까지요."

별로 상냥하지 않은 내 말투에, 남자는 더 캐묻지 않는다. 그는 카운터에 다시 코를 박고 커피를 마신다. 나는 초콜릿 음료를 마신다. 추워서 죽을 지경이다. 이제 요양원에서 죽어가는 한 노인을 위해 걷고 있는 젊은 낭독가 놀이를 더이상 하고 싶지 않다. 책방 할아버지, 나의 주인은 사라졌다. 그의 방과 수도원 사이에서, 내 주인은 죽어버렸다. 책방 할아버지는 우리의 계약을 깨뜨렸다. 하지만 그 계약은, 나에게는 여전히 유효하다. 나는 끈질기게 걷는다. 내가 왜 끝까지 포기하지 않고 걸어야 하는지 진정한 이유들을 밝혀내지도 못한 채. 책방 할아버지에게 했던 나의 서약을 위해, 그의 불멸의 전집류—장 주네, 네루다, 칼비노, 라블레와 셸린, 그가 사랑했던 그 모든 책들, 그가 자기 곁에 간직하고 있었던 그 삼천 권의 책들에게 했던 서약을 위해. 내가 두 다리의 힘으로 스스로 발견해내기를 바랐던 그것, 운하, 하천들의 연결망, 그의 방에서부터 알리에노르 와상까지 다다르는 여정 내내 나를 고무해주었던 펼쳐진 책, 그가 바슐라르의 고본을 던질 때 운하의 두 수문 사이에서 풀려난 말들의 그 여행, 내가 헤엄을 치던 어제와 더이상 멈출 수 없는 오늘의 내 눈물 사이, 그 이 년의 세월. 그런 이유들 때문에 나는 걷는다. 나는 숨을 들이쉰다. 숨을 내쉰다. 내 계약이 끝날 때까지.

44

호텔에서는 모든 게 순조롭다. 호텔측은 책방 할아버지의 요청 사항을 모두 받아들여놓았다. 내가 언제 그 호텔에 도착하게 될지 몰랐기 때문에, 내가 묵을 방은 11월 15일부터 말일까지 언제든지 체크인할 수 있도록 예약돼 있었다. 휴가 기간과 만성절 주말을 빗겨간 지금은 비수기여서 이곳은 아주 조용하다. 내가 지치고 남루한 도보 여행가 행색으로 들어섰는데도 이 최고급호텔 직원들은 놀라는 기색을 보이지 않는다. 거의 천년 전에 세워진 이 수도원 건물의 벽과 돌에 깃든 순례자 정신을 오랜 세월이 흐른 지금까지도 계속 이어오고 있기 때문일까. 여자 손님은 더 특별하게, 성심성의껏 접대한다. 일반인들에게 개방되는 시간이 지난 후에도 해피 퓨* 투숙객들에게만 제공되는, 수도원장 공관과 수도원 경내와 정원들을 언제든 둘러볼 수 있는 출입문 비밀번호를 건네받았을 때, 나는 속으론 깜짝 놀랐지만 그런 것쯤은 익숙하다는 듯 대수롭지 않은 척한다. 피키에 씨가 미리 귀띔해주었지만 나는 그걸 까맣게 잊고 있었다.

이제 곧 나는 철문을 넘어설 것이다. 그리고 내 머릿속에서는, 지난 스물네 시간 동안의 혼란이 점차 사라진다. 목적지에 이만큼이나 가까이 왔다는 사실에 매우 들뜰 법하지만, 나는 오히려 차분하다. 책방 할아버지의 마지막 뜻을 받드는 건 오롯이 내 몫이다. 나는 알리에노르 와상에게 책을 읽어줄 것이다.

비밀번호 0802A. 띠띠띠띠띠. 문의 개폐장치가 찰카닥 열리는 소리. 나는 철문을 민다. 날카롭게 삐걱거리는 소리에 이어 낮은 음이 두 번 울리고 경첩이 끼기긱거리며 철문이 열린다. 그러고 나서 문은 이 야심한 시각에 너무 크게 쾅 소리를 내면서 다시 닫힌다. 수도원의 시계가 방금 막 세시를 알렸다. 정적이 돌아온다. 은은한 정적 속에 더 작은 소리들이 부각된다. 멀리서 지나가는 자동차 소리. 부엉이 소리, 이어서 개 짖는 소리. 나는 움직이지 않는다. 순간에 녹아든다. 이곳에 젖어든다.

정면에 관리인 숙소가 보인다. 동화에나 나올 법한 외관, 담쟁

---

* happy few. 소수의 특권층.

이로 뒤덮인 창살 달린 창문들, 박공 위에서 불을 밝힌 채 안개가 짙게 깔린 오솔길에 희뿌연 빛을 던지는 채광창. 내 머리칼은 축축하다. 점점이 떨어지는 작은 물방울들이 돌과 잔디 위에, 그리고 뿌연 안개 위 별이 가득한 밤하늘을 향해 솟구쳐오르는 수도원 교회의 뾰족탑들을 향해 고개를 젖힌 내 얼굴에 내려앉는다. 나 자신이 아주 작게 느껴진다. 나는 몸을 부르르 떤다.

플리스 재킷의 깃을 다시 세우고 걷기 시작한다. 바닥 조명의 밝은 빛줄기가 레고 조각 같은 그 기념비적인 거대한 돌 위에 내 그림자를 과장되게 비춘다. 자코메티의 〈걷는 사람〉이 내 앞에서 길게 늘어났다가 다시 줄어들고, 나와 같은 크기가 되었다가 정면에서 나를 비추는 빛줄기 속으로 내 몸이 스며들 때 내 등뒤에서 다시 커진다. 나는 밤새 열어두는 샛문으로 가기 위해 중앙홀의 외벽을 따라 거슬러올라간다. 두 걸음만 더 가면 된다. 층계를 올라간다. 문턱에서 나는 아주 오랫동안 아연해 있다.

중앙 홀의 규모는 어마어마하다. 궁륭천장을 떠받치는 기둥들의 화려함을 가렸을 종교적인 장식이 지금은 완전히 떨어져나가고 없다. 백토로 만든 뒤집힌 배 모양 공간 가득 울려퍼지던 내 마지막 발소리가 점점 약해지다가 중세 건축물의 황금비로 인해 다시 증폭되면서 내게로 되돌아온다. 전설은 영원하다. 수레국화로부터 뭔가를 수신한 내 내면의 이어폰이 깜빡이며 반응한다. 피키에 씨가 내 옆에 있다. 나는 머릿속으로 속삭인다.

'피키에 씨, 저는 대수도원 성당 안에 있어요. 드디어! 횡와상들이 보여요.'

이쪽에서는 알리에노르가 보이지 않는다. 나는 다가간다. 네 개의 조각상들이 형성한 장방형의 남서쪽 모서리에서 그 횡와상을 발견한다. 내가 수레국화를 떠나 여기까지 걸어온 건 바로 이 횡와상을 만나기 위해서였다. 이 횡와상을 만나기 위해 나는 그 노인이 시키는 대로 밤낮으로 걸었다. 그런 내 앞에 그 알리에노르 와상이 있다. 나는 감동해서 아무 말도 하지 못한다.

'피키에 씨! 이제 제가 뭘 해야 하는 거죠?'

책방 할아버지는 모렐 부인이 세상을 떠날 때 그랬던 것처럼 이번에도 나답게, 내 방식대로 하면 된다고 조언해준다.

'그냥 그녀에게 말하렴. 네가 왜 그곳에 왔는지 말해.'

나는 머릿속에서 작은 목소리로 말한다.

'그런데 피키에 씨, 그럴 수가 없어요. 저는 못 하겠어요. 여긴 너무 조용해요. 제가 조금이라도 움직이면 바로 소란이 일어난다고요! 바닥 위의 신발소리, 옷 스치는 소리, 아주 작은 소리도 천 배나 더 크게 울려요. 여기 이 중앙 홀 안에, 횡와상들 바로 옆에서, 이 정적이 느껴지시나요? 제가 말을 할 때마다 뿜어져나오는 입김 때문에 제 주변 공기가 축축해지는 게 보이시냐고요?'

나를 옥죄는 이 난감한 상황 때문에 나는 덫에 걸려든 것 같은 느낌, 감시카메라로 나를 몰래 지켜보고 있는 누군가의 함정에 걸려든 것 같은 느낌이 든다. 나는 대수도원 성당 안을 구석구석 힐끔거리며 살펴본다. 돌에는 감시 장치가 전혀 없는 것 같다. 나의 망상이 사그라진다. 몸을 움직여야 한다. 하지만 그렇게 말하면서 나는 계단 위에 앉는다. 성가대석으로 올라가는 계단이다. 돌로 만든 계단은 차디차다. 나는 엉덩이 밑으로 양손을 집어넣는다. 아무 효과도 없다. 얼어붙을 것 같다. 수도원 경내의 시계가 한 번 울린다. 세시 반. 이건 신호일까? 깊이 생각하지 않고 나는 입을 연다.

"젠장, 추워 죽겠네!"

단 세 마디. 짧은 세 마디. 하지만 이 엄숙한 장소에서 내뱉기에는 너무 무례한 말이었던 것 같아 나는 웃음을 터뜨린다. 웃음을 멈출 수가 없다. 신경질적인 웃음. 조롱당하는 자의 웃음. 바닥에, 주위에, 저 위에, 이 건축물의 자부심이 깃든 곳곳에, 내 목소리가 그곳에 부딪히고 튀어올랐다가 계속해서 부풀어오르고, 마침내 단 하나의 음절, 마지막 음절로 작아진다. 마치 자음들의 자갈밭을 뒤에 남겨놓고 소용돌이치는 먼지바람처럼. 에에에에…… 추워 죽겠네!

자, 계속 몰아붙이자. 여기는 그레구아르! 빨강머리가 돌들에게 말한다. 무슨 소식이라도? 아, 그래! 피키에 씨가 돌아가셨다. 책방 할아버지는 멋진 사람이었다. 둘도 없는 친구였다. 때론 심하게 다투기도 했지만, 진정한 단짝.

"알리에노르 다키텐! 폐하! 제 말이 들리시나요! 피키에 씨는 책방 주인이었어요. 피키에 씨는 당신을 찬미했어요. 당신은 그를 매료시켰어요. 하늘을 향해 펼쳐진 당신의 책은 그에게 깊은 감동을 안겨줬습니다. 모든 이들이 각자 자기 관점에서 당신에 관해 글을 씁니다. 자신의 가정이나 추측으로 이러쿵저러쿵. 아마도 알리에노르는…… 틀림없이 알리에노르는…… 그런데 피키에 씨는 오직 한 가지만을 보았습니다. 당신이 책 읽는 걸 좋아했다는 것, 당신의 메시지는 명백하다는 것. 그런데 피키에 씨와 저의 의견이 갈라진 건 바로 당신에게 읽어드릴 책의 종류 때문이었답니다. 그는 제가 당신에게 장 주네의 소설 『장미의 기적』을 읽어드리길 고집했어요. 저는 이해가 가지 않았지요. 저는 판타지 장르가 더 적합하다고 생각했어요. 마틴의 『얼음과 불의 노래』, 저는 이 책이 당신 마음에 들 거라고 확신합니다. 권력. 정복, 공포, 그리고 긴긴 연대기. 그래서 몇몇 대목들을 골라왔었는데요, 요전날 저녁 강가에서 피키에 씨가 돌아가셨다는 소식을 듣고 저는 우는 대신 제 배낭에 넣어왔던 책들을 모두 불태워버렸답니다. 강물은 흘러가고 있었고 책들이 더 빨리 불타버리라고 저는 지팡이로 책장을 한 장 한 장 뒤적였습니다. 책들을 그렇게 소멸시켰다고 책방 할아버지는 화를 내지 않으셨을 거예요. 모레, 수요일, 저는 그 자리에 참석할 수 없을 겁니다. 그는 자신이 남긴 책들과 함께 화장되겠지요. 삼천 권. 저는 그 수를 헤아렸습니다. 피키에 씨는 그런 사람입니다. 그는 가열차게 행동하는 것을 좋아합니다. 아니, 사랑했습니다. 이제 저는 그 뒤를 잇습니다. 제 스마트폰을 보세요. 모든 게 이 안에 다 들어 있어요. 제가 선정한 목록을 한번 볼게요. 이백 편의 사랑의 시, 프랑스 작가들과 외국 작가들의 시입니다. 저는 당신에게 이것들을 읽어드리기 위해 여기에 왔습니다. 아니, 이백 편을 다 읽지는 않을 거니까 걱정하지 마세요! 피키에 씨가 저한테 장담하기를, 영원에는 사용되지 않은 시간들이 얼마든지 있다고 했지만요. 당신에게 최고 중의 최고를 읽어드리겠습니다. 하지만 그 전에, 폐하, 제가 가까이 다가갈 수 있도록 허락해주세요. 저는 당신 오른편에 꿇어앉아 귀 높이에 말하고 싶거든요. 당신의 귀를 가리고 있는 그 윔플* 때문에 당신이 아라공의 이 아름다운 시구들을 제대로 감상하지 못할 수도 있을 것 같아서요."

---

* 중세 유럽 여인들이 머리와 머리카락을 가리기 위해 목과 턱에 둘러쓰던 커다란 천.

너에게 엄청난 비밀을 말해줄게, 시간은 바로 너야

시간은 여자, 시간은

우리가 그의 발밑에 앉아

알랑거리기를 원하지

망가뜨릴 드레스처럼……

……아니면, 파블로 네루다의 시는 어때요?

너의 머리칼, 너의 목소리, 너의 입이 고프다,

나는 먹지도 않고 길을 돌아다닌다, 그리고 침묵한다,

빵 조각 하나 먹지 못한 채, 날이 새자마자 빛 속에서 정신없이

네 걸음의 물소리를 찾는다……

……마지막으로, 당신의 어린 자매 루이즈 라베*의 이런 시는

어떨까요?

다시 한번 키스해줘, 한번 더 그리고 또 키스해줘

---

* 16세기 프랑스 시인.

너의 가장 맛있는 것들 가운데 하나를 줘,

너의 가장 사랑스러운 것들 가운데 하나를 줘

그러면 나는 잉걸불보다 뜨거운 네 개를 너에게 돌려줄게……

종이 다섯시를 알린다. 초연하고 당당한 알리에노르는 꿈쩍도 하지 않는다. 나는 그녀의 책 위로 몸을 숙인다. 책에는 아무 말도 쓰여 있지 않다.

피키에 씨, 당신의 가설은 확인되었어요. 알리에노르 와상은 최후의 심판을 기다리면서 눈을 뜨고 있어요. 당신은 제게 말하셨지요. 그건 육신의 부활에 대한 맹목적인 믿음을 암시한다고요. 아마 당신의 두 눈은 디알리카가 당신을 향한 애정을 가득 담아 감겨드렸겠지요. 수레국화 요양원에서는 당신 방문에서 Pauca meæ, 그 라틴어 글귀를 곧 떼어낼 거라는 것도 알고 있어요. 하지만 제가 "정말 먼길을 걸어왔구나. 하지만 멈춰서는 안 돼. 문학은 끊임없이 꼬리에 꼬리를 물고 이어져. 언젠가는 바로 그 문학의 모험에 뛰어들어야 한다"라는 당신의 말씀에 따라 제 인생에서 Pauca meæ, "내게 남아 있는 건 거의 아무것도 없다"라는 그 글귀를 확장시켜나갈 수 있다면, 당신은 그것으로 만족하시겠지요.

45

"안녕하세요! 페로 제지공장의 카롤입니다. 무엇을 도와드릴
까요?"

"안녕하세요, 부인, 저는 그레구아르 젤랭이라고 합니다. 파스
칼 페로 씨와 통화하고 싶은데요."

"페로 씨요? 어머나 이런! 페로 씨는 오래전에 은퇴하셨습니
다. 무슨 일이신가요?"

"페로 씨를 아시는 분께서 그분께 전화를 해보라고 하셔
서…… 피키에 씨라고…… 사실 저는 제지 제작 인턴 자리를 찾
고 있습니다."

"끊지 말고 기다리세요, 담당자를 바꿔드리겠습니다."

월요일, 나의 실습은 시작된다. 삼 개월 과정. 나는 독립을 해

방도 구했다. 선반에 내가 좋아하는 디알리카의 사진, 서른 살 생일 저녁에 찍은 환하게 빛나는 그녀의 멋진 사진과 책 몇 권, 나무들에 관한 책들, 세네갈 작가들의 시선집을 올려두었다. 나는 그것들을 읽기로 결심했다. 그리고 바로 옆에 책방 할아버지의 유골함이 안전하게 모셔져 있다. 그 유골함을 언제 비울 것인지는 고민중이다.

이곳에서 일하기 시작한 지 이 주가 지난 지금, 나는 공장 안을 거리낌없이 돌아다닌다. 내가 관심 있는 건, 종이를 만드는 연속공정에서 초지가 나오기 직전 마지막 표백 단계의 펄프 혼합 탱크에 접근하는 것이다. 정직원들의 눈을 피하거나 감시카메라의 사각지대를 계산하는 것은 별로 어렵지 않다. 그 기계들은 어마어마하게 크기 때문에 전체를 빠짐없이 감시하는 건 불가능하다. 3킬로그램이 나가는 책방 할아버지의 유분을 100그램씩 서른 개의 꾸러미로 만들어 들킬 염려 없이 펄프 혼합 탱크 안에다 쏟아부으려면 어떤 트랩을 이용해야 하는지 나는 이미 알고 있다. 페로 제지공장은 아셰트출판사에 제지를 납품하는 업체로, 앞으로 여기서 이 년 동안 납품하는 종이로 그 출판사에서 출간하는 문고판 책들이 만들어질 것이다.

피키에 씨, 알아요, 당신이 농담으로 그런 말을 했었다는 걸. 이게 얼마나 이상야릇한지 한번 보세요, 반짝이는 흰색 펄프 반죽 위에 점점이 이어진 잿빛 가루의 흔적. 흰색과 회색의 대비를 이루는 흔적은 물론 순식간에 사라져버리고, 이미 당신은 제 눈앞에서 만들어지는 종이에 인쇄될 이야기를 향해 천천히 흘러가지요.

저의 사수는 정말 대단한 사람이에요. 저는 그에게 날마다 새로운 것들을 배운답니다. 그가 그러는데, 라틴어 'liber'에는 나무와 껍질 사이에 있는 얇은 막이라는 뜻도 있고, 그와 동시에 책이라는 뜻도 있대요. 피키에 씨, 아직도 당신에게 더 설명해야 할까요? 저의 히어로, 그건 나무예요.

감사의 말

프랑수아즈 보댕, 프랑수아즈 데세리, 자크 그리포, 시릴 랄르망, 카랑 르투르노, 장마리 오잔, 이브 파리지, 발레리 프티, 리나 팽토, 이자벨 르베르디에게 진심으로 감사한다. 그들 한 사람 한 사람은 자신이 이 책에 얼마나 소중한 기여를 했는지 스스로 잘 알 것이다.

내 친구들, 낭독가들, 그들의 격려와 정확한 충고에 감사한다.

내가 그물버섯을 엄청나게 땄던 위시의 작은 숲…… 그리고 글쓰기가 잘되지 않을 때 숱하게 걷던 우르크운하 변, 그때마다 글을 다시 써나갈 수 있었던 그곳……

마지막으로, 작가들. 그들이 없었더라면 이 책도 존재하지 못했을 것이다.

그 모든 이들에게 진심어린 고마움을 전한다!

　가벼움 속에서 반짝이는 몇 개의 보석
　책 읽기의 힘, 공감, 공유정신, 그리고 사랑.

　이 책의 첫인상은 가볍고, 유쾌하고, 따뜻하다. 책과는 담을 쌓고 살아온 그레구아르를 비롯해 많은 이들을 책의 세계로 교묘하게 끌어들인 지략가 피키 씨의 표현을 빌리자면, 이 소설은 '골짜기'에 속하는 것처럼 보인다. 그래서 우리는 가볍게, 아주 가볍게 이 책을 읽어나가기 시작한다. 그리고 기대에 어긋나지 않게, 페이지를 넘기면서 툭툭 튀어나오는 젊은 세대의 생각이나 유행어, 속어, 은어 들, 어찌 보면 광인의 횡설수설 같은 시구들(내용을 이해하고 음미하기보다는 발성 자체의 음악성이나 음절의 연결감과 울림에 더 큰 비중을 두는 듯한 피키에 씨의 자작시들), 물에서 행해지는 낭독 훈련, 변기 배관 네트워크를 이용한 라디오방송, 죽어가는 사람이나 무덤 너머의 사람에게 책 읽어주기, 마치 영혼이 서로 연결되어 있는 것처럼 피키에 씨의 죽음을 직감한 그레구아르가 모닥불 앞에서 즉흥적으로 거행하는 화장, 그리고 책으로 태어나기 위해 펄프 제조기에 피키에 씨의 유분을 흩뿌리는 일 등 엉뚱하고 우스꽝스러운 해프닝을 만나게 된다.

게다가 이 소설 속에는 이 시대의 많은 이슈들이 집약되어 있다. 감옥 같은 요양원에 격리된 채 죽음을 기다리는 노년의 삶(세상과 연결될 것이 더이상 아무것도 남아 있지 않은 고독한 인물들의 초상을 통해 고령화 시대의 문제들이 부각되고, 그에 대한 하나의 해답으로서 책과 낭독이라는 해결책 또한 선명하게 제시된다), 인종이나 나이, 학력 같은 조건들을 무시하는 사랑, 또한 책과 책 읽기를 매개로 피키에 씨와 그레구아르 사이에 피어나는 브로맨스, 복잡하고 강렬한 감정들이 뒤섞인 그 영속적인 우정, 아울러 젊은 피키에의 비극적인 사랑 이야기에서 다루어지는 성소수자들의 현실, 세상이 규정해놓은 울타리를 벗어난 인간들은 어떻게 살아야 하는가, 그 규정은 과연 얼마나 의미가 있는 것인가, 라는 문제…… 무거운 주제들이 상감되어 있긴 하지만 그럼에도 결코 우울한 감상에 빠지지 않고 그 주제들까지도 따뜻한 인간미와 유머를 잃지 않는 경쾌한 어조와 소희극들로 풀어내는 이 책은 여전히 가볍고 즐거운 골짜기 소설에 속해 있다. 그런데 여기서부터, 그 가벼움 속에서 뭔가가 언뜻언뜻 반짝이기 시작한다.

우선 사람과 사람, 사람들이 있다. 그다음에 '책'이 있고, '책 읽기'라는 행위가 있고, '책 읽어주는 사람'이 있으며, 그것을 '듣는 사람' 또는 '듣는 사람들'이 있다. 이것은 고독과 소외로부터 교감과 소통을 거쳐 행복에 이른다는 이 소설의 방정식을 이루는 필수적인 항들이다. 그중에서도 주도적 역할을 하는 항, 그것은 '책 읽어주는 사람'이다.

'책 읽어주는 사람'으로 성장한 그레구아르는 작가 마르크 로제의 분신일 수 있다. 작가 자신의 주장대로 이 책이 자전소설이 아니라 순수한 허구라 할지라도, 마르크 로제는 바로 현실 속의 '책 읽어주는 사람'이기 때문이다. 그는 지금까지 약 이십칠 년 동안 세계 곳곳에서 책을 매개로 만나는 사람들과 강한 유대를 맺으며 뛰어난 이야기 전달자로 활동하고 있다. 이 이색적인 직업, 몇몇 소설 속에서나 일견할 수 있을 뿐이었던 이 낯선 직업을 마르크 로제는 이렇게 정의한다. "책은 혼자서 읽는 것만이 아니라 누군가가 누군가에게 읽어주는 것이기도 하다. 따라서

'책 읽어주는 일'은 사람과 사람을 서로 이어주는 일이다." 그리고 "문학은 인간적 접촉을 위한 하나의 구실이다. 북카페나 서점, 도서관, 요양원 같은 곳에서 이루어지는 접촉"이라고 그는 말한다. 그리고 소설 속에서 피키에 씨의 입을 빌려 다시 한번 책 읽기를 통한 접촉과 연결의 엄청난 효용성을 강조한다.

책은 우리를 타자에게로 인도하는 길이란다. 그리고 나 자신보다 더 나와 가까운 타자는 없기 때문에, 나 자신과 만나기 위해 책을 읽는 거야. 그러니까 책을 읽는다는 건 하나의 타자인 자기 자신을 향해 가는 행위와도 같은 거지. (53쪽)

이 책의 등장인물들은 대체로 소외받은 사람들, 소수자들이다. 늙고 병들어 고립된 채 죽음을 기다리거나 가난하고 못 배워 열악한 노동조건 속에서 일하거나 사회적으로 승인받지 못한 정체성으로 고통받거나…… 이 사람들을 다른 삶으로 데려가는 것은 바로 '책'이다. "소리 없이, 말썽 없이 죽어"가는 공간 속에 살고 있던 노인들은 낭독을 통해 열광과 기쁨을 되찾으며 어린아이들처럼 즐거워하고, 청자들인 거주자들, 직원들, 방문자들 모두가 동시적인 공감으로 행복해한다. 그리고 그것은 결과적으로 모두의 삶을 더 나은 삶으로 변화시킨다. 문학과 책 읽기가 쇠락하는 신체와 정신에 얼마나 많은 것을 할 수 있는지를 확인시켜주는 그 긍정적인 변화들.

서로 완전히 상반되는 두 인물, 성년의 문턱에 들어선 어린 그레구아르와 죽음을 눈앞에 둔 파킨슨병 환자 피키에 씨. 책이라면 한 페이지도 채 넘기지 못하던 전자와 책에 둘러싸여 평생을 살아온 후자. 이 두 사람 역시 책 읽기를 통해 하나로 연결되고, 각자 자신의 삶을 변화시킨다. 죽음을 앞두고 책과 인생에 대한 뜨거운 사랑을 물려주고 싶은 욕망에 사로잡힌 서적상 노인 피키에 씨를 통해 그레구아르는 차츰 책 읽기의 즐거움을 발견한다. 책에 빠져드는 즐거움, 다른 이들에게 책을 읽어주면서 공유하는 즐거움, 그레구아르는 그렇게 계속 진화해나가면서 처음에는 자기 자신을 위해, 그리고 차츰 수레국화 요양원의 모든 거주자들을 위해 '책 읽어주는 사람'이 된다.

그리고 마지막 페이지들에서 그 진화 과정은 절정으로 치닫는다. 그는 노인의 마지막 소원을 이루어주기 위해 알리에노르 다키텐을 찾아가는 도보 여행에 나선다. 노인은 그레구아르의 영혼에 스며들고 그레구아르는 노인의 다리가 되어 '둘이 함께' 긴 길을 걸어간다. 그레구아르가 그의 늙은 친구와 함께 걸어가는 길은 아름답다. 그리고 그들이 그 길을 함께 가는 것을 보는 우리는 흐뭇하다. 피키에 씨의 등에 새겨진 문신처럼, "영원히 함께." 그것은 우정이며 공감이자 공유정신이고, 공유정신은 사랑과 맥이 닿아 있는 것이기 때문이다. 그 덕분에 노인은 아픈 과거와 회한들을 안고 무덤 속에 들어가지 않을 수 있게 된다. 즐거운 삶과 행복한 죽음을 만들어내는 공유정신. 그것은 이 가벼운 소설 속에서 감격적으로, 아름답게 반짝거린다.

덧붙여, 샐린저, 파블로 네루다, 라블레, 루이즈 라베, 바슐라르, 빅토르 위고…… 아름다운 문학 텍스트들을 일견하는 즐거움도 잊지 말자. 이 소설에 소개된 여러 작가들과 짧은 맛보기 텍스트들로부터 다시 길을 내어 그 속으로 걸어가는 것도 저 너머의 타인들과 연결되고 우리 자신과 접촉하는 또하나의 행복일 것이다.

윤미연

지은이 **마르크 로제**

프랑스 작가, 대중 낭독가. 1958년 말리 바마코에서 태어났다. 1992년부터 사람들에게
책을 읽어주는 일을 업으로 삼았다. 책과 대중을 이어주는 뛰어난 텍스트 전달자로서의
공로를 인정받아 2014년 '리브르 에브도 도서관 대상'의 심사위원 특별상을 받았다. 직
업 낭독가로 세계를 여행하며 세 권의 여행기를 펴냈고, 2019년 첫 소설 『그레구아르와
책방 할아버지』를 발표했다.

옮긴이 **윤미연**

부산대학교 불어불문학과와 동 대학원을 졸업하고 프랑스 캉대학교에서 공부한 뒤 전
문번역가로 활동하고 있다. 『허기의 간주곡』『라가—보이지 않는 대륙에 가까이 다가
가기』『원무, 그 밖의 다양한 사건사고』『첫 문장 못 쓰는 남자』『나쁜 것들』『파문』『우
리는 함께 늙어갈 것이다』『마지막 숨결』『사랑을 막을 수는 없다』『구해줘』『은밀하게
나를 사랑한 남자』 등을 우리말로 옮겼다.

문학동네 세계문학

그레구아르와 책방 할아버지

1판 1쇄 2020년 1월 31일 | 1판 9쇄 2024년 6월 26일

지은이 마르크 로제 | 옮긴이 윤미연
기획·책임편집 김미혜 | 편집 이현정
디자인 강혜림 최미영 | 저작권 박지영 형소진 최은진 서연주 오서영
마케팅 정민호 서지화 한민아 이민경 안남영 왕지경 정경주 김수인 김혜원 김하연
    김예진
브랜딩 함유지 함근아 고보미 박민재 김희숙 박다솔 조다현 정승민 배진성
제작 강신은 김동욱 이순호 | 제작처 한영문화사(인쇄) 경일제책사(제본)

펴낸곳 (주)문학동네 | 펴낸이 김소영
출판등록 1993년 10월 22일 제2003-000045호
주소 10881 경기도 파주시 회동길 210
전자우편 editor@munhak.com | 대표전화 031) 955-8888 | 팩스 031) 955-8855
문의전화 031) 955-1927(마케팅) 031) 955-1917(편집)
문학동네카페 http://cafe.naver.com/mhdn
인스타그램 @munhakdongne | 트위터 @munhakdongne
북클럽문학동네 http://bookclubmunhak.com

ISBN 978-89-546-7051-7 03860

www.munhak.com